UN OS
DANS LA NOCE

DU MÊME AUTEUR

A compter de 2003, les San-Antonio seront numérotés par ordre chronologique d'écriture de Frédéric Dard, qui est aussi l'ordre originel des parutions.
Cette décision entraîne un changement de numérotation des S-A des nº 1 à 107.
Par contre, la numérotation des S-A nº 108 à 175 reste inchangée. (Voir à la fin de ce volume le tableau de correspondance entre l'ancienne numérotation et celle indiquée ci-dessous.)

1 *Réglez-lui son compte !*
2 *Laissez tomber la fille*
3 *Les souris ont la peau tendre*
4 *Mes hommages à la donzelle*
5 *Du plomb dans les tripes*
6 *Des dragées sans baptême*
7 *Des clientes pour la morgue*
8 *Descendez-le à la prochaine*
9 *Passez-moi la Joconde*
10 *Sérénade pour une souris défunte*
11 *Rue des Macchabées*
12 *Bas les pattes !*
13 *Deuil express*
14 *J'ai bien l'honneur de vous buter*
15 *C'est mort et ça ne sait pas !*
16 *Messieurs les hommes*
17 *Du mouron à se faire*
18 *Le fil à couper le beurre*
19 *Fais gaffe à tes os*
20 *A tue... et à toi*
21 *Ça tourne au vinaigre*
22 *Les doigts dans le nez*
23 *Au suivant de ces messieurs*
24 *Des gueules d'enterrement*
25 *Les anges se font plumer*
26 *La tombola des voyous*
27 *J'ai peur des mouches*
28 *Le secret de polichinelle*
29 *Du poulet au menu*
30 *Tu vas trinquer, San-Antonio*
31 *En long, en large et en travers*
32 *La vérité en salade*
33 *Prenez-en de la graine*
34 *On t'enverra du monde*
35 *San-Antonio met le paquet*
36 *Entre la vie et la morgue*
37 *Tout le plaisir est pour moi*
38 *Du sirop pour les guêpes*
39 *Du brut pour les brutes*
40 *J'suis comme ça*
41 *San-Antonio renvoie la balle*
42 *Berceuse pour Bérurier*
43 *Ne mangez pas la consigne*
44 *La fin des haricots*
45 *Y a bon, San-Antonio*
46 *De « A » jusqu'à « Z »*
47 *San-Antonio chez les Mac*
48 *Fleur de nave vinaigrette*
49 *Ménage tes méninges*
50 *Le loup habillé en grand-mère*
51 *San-Antonio chez les « gones »*
52 *San-Antonio polka*
53 *En peignant la girafe*
54 *Le coup du père François*
55 *Le gala des emplumés*
56 *Votez Bérurier*
57 *Bérurier au sérail*
58 *La rate au court-bouillon*
59 *Vas-y Béru !*
60 *Tango chinetoque*
61 *Salut, mon pope !*
62 *Mange et tais-toi*
63 *Faut être logique*
64 *Y a de l'action !*
65 *Béru contre San-Antonio*
66 *L'archipel des Malotrus*
67 *Zéro pour la question*
68 *Bravo, docteur Béru*
69 *Viva Bertaga*
70 *Un éléphant, ça trompe*
71 *Faut-il vous l'envelopper ?*
72 *En avant la moujik*
73 *Ma langue au chah*
74 *Ça mange pas de pain*
75 *N'en jetez plus !*

76 *Moi, vous me connaissez ?*
77 *Emballage cadeau*
78 *Appelez-moi chérie*
79 *T'es beau, tu sais !*
80 *Ça ne s'invente pas*
81 *J'ai essayé : on peut !*
82 *Un os dans la noce*
83 *Les prédictions de Nostrabérus*
84 *Mets ton doigt où j'ai mon doigt*
85 *Si, signore*
86 *Maman, les petits bateaux*
87 *La vie privée de Walter Klozett*
88 *Dis bonjour à la dame*
89 *Certaines l'aiment chauve*
90 *Concerto pour porte-jarretelles*
91 *Sucette boulevard*
92 *Remets ton slip, gondolier*
93 *Chérie, passe-moi tes microbes !*
94 *Une banane dans l'oreille*
95 *Hue, dada !*
96 *Vol au-dessus d'un lit de cocu*
97 *Si ma tante en avait*
98 *Fais-moi des choses*
99 *Viens avec ton cierge*
100 *Mon culte sur la commode*
101 *Tire-m'en deux, c'est pour offrir*
102 *A prendre ou à lécher*
103 *Baise-ball à La Baule*
104 *Meurs pas, on a du monde*
105 *Tarte à la crème story*
106 *On liquide et on s'en va*
107 *Champagne pour tout le monde !*
108 *La pute enchantée*
109 *Bouge ton pied que je voie la mer*
110 *L'année de la moule*
111 *Du bois dont on fait les pipes*
112 *Va donc m'attendre chez Plumeau*
113 *Morpions circus*
114 *Remouille-moi la compresse*
115 *Si maman me voyait !*
116 *Des gonzesses comme s'il en pleuvait*
117 *Les deux oreilles et la queue*
118 *Pleins feux sur le tutu*
119 *Laissez pousser les asperges*
120 *Poison d'avril ou la vie sexuelle de Lili Pute*
121 *Bacchanale chez la mère Tatzi*
122 *Dégustez, gourmandes !*
123 *Plein les moustaches*
124 *Après vous s'il en reste, monsieur le Président*
125 *Chauds, les lapins !*
126 *Alice au pays des merguez*
127 *Fais pas dans le porno*
128 *La fête des paires*
129 *Le casse de l'oncle Tom*
130 *Bons baisers où tu sais*
131 *Le trouillomètre à zéro*
132 *Circulez ! y a rien à voir*
133 *Galantine de volaille pour dames frivoles*
134 *Les morues se dessalent*
135 *Ça baigne dans le béton*
136 *Baisse la pression, tu me les gonfles !*
137 *Renifle, c'est de la vraie*
138 *Le cri du morpion*
139 *Papa, achète-moi une pute*
140 *Ma cavale au Canada*
141 *Valsez, pouffiasses*
142 *Tarte aux poils sur commande*
143 *Cocottes-minute*
144 *Princesse patte-en-l'air*
145 *Au bal des rombières*
146 *Buffalo Bide*
147 *Bosphore et fais reluire*
148 *Les cochons sont lâchés*
149 *Le hareng perd ses plumes*
150 *Têtes et sacs de nœuds*
151 *Le silence des homards*
152 *Y en avait dans les pâtes*
153 *Al capote*
154 *Faites chauffer la colle*
155 *La matrone des sleepinges*
156 *Foiridon à Morbac City*
157 *Allez donc faire ça plus loin*
158 *Aux frais de la princesse*
159 *Sauce tomate sur canapé*

160 *Mesdames, vous aimez ça*
161 *Maman, la dame fait rien qu'à me faire des choses*
162 *Les huîtres me font bâiller*
163 *Turlute gratos les jours fériés*
164 *Les eunuques ne sont jamais chauves*
165 *Le pétomane ne répond plus*
166 *T'assieds pas sur le compte-gouttes*
167 *De l'antigel dans le calbute*
168 *La queue en trompette*
169 *Grimpe-la en danseuse*
170 *Ne soldez pas grand-mère, elle brosse encore*
171 *Du sable dans la vaseline*
172 *Ceci est bien une pipe*
173 *Trempe ton pain dans la soupe*
174 *Lâche-le, il tiendra tout seul*
175 *Céréales killer*

Hors série :

Histoire de France.
Le standinge.
Béru et ces dames.
Les vacances de Bérurier.
Béru-Béru.
La sexualité.
Les Con.
Les mots en épingle de Françoise Dard.
Queue-d'âne.
Les confessions de l'Ange noir.
Y a-t-il un Français dans la salle ?
Les clés du pouvoir sont dans la boîte à gants.
Les aventures galantes de Bérurier.
Faut-il tuer les petits garçons qui ont les mains sur les hanches ?
La vieille qui marchait dans la mer.
San-Antoniaiseries.
Le mari de Léon.
Les soupers du prince.
Dictionnaire San-Antonio.
Ces dames du Palais Rizzi.
La nurse anglaise.
Le dragon de Cracovie.
Napoléon Pommier.

Œuvres complètes :

Vingt-neuf tomes parus.

Morceaux choisis :

1. *Réflexions énamourées sur les femmes*
2. *Réflexions pointées sur le sexe*
3. *Réflexions poivrées sur la jactance*
4. *Réflexions appuyées sur la connerie*
5. *Réflexions sur les gens de chez nous et d'ailleurs*
6. *Réflexions passionnées sur l'amour*
7. *Réflexions branlantes sur la philosophie*
8. *Réflexions croustillantes sur nos semblables*
9. *Réflexions définitives sur l'au-delà*
10. *Réflexions jubilatoires sur l'existence*

Mes délirades

SAN-ANTONIO

UN OS DANS LA NOCE

Fleuve Noir

ISBN 2-265-07586-8
ISSN 0768-1658

Pour Bernard ROYNEAU,
San-antonien distingué,
Amicalement,
S.-A.

I

Ils disent que la Terre est chaude.

Nourricière. Le blé qui lève. Tu parles…

Glaciale, à la vérité. Elle est un iceberg brun, la Terre, et rien d'autre. Astre presque éteint. T'as déjà vu germer un mort, toi ? T'en as rencontré des frais repoussés, avec tout plein de rameaux neufs ? Bien proprets, régénérés, purifiés de la pensarde par leur séjour dans l'humus ? Zob et zobanche, mon camarade ! La terre, elle te happe. Gloup ! Te digère, t'entraîne dans ses incommensurables froidures.

Je pense à ça, allongé sur le plancher de ma chambre. J'ai des périodes que ça me prend, l'horreur du lit. Où j'en ai quine de sa moelleur. Le régime matelas m'horrifie. Terrain à baisanche *only*. Le repos, le vrai véritable, tu le prends à même le sol. Nu. La dure qui effraie tant dans l'armée. Un gus ne récupère de la vie qu'en se foutant à l'horizontale pendant un certain temps. Plus c'est dur et horizontal, mieux il se défatigue. C'est ça ou alors le nuage. Mais des nuages, en ce bel été mourant, y a qu'à renfort de Davidoff *number one* que tu pourrais t'en fabriquer.

Bon, je pieute sur mon plancher. Un brin fakir, le San-A. ! Bientôt ce sera la planche à clous. L'inconvénient, c'est ce froid qui te gagne peu à peu. Pourtant y a de la moquette sur le plancher de ma piaule. Et elle est située au premier étage, ma piaule. Et notre maison elle-même repose sur une cave de bonne dimension. Mais c'est plus fort que tout, le froid de la Terre. La bébête qui grimpe, qui grimpe...

Vient te chercher à la sournoise.

T'investit les articulations, la viande, l'ensemble... Que même tes gentilles burnes emmitouflées glaglatent au bout de pas longtemps.

Je me relève. A genoux d'abord. Ça craque. Je ne forme qu'un bloc, salement marmoréen. Un effort surpuissant pour regagner mon plumard. Du coup, je me fais l'effet de baigner dans de la mousse Baobab.

La voix de Félicie me parvient. Elle est en train de lire une histoire à Antoine bis. Chaque matin, pendant le bain du chiare, elle le fait tenir peinard en lui détaillant quelque conte à la con. Il aime les sornettes, déjà, Toinet. Les bien croustillantes, démesurées, sottisantes. Le loup ! Toujours, t'as remarqué ? Le gros méchant loup qui est là, présent, omniprésent, pourlécheur, la prunelle incandescente, prêt à glouper les enfants pas sages. Becteur de grande-vioque, de Chaperon Rouge, de chèvre de Monsieur Seguin, de Trois-petits-cochons... Pauvre cher vieux loup qui porte le bitos depuis des siècles, assume le plus dur des malentendus, supporte la plus inique des injustices. Un jour j'écrirai un truc pour ta défense. Un vrai conte d'enfant dans lequel j'expliquerai aux morgeons que la salope méchante bête c'est l'homme qu'il va devenir. Uniquement. Et que le loup, lui, est un bon toutou dont le seul péché est d'avoir faim dans le désert de ses steppes.

« *Il était une fois un gentil petit loup que des salauds d'hommes... Il s'est battu toute la nuit, et au matin, l'homme l'a tué.* » Car enfin, je te fais observer le ceci suivant : qu'est-ce qui pullule sur ton globe, l'homme ou le loup ? Qu'est-ce qui est en voie de disparition, le loup ou l'homme ? Quelle espèce a détruit l'autre ? Et toi, grand lâche qui continues, fumier de raciste, à inculquer l'effroi à tes enfants en leur enseignant la cruauté de ta victime.

Félicie y met le temps, le ton… Sincère… Elle croira toujours au vilain loup, m'man.

Antoine pousse des exclamations, hasarde des questions :

— Le loup l'a mangé petit cochon ?

Je mate l'heure à ma pendulette de voyage (qui ne voyage jamais). Je rigole : 6 h 35 ! Pas mal pour un flic.

La journée sera rude.

Je me marie dans un peu plus de quatre heures. Soit à 11 heures pétantes à la mairie.

Tu parles d'un sport, une noce, lorsqu'il s'agit de la sienne ! Tout le monde croyait la chose impossible. Eh ben tu vois… Voilà. Marrida. Bagouze au doigt. Livret *of family*, avec plein de pages blanches à remplir.

Après tout, *why not* puisque je l'aime ?

Zoé.

Tu te rappelles ? Non ? T'as pas lu *J'ai essayé, on peut* ?

Un bouquin de toute beauté. Ben, fallait, mon vieux, fallait. T'imagines pas que je vais te le résumer ici, sans blague. Que déjà la place m'est comptée pour élucubrer ! Tout ce que je peux te dire à ce propos, c'est que la môme Zoé s'était laissé piéger dans une béchamel drôlement poisseuse à cause de son frangin qui avait mal tourné. A notre première rencontre, elle m'a balancé une poignée de poivre moulu dans les carreaux. Ça démarrait mal, nous deux, tu conviens ? Mais tout de suite *after* nos relations sont devenues autres. Pas ce que tu crois. La limaille, j'y ai seulement pas songé, et c'est ce qui m'a alerté sur mes sentiments. Surtout qu'elle est belle à t'en filer des spasmes vasculaires. Tu la contemples dix secondes, aussitôt te voilà avec des troubles visuels, auditifs, épidermiques et toutim. Non, s'agissait de l'amour vrai, pur et bleu, quoi ! Dans ces cas-là, on se rend à l'évidence d'abord, à la mairie ensuite.

Comme les copains.

Que t'ajouter encore ? Qu'elle plaît bien à ma Félicie et puis aussi, qu'elle est teintée. Ben oui, quoi *coloured woman*. Léger. Dans les tons ocre. Son papa était canaque à Nouméa. Une vraie déesse, si tu veux me permettre un terme galvaudé.

Je me lève.

L'homme confronté à ses plus grandes décisions a un comportement étrange. Il vit l'instant autrement que prévu. Ainsi, j'ai beau me dire : « Ça y est, c'est pour aujourd'hui », je ne parviens pas à me sentir autrement, à agir différemment ; le rituel de l'habitude m'emporte sur son flot tranquille. Salle de bains. Douche aux six jets cinglants. Ça réveille. La flotte impétueuse communique son énergie à l'individu engourdi. J'ébroue. Ensuite je règle le thermostat sur un 35 duraille à encaisser mais qui te propice l'ablution. Je m'oins à la ligne de flottaison. Gant de crin et peau de balle. Homard Chétif. L'éclat du neuf. Un brossage de dents en force. Preshave de chez Machinchouette. La tondeuse Braun. Le San-A. qui sort de sa salle d'eau est tellement miroitant qu'à son côté, le Roi-Soleil ressemblerait à une éclipse de lune. Mon caoua est déjà servi sur ma table de chevet. Je vois la vapeur sortir des naseaux de la cafetière ancienne. Une infinie nostalgie m'empare. Pourquoi ai-je l'impression qu'en me mariant, tout à l'heure, je vais commettre une formidable trahison ? Trahir ma vieille, ma cafetière, ma jeunesse. Trahir ce quelque chose de miraculeux qui subsiste en moi, vaille que vaille, et qui est un reliquat d'innocence.

Me faut un coup de doping. La voix de Zoé. Toute tiède.

Seulement elle doit dormir encore, ma fiancée. Tant pis, j'ai besoin d'être confirmé. Par sa bouche, l'avenir me versera des arrhes.

J'avale une tasse de jus odorant et je dévale jusqu'au tubophone. M'man est dans la cuisine, en compagnie de Mme Pintron, une vieille coiffeuse retraitée qui vient « l'arranger » pour la noce. Antoine joue avec une casserole cabossée qu'il préfère à tous ses jouets. Lui aussi « en sera ». On lui a acheté un gentil ensemble de velours noir, à col de dentelle. Félicie me sourit. Elle se tient assise, face à la porte ouverte, un peu gênée des mistifrisures qui lui sont prodiguées en ce lieu sacro-saint.

Je lui envoie un baiser du bout des doigts. J'ai trop de choses à lui dire, à lui taire aussi, pour l'affronter en présence de la vieille mère Pintron. Elle a un goitre, Mme Pintron. Des yeux de vache malheureuse qui ignore son malheur n'ayant jamais connu le moindre bonheur. Elle croit que c'est des histoires, le bonheur. Un conte d'Orphée...

Je compose le numéro de la pension de famille qu'habite Zoé. Pas loin de chez nous, dans une vieille maison bourgeoise tenue par deux sœurs octogénaires.

On me la passe.

Elle était réveillée. Son « C'est toi, mon chéri ? » en dit long sur sa pleine lucidité. V'là qu'il me cavale sous la peau. La peau du cœur. Je pense au tableau de Dali représentant un petit garçon en train de soulever la peau de l'eau pour voir dormir un chien à l'ombre de la mer. Si on soulevait la peau de mon cœur, qu'apercevrait-on ? Encore mon cœur ou déjà mes couilles ? Ma nostalgie ou mon désir ? Mon passé ou mon futur ?

— Je craignais de te réveiller, Zoé.

— Mais non, puisque tu m'as appelée. Je n'ai d'ailleurs pas fermé l'œil…

— Moi si ; comme une brute de flic.

Elle ne rit pas. Un silence songeur.

— Tu sais que c'est aujourd'hui ? fait-elle.

— C'est ce que je voulais t'annoncer.

On a beau mutiner, nos voix restent tendues, graves.

— Antoine ?

— Mon amour ?

— Ça ne te fait pas peur ?

Mon premier élan est de me récrier, mais je me ravise. On ne va pas commencer à se mentir, merde ! Un couple qui se ment, même pour des trucs de ce genre, est foutu d'avance. La franchise, c'est l'une des rares forces de l'homme. Lui faut longtemps pour l'acquérir. C'est philosophique, vachetement. Son instinct, à l'homme, dès l'enfance, c'est de berlurer. Prétendre noir ce qui est blanc. Les chemins de la franchise paraissent tortueux, grimpants. Mais une fois que tu les as balisés, faut voir cette magistrale déambulation, mon fils. Le pied tout superbe.

— Si, Zoé, j'ai les jetons. Mais notre union n'en aura que plus de prix.

Elle comprend. Murmure qu'elle m'adore et affirme qu'elle vivra à mes pieds, couchée en rond comme une chienne. Me voici rasséréné. L'odeur des bigoudis chauffants se répand dans le logis. Régina, la bonne, vient de se lever. Elle se pointe, les tifs en tire-bouchon, sa chemise de noye dépassant d'une robe de chambre un peu fanée que lui a donnée ma vieille. Sur elle, il fait sacrilège, ce vêtement. Je m'habituerai jamais à le lui voir porter comme ça, à l'avachie.

Antoine bat des mains en apercevant Régina. Elle le fait marrer et, d'instinct, ce petit bougre lui envoie la paluche au réchaud. Le tranchant de la patte dans l'oigne : rrran ! Régina trémousse son cul de guitare.

Bon, va falloir attendre l'heure H maintenant.

Un condamné à mort, tu le réveilles. Tu lui dis : « Votre pourvoi a été rejeté. » On s'abrite derrière des formules. Au lieu de « on va vous assassiner », « votre pourvoi rejeté » laisse la place encore à un certain art de vivre.

Moi, je me dis : « Il sera bientôt temps de me préparer et d'aller chercher ma fiancée pour, ensuite, la conduire à la mairie. »

Formules, formules…

Au lieu de carrément penser : « Dans tant d'heures je l'aurai dans le c… » Voire, même : « Dans tant d'heures je l'aurai dans le cul ! »

J'aime Zoé.

Mon bonheur, c'est Zoé. Je vais épouser Zoé.

Je serai follement heureux avec elle.

Alors, pourquoi cette angoisse ? Ce confus besoin de reculade ?

Pourquoi me dis-je qu'il ferait bon avoir une crise d'appendicite aiguë ?

Les heures passent.

Mon appendice me fout d'autant plus la paix qu'on m'a séparé de lui depuis une quinzaine d'années. Alors, je m'habille en marié.

La salle à manger est bourrée de cadeaux. Seize lampes de chevet, trente-quatre pinces à sucre, huit pendulettes… Leur vue me renseigne sur ma panique interne. C'est le ridicule de tout ça qui me file le traczir. Le mariage est con au début. Ensuite, il est soit raté, soit réussi. S'il est réussi, tu l'as vraiment, franchement, profondément, totalement dans le pétrus.

— Que penses-tu d'Antoine, Antoine ? demande triomphalement Félicie en me brandissant son petit lord Fauntleroy.

— Je pense que je préférerais être à sa place, m'man. Félicie devient toute ravagée.

— Ecoute, mon grand...

Je l'embrasse fougueusement.

— Ne dis rien, ma poule. Surtout ne dis rien... Elle comprend.

S'abstient.

Un de ses irremplaçables mérites, à m'man, c'est de piger tout ce qui me concerne.

— Tu devrais aller la chercher, songe qu'elle est seule.

— Bien sûr. J'y vais tout de suite, m'man.

Surtout ne pas jouer au grand fils à sa maman, dévotionneux. Arrive le moment où c'est quand tu désinvoltes un peu avec elle que tu la respectes le mieux, ta mère. Les engrangés du giron, c'est burnes molles et consorts, entachés de la coiffe, gnagnateurs. Tu lui rends pas service à ta *mother* en la couvassant, lui pompant l'air de sempiternelles journées. Tout est question d'éducation dans la vie. Tes vieux se défoncent pour te former, à toi, ensuite, de leur rendre la pareille en ne les déformant pas. Les laisser bien intacts, responsables, toujours. C'est l'irresponsabilité qui détruit l'individu. Un organe inutile périclite et meurt.

Je me taille.

Assez beau dans son genre marié, le San-A. Les belles que je sais me verraient, faudrait passer la serpillière. Imagine-te-moi en noir léger, col romantique.

Chemise blanche, légère, façon Guitry. Des boutons noirs à la limouille. Un gros nœud de velours noir idem, fastueux papillon, et des pompes rutilantes comme presque des vernis de soirée. T'enregistres, gamin ? Achète les prochains numéros d'*Adam*, m'étonnerait que j'y figurasse point. Pour lors, tu verras de l'homme. Elégant, sobre, moderne, compte tenu de l'extravagance de l'époque. Le mois dernier j'ai assisté à un mariage où le jeune époux portait une veste de smok verte à paillettes, une chemise violette et un futal noir à bande jaune, plus une espèce de lavallière à pois, à poils, à yeux de Caïn qu'on aurait juré un tableautin d'Alan Davie.

M'man me rappelle depuis le perron :

— Mon grand !

Je me retourne. Elle a un sourire brillant.

— Tu n'as jamais été aussi beau, me lance-t-elle.

J'ai quelque chose qui me saute dans la gorge. Je ne sais pas quoi lui répondre.

Un geste vague (les plus éloquents, parfois).

Je bombe me jeter dans ma chignole. Certes, je l'ai fait laver, mais pour ce qui est des lambeaux de mousseline à l'antenne et aux poignées de porte, ainsi que de la décoration florale, tu repasseras. Moi, quand je mate un nuptial cortège enfanfreluché de blanc, dans la rue, j'ai envie d'écrire « cocu » sur les lourdes, au goudron (cette encre politique). Le mariage, franchement, je m'en rends compte aujourd'hui tout spécialement, y a pas de quoi pavoiser.

Pas de quoi s'en vanter non plus.

C'est un acte intime. Pour garder toute sa signification, ça doit rester pudique, sinon, l'ostentation le rend ridicule.

La pension « Les Clématites ».

Faut oser commander une plaque pareille à un marbrier, hein ? Une maison utrillenne, gris-sale-écaillé, dont les volets ne peuvent plus être repeints vu qu'ils partent en poudre. Par contre, à force d'encaustique, l'intérieur tient encore le coup. Il finira ses deux propriétaires, gentilles vieillardes ravaudées qui passent leur fin de vie à houspiller une servante rousse.

— Venez voir comme elle est belle ! glousse la plus vieille des deux vétustes.

Zoé est au salon, admirée (et y a de quoi) par quelques vieilles institutrices libres en retraite. Moi, que veux-tu, je suis peut-être un grand écrivain, mais un écrivain mâle. M'est donc impossible de te décrire une robe de dentelle transparente du haut, avec ses plis, ses zizis et ses machins merveilleux. Sache donc, ô mon n'ami de toujours, que ma Zoé est fabuleuse dans tout ce blanc mousseux. La tulipe noire que causait Dumas ! Un éclat végétal. Sa peau est un enduit de soleil.

Je n'ose pas la toucher. Pas même m'en approcher. Ça commence bien, notre mariage, non ? On n'est pas près de fignoler des chiares à ce tarif-là !

— Ça va ? murmure-t-elle, sincèrement anxieuse.

— Un émerveillement, mon amour !

Les tarderies de service gloussent comme un troupeau de dindons dans *Véronique*. Ce couple de cinoche leur fait prendre un fade monumental. C'est le Docteur Jivatijivatigo en vrai, pure viande fraîche. Il leur porte aux souvenirs, au glandulaire. Car le glandulaire, c'est ce qui périt le moins vite chez la gerce. A nonante ans, elle sécrète encore.

En grand secret.

J'embarque ma sublime presque épouse.

Il est dix plombes et demie.

Dans trente minutes, Zoé deviendra Mme San-Antonio

par la grâce de deux *oui* enregistrés sur un feuillet de bristol mince.

***

La popularité d'un homme se mesure aux cérémonies qui étalonnent sa vie. Ainsi, je peux t'affirmer qu'il y avait davantage de monde aux funérailles de Victor Hugo qu'à son baptême.

En ce qui me concerne, je n'ai pas à me plaindre. Tu verrais ce peuple qui assiège la mairie lorsqu'on s'y pointe, avec m'man, Zoé et Toinet : les deux tiers de la Maison Poupoule ; les voisins. Et des tas de gens connus ou inconnus. Des journalistes.

Une vraie meute !

Pourtant je me suis ingénié à tenir l'événement secret. Mais on ne neutralise pas une nouvelle de cette importance, je le constate. Le mariage de Sana, tu parles ! Fallait s'y attendre. Je sombrais dans la modestie et le sinoquage en pensant qu'on serait en petit comité ! J'utopise partout, moi, quand l'envie vient me prendre. Si je te disais : le Vieux ! En personne, la calvitie poncée au papier de verre, strict dans un veston noir et un futal à rayures grises. Béru est mon témoin, tu t'en doutais un peu ? Pinuche, le témoin de ma Zoé. Là, pas d'erreur, ils ont fait un effort vestimentaire, mes larrons. Le Gros porte un costar bleu pétrole (qui sera bientôt bleu mazout). Neuf, sur mesure, bien coupé. Je t'assure que je te berlure pas. Il est rigoureusement impec, le Mammouth. Rutilant. Pire : propre ! Quelque chose me dit qu'il a dû prendre un bain, un vrai, complet, avec de la mousse et du savon. Je suis sûr qu'ils ont sorti les pommes de terre de la baignoire pour se tremper, les Bérurier. Dame Berthe arbore une robe neuve imprimée, décolletée jusqu'à ras terre, qui dégage bien ses beaux bras dont un porc se servirait pour marcher. Elle est coiffée moderne, court, et s'est fait faire « les mèches ». Sa chevelure, tu croirais le toit d'une ruche sur lequel on aurait renversé un pot de peinture.

Pinuche, lui, arbore un blazer de yachtman, orné d'un écusson sur lequel on peut lire « *Souvenir de Courchevel* ». Il porte une chemise bleu pâle, une cravate noire. Sa dame, comme toujours, est vêtue en chaisière de beaux quartiers.

C'est la ruée, l'assaut.

On n'attend pas que le mariage soit perpétré pour nous presser la louche, nous féliciter. Des mains ! Des mains… Des lèvres qui remuent. Des mots qui s'entrecroisent, se conjuguent. Une compote de mots banals (car seuls les fours sont banaux – et encore, de moins en moins).

« *Toutes… félicitations. Bonheur… Couple merveilleux… Bonheur… Tous nos vœux… Meilleurs vœux… Bonheur. Bonheur !* »

Une sorte de langage petit nègre.

« *Bonheur ! Bonheur ! Macache bonheur... Y en a bon bonheur, mon z'ami. Travadja bonheur.* »

Chiée donc ! Qu'est-ce qui leur prend, tous. Ils ne savent donc pas ce que c'est que le bonheur ? Tu veux parier qu'ils y croient ? Je te jure qu'ils y croient, ces pommes ! Je m'efforce de fendre la foule. Mais des buissons de mains se dressent.

Bain de foule.

Je bredouille des « merci, merci », ahuris, gênés, impatientés. Une vieille ganache me déballe un truc de marchand de robinet-poète sur « les fleurs de la vie qui-je-sais-pas-quoitent. » Encore des mains.

Bérurier reprend du service, comme lorsqu'il était à la voie publique.

— Allons, allons, circulez, y a rien à voir, messieurs-dames ! Comment t'est-ce vous voudrez que ces garnements se maridassent si vous leur casseriez les bonbons au lieu de les laisser opérer par m'sieur le maire qu'est en train de se faire tarter comme une vieille croûte là-bas.

Nous avançons.

Ainsi Jehanne marchait-elle au bûcher.

Dans pas bézef tout sera consumé.

Encore des paquets de paluches.

« *Bonheur... Bonheur... Vreux... Vie... Voux... Vie... Bonheur... Pin-pom, pin pom...* »

Tout à coup, je me retrouve avec quelque chose dans la dextre, comme on dit vulgairement.

Une main subreptice m'a fourré d'autorité un papier plié menu dans le creux de la paume.

Une voix venue de je ne sais où me lance : « A lire immédiatement. »

Eberlué, je file quelques coups d'épaules pour me libérer du carcan humain et je déplie le message.

Je te le virgule dans sa version intégrale.

S'il te plaît, fais-le calligraphier en gothique et encadrer.

« *Regardez sous la table du maire. L'engin qui y est vissé est une bombe de très forte puissance à détonateur acoustique. Le mot « oui »* proféré *par vous provoquerait un carnage. Avec nos meilleurs vœux.* »

Je te laisse un blanc pour que tu aies le temps d'apprécier, et moi de me remettre de mes abasourdissements.

Ça y est ?

Bon.

Je refile un coup de périscope au papelard.

Le glisse ensuite dans ma poche de cérémonie.

Le texte a été rédigé au moyen de ces caractères adhésifs en vente dans toutes les bonnes papeteries.

Canular ?

Moi, tu me connais ? J'ai un septième sens (le sixième étant exclusivement réservé aux dames) qui me permet illico de séparer le vrai du faux.

Or, là, d'emblée, je crois à la menace.

Sans comprendre, sans me faire d'objections. Le pif, je te dis. Le pif sans lequel un flic est aussi efficace qu'une béquille sciée en deux.

Je cramponne Bérurier par la manche.

— Gros, rends-moi service : regarde sous le tapis vert de la grande table des mariages et dis-moi si tu aperçois quelque chose d'anormal. Si c'est oui, ne touche surtout à rien…

Sa Majesté rubicone à outrance. Grinchard, il murmure :

— Y s'ra dit que tu te paieras ma poire jusque z'au prop' jour de tes noces de mariage, quoi, merde !

— Fonce, c'est grave !

Il sait ma voix. Connaît mes regards. Donc, se soumet.

Sur ces entrefaites, un employé municipal s'avance, la bouche en cul de cœur, le tif rare et brillantiné, les décorations sans grande signification, mais largement étalées.

— Monsieur, mademoiselle, si vous voulez bien me suivre…

Deux baths fauteuils pelucheux. La table immense comme un radeau… Derrière, m'sieur le maire, grand, chauve, ceinture tricolore de judo. Une dame grassouillette l'assiste, pareille à ces personnes qui tournent les pages des partitions aux virtuoses. Au-delà d'eux, sur le mur du fond, le portrait en couleurs du président

Pompidou, au regard vigilant, qui semble me dire : « Surtout reste à la hauteur de la situation, San-A. »

Ça bouge sous la table. Le pan du tapis vert remue. Béru réapparaît, le derrière en premier. En se mettant à quatre pattes, il a fait éclater son pantalon neuf. Pourquoi vient-il à ma noce sans slip ? Ça, je ne me l'expliquerai jamais. Ni lui, d'ailleurs. Béru a des raisons que l'irraison ignore.

Il se met debout dans un tonnerre de rires dont il ne s'explique pas encore la cause.

Conduit sa bouche chuchoteuse jusqu'à mon oreille avide.

— Exaguete, mec : un truc louche est fixé au plateau de la carante.

Je me sens du froid dans le baquet, du bien perfide, liquide. Le froid qui dégouline, y a rien de pire. Déjà, m'sieur le maire débourre son blabla officiel, comme quoi on se doit aide et assistance et tout ce qui s'ensuit.

Sa voix administrative est comme un bourdonnement de frelon contre une vitre. Les mots se perdent. Une espèce de muezzin franchouillard... Il psalmodie. Lamente, presque... Mais chacune de ses syllabes nous emmène au point critique. Je gamberge à mille à l'heure. Ma pensée dépasse la vitesse du son. Allons, ce n'est pas possible. Quelqu'un veut me gâcher ma joie. Carboniser mon mariage. Mais il ne peut s'agir d'une vraie bombe. A déclencheur acoustique ? Et ce serait ma propre modulation du mot « oui » qui la ferait péter ? C'est du gadget pour fascicule à 20 centimes, ça ! De la science-friction de garçon coiffeur sous-développé.

Le maire continue...

J'en ai les poils des mollets qui se débobinent, mon gamin !

Le magistrat s'offre un peu d'oxygène de mairie, se

racle le gosier et, se tournant vers moi, me pose la question rituelle.

Tout se joue à cet instant : mon destin et, peut-être des vies.

Y crois-je à bloc ou n'y crois-je pas, à cette menace ? Me soumets-je ou passé-je outre ?

— Papa ! me lance soudain Antoine en s'avançant. L'assistance se poire.

Un jeune marié qu'un gamin de deux ans appelle « papa » au moment qu'il doit répondre « oui » au maire, je te recommande l'effet. C'est plus irrésistible que le dargif au Gros.

Mon léger temps peut être mis sur le compte de cette interruption. Le maire rit sous cape, puis, soucieux de renouer avec la solennité de sa charge, décide de me reposer la question.

— … Acceptez-vous… pour épouse… Zoé… ici présente ?

J'accroche des mots.

J'en perds d'autres…

Seul, m'obnubile celui que je dois répondre. Trois lettres.

Le jeu du « ni oui, ni non ».

Mon corps n'est plus qu'un bloc de marbre.

Je perçois des chuchotements surpris. Je sens le regard de Zoé. Je vois celui du maire, dérouté… La grosse personne boulotte qui l'aide à tourner la page du grand livre d'état civil et qui a calligraphié la première page de notre livret de famille, ouvre une bouche de requin naturalisé. Tu penses vraiment que si je réponds « oui » on retrouvera son bandage herniaire derrière le buste de Marianne ?

— Non, monsieur le maire, lancé-je d'une voix ferme.

II

T'as déjà vu jouer : « Remous dans la fosse sceptique », toi ? Tu sais ce qu'est un mouvement de foule ? Un brouhaha ? Des bruits divers ? Tu te représentes une stupeur collective ? Touille tes cellules grises pour les décoller, camarade, et fais un effort de compréhension.

Mon « non » produit un effet taureau (car bœuf émasculerait la notion que je tiens à imposer).

Y a un brin de silence absolu, rigoureux, extrêmement affreux. Puis des exclamations de disjonction, des vitupérances à fulgurité passionnelle, des étonnations parachevées éclatent un peu partout, comme des pets dans un attelage de diligence.

Personne ne sait plus où il en est, où j'en suis, si c'est de l'hilare ou du coton, la couleur du cheval Quatre d'Henri blanc.

Je prends ma chère, belle et tendre Zoé par l'épaule.

— Aie confiance, mon amour, je t'expliquerai, lui dis-je.

Elle ne répond rien. Elle a rentré sa very jolie tête dans le col de sa robe denteleuse, comme un scaphandrier qui ôterait sa combinaison de travail.

Le maire renfrogne éperdument. Il redoute que je me

paie sa tronche. Il a des craintes vives pour son standinge.

Des deux mains en de Gaulle-sur-le-champ-de-foire, il calme la rumeur. L'apaise, la dompte, la neutralise, l'endort, la réduit à rien.

Puis, dans le silence aussi temporaire que retrouvé, il déclame :

— Je vous demande pardon, cher monsieur, vous venez bien de me répondre « non » ?

Et moi, tu sais ce que j'y rétorque ?

Je te le donne pas en mille, mais en trois lettres.

Très spontanément. Trop spontanément. Je lui dis « oui ». Plus fort que moi. Duraille de se débarrasser d'un réflexe, hein, mon pote ? Ça te colle à la menteuse comme du nougat au dentier d'un Montilien. Tout ce circus pour piètrement se piéger à la première question nécessitant l'affirmative ! Quelle pomme, ton San-A. ! Passe-moi l'intrépide…

Bon, cela étant dit (et bien dit) faut pas que je m'étale.

Ou plutôt si. Et rapidos. Ayant toujours ma main sur la chaste épaule brune (très) de Zoé, je nous culbute en arrière. Car moi, je vais te dire : lorsque je commets une bévue, je m'arrange toujours pour la rebecter dans la fraction de seconde qui suit (et parfois même dans celle qui précède).

Un vrai jeu de dominos.

J'ai pas achevé de formuler le « i » de oui que déjà c'est la culbute postérieure, avec projection en force contre Félicie et Antoine.

Le reste, j' sais pas. J' sais plus. Pas encore. Faut voir. Un zef mistralien ! Oui, ça surtout : le souffle. Bien plus pire que le bruit. Le bruit ponctue, mais il gnognote en comparaison. Tandis que cette brutale bourrasque, parole, rendrait gauloises les taurines moustaches à Salvador Dali. Dieu de Dieu, quelle force sauvage ! On en est asphyxié, roulé. Vidé, je me sens. Retourné comme une peau de lapin sous un hangar. J'épouvante à l'idée que ma Félicie puisse être tuée ou blessée. La vérité ? Je pense qu'à elle. *A elle seule...* Un morcif de plâtras me coloquinte, en provenance directe du plafond. Quelques chandelles supplémentaires s'allument pour moi. C'est ma fête ! Mon anniversaire. *Happy birthday to me !* Crac ! M'en choit encore. Je suis choyé. Le grand lustre pseudo hollandais prend un air détaché et s'abat (comme la reine de) sur la populace.

— Fais dodo, papa ? demande la voix angélique d'Antoine, dont la tranquillité innocente n'a pas été entamée par la catastrophe.

Dopé, je me dresse.

Mince, quand je pense qu'il va falloir te décrire tout ce bigntz ! Par quoi commencer ? C'est un peu comme si on te demandait de faire le ménage chez un marchand de porcelaine d'Hiroshima, un 6 août 1945. Oui : comme.

Allez, San-A., retrousse les manches de ton stylo, mon grand, et attelle-toi à la tâche.

Primo : plan général.

Un infernal chaos (qui se prononce K.O. et non pas chat haut comme des cons j'entends) pour te préciser la situation. Je peux pas être mieux éloquent ou alors, me faudrait des granulés spéciaux, mais on ne les trouve qu'en Allemagne et sur ordonnance. Un infernal chaos, oui !

Ce gâchis, ma tante Irma ! Cette misérance ! Cette apocalypsie ! Cette nuiserie totale ! T'as pas fait la guerre, toi non plus ? Eh ben, imagine la guerre. Du kif, mon pote. En pire. Non, pas la guerre d'empire, écoute ce que je te cause, quoi ! Y a du sang, du mort, du blessé, de la ruine, des fumées. Ça crie, ça hurle, ça gesticule.

Ça prie. Ça promet des ex-voto (pas de « s », mot invariable comme la connerie humaine). Ça réclame : sa mère, des ambulances, des remises d'impôt, la police, du secours, police-secours, la Légion d'horreur (chic : je l'aurai jamais), un miracle lourdais, des dommages (ils y sont) et intérêts, la sortie, le droit de vivre, du plasma sanguin, de l'oxygène, la lune, Naples, un prêtre, une pelle, le téléphone, la une de *France-Soir* et *la Marseillaise* interprétée par la musique de la garde républicaine sous la conduite du maître Paul Paray.

Devant moi : plus rien ! Si, qu'est-ce que je raconte : la cour de la mairie avec ses beaux platanes dorés par le soleil d'été, car le mur a fait relâche, et puis aussi, entre elle et moi, les deux jambes du maire. Le reste du magistrat (ses restes plutôt) a disparu. Il ne reste rien de ses restes. Il est parti sans demander ses restes.

Par contre, sa tourneuse de page, son page en jupon, sa derviche tourneuse, sa paire de miches tourneuse est là, elle. En chair (à pâté) et en os (à moelle). Perforée de mille parts. Drôlement morte, tiens donc.

De la table ne subsiste qu'un peu de bois dont on fait les flûtes ; du gros registre, qu'un tas de papier racorni.

Je raconte bien, hein ? Consciencieusement. Pas feignant, l'homme de lettres ! Le Zola du pauvre, San-A. Le Balzac vermotien. La seule différence entre moi et Flaubert, c'est que je ne suis pas normand. Ça c'est du travail, non ? Je te parie une édition du *Coran* sur papier bible contre les œuvres posthumes de Maurice Druon que pour le prix, personne peut te donner mieux, question conscience professionnelle. J'ai des confrères, ils se demandent comment je m'en sors pour le prix de revient. Faire complet et perdurable à ce point, ça leur coupe les pieds, si bien qu'ils se retrouvent au chômage.

Bref, je reviens à ce qu'on causait : la salle des mariages. A ma droite, Zoé. Elle est couverte de sang. La mariée était en rouge ! Elle a une épaule en compote, ma chère chérie bien-aimée. Tu la devines d'une pâleur de cierge sous son hâle naturel.

Maman ! Et maman ? Félicie, ma vieille...

Verte mais intacte. Elle me visionne avec toute l'âpreté de son amour.

Me constate pareillement indemne. Virgule à mon unisson une action de grâces au Barbu qui n'est pas coté en Bourse.

Toinet n'a rien, lui non plus.

Je vais te dire : l'engin a explosé en éventail, le plus large de l'ouverture d'icelui étant orienté du côté du défunt maire (vive le premier adjoint !). Trois photographes qui se tenaient en bout de table pour nous flasher sont morts, quelques personnes, dont ma Zoé, ont morflé à la lisière de l'explosif.

Triste bilan, comme on dit dans la presse du lundi.

— J'ai été touché, clame Béru, mon futal est fendu de la tête au pied, par-derrière...

Il se penche pour montrer la fente pantalonienne antérieure à l'explosion et qu'il va se faire rembourser par l'assurance.

— Zoé, ma chérie, comment te sens-tu ?

— J'ai mal, soupire-t-elle.

Et l'effort d'avoir dit la fait s'évanouir.

Quelle noce, madoué ! On se le rappellera, le mariage à San-Antonio.

Les secours s'organisent. V'là les pompiers qui pompent, les ambulanciers qui déambulancent, des journalistes qui journalisent à qui mieux mieux, photographient leurs collègues morts et affûtent des épithètes. La cohue, le chorus, le chœur russe !

M'man pleure en tenant la main de Zoé. Toinet se

marre comme un follingue dans les décombres. La mère Bérurier donne des ordres aux uns et aux autres. A quoi bon t'en narrer plus ? Si tu n'imagines pas la scène, grâce aux éléments ci-dessus, c'est que tu as un pot de rillettes en guise de cervelle, auquel cas tu n'as rien à foutre dans un ouvrage de cette qualité.

*
* *

Un peu tendue, l'atmosphère, dans le bureau du Vieux. Le message qui me fut glissé en main est maintenant étalé sur son bureau. Pépère n'arrête pas de l'examiner. Il le lit, le relit, le relie, l'apprend par cœur, le récite, le déclame.

On dirait qu'il s'agit d'une œuvre de lui.

D'un poème épique. D'ailleurs, n'en est-ce point un ?

Un poème de mort.

Enfin il repousse le feuillet et soupire :

— Effarant !

J'approuve.

Stimulé, il trouve immédiatement la surenchère :

— C'est carrément dément, un acte pareil.

— Je n'osais le dire, monsieur le directeur.

— Comment va votre fiancée ?

— C'est grave, mais ses jours ne sont pas en danger.

Je l'aie eue, mon opération de l'appendicite, tu vois, gros malin ? Si je t'avouais que je ressens du remords, un peu comme si les événements avaient obéi à ma volonté subconsciente… Je suis toujours célibataire. J'ai un sursis. La vie qui en est un autre n'est faite que de sursis placés bout tabou.

— Parlons net, San-Antonio, cet attentat ne tient pas debout !

Je lui riposterais bien que, vu l'état de la salle des

mariages il aurait du mal, mais l'heure n'est point à la galéjade.

Il a intérêt à se verrouiller le museau, le beau commissaire, car enfin, c'est son étourderie qui est responsable de la catastrophe. Se laisser baisouiller de la sorte par une question du second degré. « Vous avez bien dit « non » ? » Réponse : « Oui ! » Quel œuf ! Ce serait encore un technicien façon Bellemare qui m'aurait piégé, j'aurais des circonstances atténuantes. Mais ce brave homme de maire, classique, et moins rotor qu'un hélicoptère, ne paraissait pas semeur d'embûches (de Noël).

— En effet, patron, cet attentat ne tient pas debout.

— A votre avis, il était dirigé contre vous ou contre votre fiancée ?

Cette question, tu penses que je n'ai pas attendu le Décapé de la coupole pour me la poser.

Mon silence, mieux que des mots, exprime mon incertitude. Plus complètement, plus éloquemment.

Le Vioque le tient pour acquis et continue :

— Car enfin, si l'on voulait s'opposer à votre mariage, il y avait des méthodes plus simples. Puisque ces gens (je les appelle « ces gens » faute de mieux, mais peut-être s'agit-il d'une seule personne), puisque ces gens étaient décidés à aller jusqu'au carnage, ils se seraient épargné bien des peines en abattant votre charmante fiancée, par exemple. Rendez-vous compte qu'il leur a fallu opérer un travail délicat à la mairie pour fixer la bombe à la table. Et quelle bombe ! Un objet délicat, fonctionnant à modulation sonore. Seul, le mot *oui* prononcé par vous pouvait la faire exploser…

Il se tait.

— Dites donc, mon petit, il a fallu qu'on vous enregistre ce « oui » pour régler le détonateur ?

Premier point intéressant.

Je sursaute.

— L'enregistrement a eu lieu la semaine passée, monsieur le directeur.

Big Chief joint ses sourcils, ce qui est sa façon de se coiffer bas.

— Je vous écoute.

— Vendredi dernier, assez tard dans la soirée, j'ai été appelé téléphoniquement chez moi par un anonyme qui s'est ingénié à me faire prononcer un maximum de « oui ». Vous savez, le côté : « Vous êtes bien tel numéro ?… Monsieur le commissaire Untel ?… Vous habitez bien à telle adresse ?… », etc. J'ai dû proférer une bonne douzaine de « oui ». Et au moment où, impatienté, je commençais à prendre le mors aux dents, mon correspondant a raccroché. J'ai cru à quelque mauvais plaisant prenant plaisir à se moquer d'un flic.

Le Dabuche semble satisfait.

— Ne cherchons pas plus loin, déclare l'éminent personnage. On vous a butiné des « oui » pour exécuter une synthèse sonore destinée au réglage du détonateur acoustico-décibélien.

Content d'avoir eu l'occasion de placer dans une conversation un paragraphe de « *Sciences et techniques* », le Boss (fort)[1] consent à torver un sourire.

— Quel genre de voix avait votre interlocuteur ?

— Très anonyme. Il devait s'appliquer à la rendre neutre. Un débit lent, chaque syllabe s'articulait parfaitement…

— Revenons donc à la grande question : « Pourquoi un attentat aussi fracassant », si j'ose m'exprimer ainsi ? Ce n'est pas de gaieté de cœur qu'on décime ses semblables, sauf lorsqu'on est un sadique. Or, ici, nous ne

1. Comme un Turc.

sommes pas en présence d'un sadique a priori. En somme, le criminel est allé payer au prix fort ce qu'il pouvait acquérir à bon marché. Ce qui m'amène à conclure que ça n'est pas seulement votre mariage qu'on a voulu empêcher. Il y a autre chose.

Un temps.

Deux temps.

Trois mouvements.

On pense chacun pour soi. Nos idées s'écartent comme deux skieurs nautiques tirés par le même canot, puis, après avoir décrit quelques savantes arabesques, reviennent sur des sillages parallèles.

— Pourtant…, attaqué-je.

Et je me tais. La chiasserie, c'est de toujours devoir agencer des mots pour s'exprimer. Vivement la gamberge à transistor, communicable spontanément, directo d'une cervelle à une autre. Bien sûr, on aura de mauvaises surprises, mais comme gain de temps, pardon, tu permets !

— Oui ? me presse le Vioque.

— A supposer qu'il y ait eu autre chose que l'empêchement de mon mariage, patron, pourquoi m'aurait-on adressé cet ultimatum ? En somme, si je n'avais pas proféré le mot fatal, l'explosion ne se serait pas produite ?

— Exact.

Il se masse la rotonde.

— Je ne voudrais pas vous faire de reproches, mon cher, mais là, vous avez manqué de réflexes. Voyons, vous répondez « non » à la question officielle du maire, si lourde de conséquences, et voilà que vous lâchez un « oui » de midinette niaise à sa seconde question.

Il hausse les épaules d'une manière qui enveloppe mon honneur dans du papier torche-cul d'occasion.

Je rebiffe, mauvais :

— Notre langage nous échappe, monsieur le directeur. Malgré notre vigilance, il est plein de scories qui tombent de nous contre notre volonté. Et, si vous voulez me permettre, je suis certain qu'à ma place, malgré votre self-control, vous auriez fait pareil.

— Ça m'étonnerait, riposte froidement le vieux teigneux.

Je m'enrogne :

— Voulez-vous parier que je vous fais prononcer le mot « oui » dans les deux minutes qui suivent ?

Son air est plus méprisant que celui d'une prostituée à qui on demanderait si elle pourrait faire passer la frontière en fraude à une banane.

— Pari tenu, mon cher.

— Parfait. Voulez-vous que nous convenions d'un enjeu ?

— Oui.

— Vous avez perdu au bout de dix secondes.

Il rougit. Son œil glaciaire devient pointu comme une alêne de cordonnier. On devine qu'il aimerait me flanquer son encrier de cristal à travers la figure.

— San-Antonio, me théâtrale-t-il, cette affaire dramatique vous concerne au plus haut point. Je pense que votre intérêt – et quand je dis intérêt, je pense à votre brillante carrière – est que vous la résolviez au plus vite, n'est-ce pas ?

T'as mordu le sous-entendu, dis, Nez-creux ? Ecrit en caractères d'affiche ça ne serait pas plus explicite.

— Je vais faire le nécessaire, monsieur le directeur.

— J'y compte !

Dans le poussif ascenseur qui me désascensionne (hydraulique et centenaire, tu penses !) je me dis fermement que celui-là n'arrivera jamais, qui démontre à un supérieur qu'il est une pomme.

III

Le gardien de la mairie est un mutilé de la Vieille Guerre. Il lui manque une jambe, les dents, son certificat d'études primaires et deux boutons de sa braguette. Il porte une blouse grise dont les poches arrachées battent l'air telles des oreilles d'éléphanteau, un gilet tricoté qui se détricote tout seul et une casquette d'uniforme à visière de carton bouilli qui pourrait appartenir, soit à un navigateur à la retraite, soit à un musicien d'orphéon, soit encore à un employé des pompes funèbres ou à un chauffeur de maître sans maître.

Il s'appelle Ringard Alfred, le mutilé (de l'Elseneur). On se l'entreprend à la débonnaire, Béru et moi, au troquet jouxtant la mairie, aimable établissement que son propriétaire, doué d'une vive imagination, a baptisé : *Café de la Mairie*.

Ringard est un habitué du lieu. Son nez en forme de fraise pourrissante raconte les bons vins qu'il y a bus.

Devant un Côtes du Rhône en provenance de Mostaganem, Ringard Alfred se laisse tirer les vers du nez (ce qui est à peine une image, si l'on se réfère à l'état de son appendice nasal).

Il roule les « r », ce qui est son droit et même son devoir puisqu'il est de la Saône-et-Loire.

— Cette bombe, messieurs, je vais vous dirrrrre…

Avant de dire, il écluse une gorgée de picrate, se pourchèvre les lèches d'une langue qu'un chat affamé dédaignerait, et se décide à poursuivre.

— Y a que dimanche après-midi qu'on a pu la poser, oui, que !

Sa main tremblante de vieillard imbibé rempare le godet. Sa bouche d'ancien combattant pensionné le vide. Bérurier décide d'une nouvelle tournée. Le déjambé bat des paupières en signe de reconnaissance. Il va nous en donner pour notre onze degrés, je le pressens.

— Pourquoi dimanche après-midi ?

C'est lui qui vient de se poser la question.

Soucieux de ne pas se faire languir, il y répond spontanément :

— Parce que dimanche après-midi, j'étais chez ma fille et que la mairie est restée ouverte rapport aux musicos qu'étaient en répétition.

Il ajoute :

— La nuit, impossible ; depuis que des vandaux ont saccagé le mobilier en 68, le conseil municipal a fait poser des verrous inviolables et un système d'alarme que même chez Cartier, ils n'ont pas le pareil.

Catégorique. Poivrot, mais consciencieux, le vieux guerrier. Je le devine, aux 11 novembre, avec sa batterie de cuisine sur le poitrail en guise de Rasurel, son béret basque et sa larme à l'œil lorsque retentit la sonnerie aux morts. Chiche qu'à l'appel des disparus, c'est lui qui répond « Mort pour la France ». Il se font de plus en plus rarissimes, les z'héros de 14-18. Avec le temps, va, tout s'en va. Ne restera que leurs illusions sur les places de village, taillées dans du marbre et sommées d'un coq belliqueux ou d'un poilu dont les mouflets ne savent *guerre* s'il s'agit d'un soldat de l'An 2 ou d'Astérix le Gaulois. Et puis un jour, persuadé de l'horreur esthétique de ces monuments, on les liquidera car chacun d'eux occupe au moins la place d'un parking de trois voitures.

— Parlez-nous de ce fameux dimanche après-midi, cher monsieur Ringard, demandé-je tout en louchant machinalement sur le fessier agressif d'une serveuse en culjupette.

Il évasive du geste. Simple précaution pour s'excuser de ses éventuelles défaillances oratoires.

En réalité, il est prêt à dire.

— Je suis été déjeuner chez ma fille, à Rueil-Malmaison et ne suis rentré que vers la fin d'après-midi. Je vous le dis, ce jour-là, les gars de l'Harmonie venaient répéter dans la salle des réunions, vu qu'ils se préparent au 14 Juillet. Dans ces cas-là, je laisse les clés ici et M. Raimineur, le chef d'orchestre, vient les prendre. Je lui recommande toujours de refermer après l'arrivée du dernier musicien, vu que, pendant la répète, ma mairie reste ouverte, mais comme y en manque toujours à l'appel, on ne sait jamais si les absents ne sont pas seulement des retardataires et on ne referme pas. Voilà pourquoi, moi, je vous fous mon billet que la machine infernale a été placée dimanche. Qu'est-ce vous voulez : un moulin ! Un vrai moulin…

Il se mouille la meule, hoche la tête (car il n'a plus l'âge de branler le chef, contre lequel d'ailleurs on lui devine des rancœurs) et conclut :

— Un si bon maire, dont j'ai connu le père, périr ainsi ! Et cette pauvre Mlle Follichette qui était toujours sur la brèche…

— Elle y est restée, dis-je sinistrement en désignant le trou qui bée dans la façade de la mairie et que des employés municipaux sont en train d'aveugler avec des planches. Vous voulez bien nous guider à la salle des réunions, monsieur Ringard ?

*
* *

On peut être simultanément musicien et diabétique.

De même, il n'est pas impossible d'être chef d'orchestre et droguiste. A preuve : c'est le cas de maître Alexandre Raimineur, lequel dirige une boutique haute en couleurs et boules de naphtaline en même temps que « La Marche des Coquelicots » (musique de Martial Poiloc).

Le roi de la baguette magique est un petit homme malingre et barbichu qui ressemblerait à Trotski si Trotski avait eu une gueule de con. Il porte des lunettes cerclées de fer et suce des pastilles qui puent l'armoire où l'on remise les lainages pendant l'été dans les maisons dites bourgeoises.

Il porte une blouse blanche taraudée par les acides et maculée de peintures diverses, la laissant puissamment ouverte du haut, afin sans doute de montrer à tout venant l'énorme cravate lavallière qui assure quatre-vingt-quinze pour cent de son prestige artistique. Ultime détail, dont le pittoresque ne t'échappera que si ta poche de branleur est trouée : il a une casquette de cinéaste ou de livreur d'entrecôte posée bien droit sur la tête, comme une couronne de majesté en cours de sacre.

On se présente.

Il comprend l'objet de notre visite. Prononce quelques paroles mélodieuses sur la catastrophe de la mairie. Selon lui, elle est l'action de terroristes d'extrême droite soucieux de détruire un maire socialiste dont l'œuvre, la personnalité, le dévouement inlassable à la cause commune, et caetera…

Je lui réponds que ça n'est pas impossible.

Il supplie qu'on arrête ces malfaisants pour qu'un châtiment machinlalère leur soit naninana et je promets.

Nous arrivons à la répétition de dimanche.

Il est catégorique : il ne sait rien.

Arrivé le premier, comme sa chefferie le lui impose, il est reparti le dernier ainsi qu'elle lui en fait le devoir. Rien vu, rien entendu. Roger La Honte, première époque !

Je n'en attendais pas moins (ni plus) de cet homme de bien. Si, toutefois : la liste complète de ses musicos.

— Peut-être, monsieur Raimineur, que l'un de vos exécutants aura aperçu quelque chose d'insolite ?

Il amorce un n'hochement de tête qu'une idée subite l'empêche d'achever.

— Attendez, fait-il, attendez, j'ai peut-être mieux.

Il va pousser une porte d'arrière-boutique et appelle à la cantonade :

— Wolfgang !

Mon regard interrogateur l'amène à s'expliquer brièvement :

— C'est mon fils.

Et il ajoute :

— Dimanche, je l'ai emmené avec moi à la mairie pour qu'il fasse du patin à roulettes dans les allées cimentées du parc.

Belle initiative, t'en conviens ?

L'enfant paraît.

Il ne ressemble pas à Mozart mais à Poil de Carotte. On dirait d'une bougie allumée. Il a le regard mutin d'un lapin russe souffrant de la vésicule biliaire, et des dents si espacées qu'il lui est impossible de manger des lentilles en salade.

— Wolfgang, mon garçon, l'aborde son père, voici deux messieurs de la police qui vont te poser des questions. Je te demande d'y faire des réponses claires et précises, de dire la vérité, rien que la vérité, toute la vérité. Ton jeune âge te dispense de prêter serment, mais songe que tu es un Raimineur et que j'attends de toi une attitude digne du nom que tu portes. Allez, messieurs, il est à vous !

Là-dessus, le chef droguiste d'orchestre croise ses bras altiers, guideurs de cuivres, et attend les prouesses verbales de son rejeton qui après tout est peut-être de lui, pour peu qu'il possède le même groupe sanguin que son épouse.

— Wolfgang, murmure Bérurier. C'est un prénom breton, ça ?

L'interpellé lui file un zœil aussi sympa qu'un crachat de phtisique galopant.

— C'est déjà assez dur de coltiner ça, grommelle-t-il, si en plus faut se faire fout' de sa gueule par un gros lard, alors j'aime mieux me faire appeler Ducon !

Le sieur Raimineur intervient :

— J'ai omis de vous prévenir, messieurs : Wolfgang est très espiègle.

— Je vois, admet le Gros, c'est un truc qui risquera de le gêner pour s'asseoir, plus tard. Vous pouvez pas savoir à quel point que le dargif des espiègles de son acabit sont en compote. Ces gens-là, ils blessent de la selle pire que des coureurs cyclisses.

Je lui tambourine les montants de la pointe de mon soulier pour l'amener au calme. Ensuite de quoi, j'entreprends Wolfgang :

— Il paraît que tu as fait du patin à roulettes, dimanche après-midi dans le parc de la mairie ?

Le mougingue fronce son nez rousselé.

— A cause ?

— Outre les musiciens, tu n'as vu entrer personne ?

Nouveau regard mauvais. C'est curieux comme des

êtres sont délibérément hargneux. A peine au monde, les voici qui grinchent. Ils sont prêts à mordre, à meurtrir, n'importe qui, n'importe quand, comme ça, d'instinct. Ils se sentent constamment agressés, alors leurs ongles deviennent des griffes, leur salive de la bile, leur voix de l'acide et leurs yeux des fers à marquer le bétail.

Lui, déjà, conséquence de sa trop vive rousseur, de son impossible prénom ou de la connerie de son vieux, le voilà aussi fumier qu'un homme. Il est en état de vengeance éternelle. Pauvre petit gars…

— Réfléchis bien, mon grand, c'est d'une importance capitale.

— Pas besoin de réfléchir, rétorque le teigneux. C'est oui. J'ai vu entrer des mecs dans la mairie pendant la répétition.

Pour le coup, il me semble plus beau qu'un archange, le rouillé. Note que j'ai jamais contemplé d'archange autrement que sur des images pieuses, mais j'ai ma petite idée sur la question.

— Tu es certain que ça n'était pas des musiciens ?

— Vous avez vu des musiciens avec des bleus de travail, vous ? P'pa qu'est râleur comme un pion n' tolérerait pas.

— Ils étaient en bleus de travail ?

— Des ouvriers, quoi ! Et nordafs, si vous tenez à tout savoir.

— Tu peux me les décrire ?

Il fait la lippe, pire qu'à Besançon.

— Des Nordafs en bleus, avec des lunettes de soleil, c'est commode à raconter, hein ?

Je considère l'enfant. Pas truffe, ce môme. Mesquin, mauvais, mais du chou.

— Essaie tout de même, mon ami, puisque je t'affirme que ton témoignage est capital.

La gravité de ma voix, le sérieux de mon regard lui en imposent.

Il acquiesce.

— Y en avait un grand d'un certain âge, et un jeune plus petit. Ils ne faisaient pas Nordafs d'Afrique du Nord, à mon avis.

Ne pas faire Nordaf d'Afrique du Nord est une sorte d'espèce de paradoxe que je te fais cadeau.

— Qu'entends-tu par là ?

— Si vous voulez, c'étaient des Arabes comme ceux des commandos qu'on voit à la télé. Peut-être à cause de leurs lunettes noires ?

— Raconte…

— Quoi ?

— Tout. Le maximum de choses que tu as vues d'eux. Ils sont arrivés comment ?

— En bagnole. Une vieille américaine toute délabrée, noire. Ils l'ont laissée sur le trottoir d'en face.

— Et puis ?

— Ils avaient chacun une sacoche à outils sur l'épaule. Ils sont entrés dans la mairie, j'ai cru qu'ils venaient réparer quelque chose…

— Tu les as vus repartir ?

— Non. Je faisais du patin, ils ont dû s'en aller pendant que j'étais au fond du parc.

— C'est tout ?

— C'est tout, vous croyez que ce sont eux qu'ont posé cette bombe ?

— Probablement.

***

— Comment te sens-tu, mon amour ?

Zoé est languissante, lointaine. Son regard brillant d'ordinaire s'est éteint. Elle s'obstine à contempler le plafond grisâtre sur lequel passent des ombres venues de la rue.

Elle chuchote, d'un ton à peine audible, un « ça va » auquel on ne croit pas.

Je m'installe à son chevet, intimidé par ce que j'ai à lui dire. Duraille de déballer le fond de sa pensée, parfois, à un être aimé. C'est toujours dans les fonds que la vase se dépose, les détritus... Les fonds de pensée sont pleins de boîtes vides, de cheveux, de poils de cul, de préservatifs usagés et surtout d'arrière-pensées.

— J'ai l'impression, Zoé, que tu ne m'as pas tout dit sur ton passé. Cette agression le prouve...

Je lui lis le message qui tant a intrigué le Vieux.

— Tu comprends pourquoi j'ai répondu « non » au maire ?

Elle ne répond rien. Ses yeux continuent leur glissade au plaftard. Mais à un frémissement de ses narines, je sais qu'elle m'écoute et enregistre mes paroles.

— On ne voulait pas que notre mariage s'accomplisse, chérie. On a employé les grands moyens pour l'empêcher. Il y a bien une raison, non ?

Elle se décide :

— Pourquoi cette raison viendrait-elle de mon fait et non du tien ?

Plof ! Bien balancé. Pertinent.

— Parce que, Zoé, j'ai beau me poser la question, je ne lui trouve pas de réponse.

— Je me pose aussi la question et ne trouve pas non plus de réponse, assure-t-elle.

Elle abaisse ses paupières, comme pour me signifier qu'elle désire rester seule. Je coule un mimi mouillé sur son front et me dirige vers la porte.

— Antoine !

Une voix lasse, infiniment.

— Chérie ?

— Non, rien…

Et me voilà parti, avec un grand trou effrayant au milieu du ventre, au milieu de l'âme… Quelque chose de désespérant qui, d'ailleurs, doit être du désespoir. Mais un désespoir obscur, confus, pas racontable…

Il continue de faire beau. C'est la sécheresse. La soif emplit les terrasses des cafés.

Je trouve un coin libre, près d'un vieux mironton bicentenaire qui lit le journal à l'aide d'une loupe. Il sucre comme le rétroviseur d'une moto roulant dans un chemin riche en nids-de-poules[1]. A part le titre du baveux, je ne crois pas qu'il puisse déchiffrer quoi que ce soit, malgré son télescope géant.

Le loufiat m'interroge du regard. Car, tu observeras, dorénavant, dans les bistrots de Pantruche, c'est la façon de s'adresser au client. Un sourcillement, pas plus. Et faut se grouiller d'annoncer la couleur, que sinon on te passe outre, te laisse quimper comme un vieux slip.

— Un demi négligé ! je lance au garçon.

Il me vote un double *look* façon Laurel et Hardy.

— Qu'est-ce ça signifie, négligé ?

— Ben… sans faux col, quoi ! Vous arrivez de province ?

Piqué au chose, comment dit-on, déjà ? Oui : au vif, il hausse ses épaules de héron. Je sens que je vais l'attendre un bout de temps, ma bière. Aucune importance, je ne suis pas pressé. Faut que je gamberge. Le point ! C'est primordial dans notre job, de récapituler.

Je me dis qu'au cours de mon début d'enquête, quelque chose a fait tressaillir mon subconscient. Et ce quelque chose continue de frétiller dans les limbes de

1. Comme ils me disent tous : « Je me demande où je vais chercher tout ça. »

mon esprit insondable. Quoi ? Mystère… Quand ce petit déclic s'est-il produit ? Impossible de le déterminer. Je crois cependant que la chose a eu lieu au cours d'une conversation. Etait-ce avec le mutilé 14-18 ? Le chef droguiste ? Son fils ? Avec Béru ? Le Vieux ? Zoé ? Je presse ma boîte à idées. Faut lui exprimer son jus. Coûte que coûte retrouver cette phrase, voire ce simple mot peut-être, qui s'est planté dans mon cerveluche comme un poil d'artichaut entre deux dents…

Rien. Le vide… Du gris nébuleuse dans ma tronche surpeuplée.

Alors tout reprendre minutieusement… L'unijambage ? Je revis la scène, ses « r » roulés dans le Côtes du Rhône, ses jérémiades… Tout, quoi ? Je retrouve le mot à mot de l'entretien. Ensuite, je passe au maestro Raimineur…

Le loufiat pose devant moi un demi tellement crémeux que lorsque j'aurai éclusé la mousse, il ne restera pas suffisamment de liquide dans le verre pour humecter les fesses d'un timbre-poste. Vendetta ! C'est cruel un loufiat, quand ça s'y met. De plus, mon verre est festonné de rouge à lèvres violet (le pire). Dégueulasse ! On a toutes les indulgences pour son trou du cul, mais les traces des autres vous dégoûtent.

— Combien ? je demande au garçon.

— Trois francs.

Je lui tends une pièce de cinq francs.

— Gardez tout !

Voilà que je le bite pour la seconde fois. Il a un sursaut. Il s'attendait à ma râlerie, et au lieu de vitupérer je le couvre d'or. Y a tellement de manières de dire merde à ses contemporains. Lui, il ignorait encore celle-là. Faut dire que les gens sont si radins, dans l'ensemble… Ils ne savent pas se payer de vrais plaisirs, bien délicats. Jouir à l'œil, c'est leur vice.

Bon, j'en étais au chef droguestre…

Et poum ! ce que je cherchais avec tant d'acharnance, sans trop d'illuse, m'apparaît, comme sur un écran géant.

Le droguiste d'orchestre m'a dit sa conviction que l'attentat était l'œuvre de terroristes d'extrême droite désireux de tuer le maire.

Voilà le truc qui me purule la gamberge. Cette réflexion badaude ouvre une perspective intéressante que je te vas expliquer avec ce brio dont tu me connais. Je me dis textuellement ceci : « Et si, en réalité, c'était le maire qu'on ait voulu tuer ? »

Tu piges ? Penses-y, mon gros lapin. Ça donne à réfléchir. Supposons que des gens aient voulu supprimer le maire d'une manière qui paraisse pratiquement accidentelle, c'est-à-dire en faisant passer sa mort pour la conséquence de l'attentat officiellement dirigé contre moi. Qu'on veuille buter un flic réputé, ça n'étonne personne. Les recherches, automatiquement, s'orientent dans une direction précise : la mienne ! Le maire passe pour une victime *supplémentaire*, si je puis dire. Donc, on n'a pas l'idée d'enquêter dans son entourage. Pour étayer cette assertion, *il y a le fait que la bombe a éclaté dans sa direction*. Oublie pas ! *Dans sa direction et non dans la mienne !* C'était pas fortuit.

Mince, voilà qui change tout. Un vrai beurre !

Le vieillard à la loupe met sa loupe dans sa poche, la loupe, et la loupe choit.

Ne se brise pas.

Je ramasse cet instrument d'optique et le présente au bicentenaire. Cézigue me remercie et empoigne mon verre de bière. Lui, c'est le roman de Miraud !

Au moment où j'ai relevé sa loupe, ma joie impulsive est tombée. Car à cet instant, je me suis dit : « *Si ces gens voulaient tuer le maire, pourquoi alors te remettre cet avertissement ?* »

Mon château de cartes en Espagne s'écroule comme les raisonnements d'un ivrogne après l'Alka-Seltzer du matin. Mais tu connais l'homme en général, et l'homme san-antonien en particulier ? L'espoir chevillé au cœur. La résolution fervente de ne jamais perdre l'optimisme de vue. Un peu de spleen, pour empêcher ta cervelle de bronzer au soleil de la confiance en soi, des périodes de doute pour s'assouplir l'égoïsme. Et puis hop, hop ! A nouveau tu raccroches à l'euphorie, mon mec. Chaleur, bonheur, certitude de vaincre. Le bonheur n'étant que l'idée qu'on s'en fait, fais-toi toujours des idées heureuses. Ton destin c'est surtout toi, n'attends jamais que les autres s'en chargent.

Je rétorque à ma décevance que le mystère du message était déjà mystère quand je nous croyais uniquement visés par la bombe, Zoé et moi, qu'il reste encore mystère quand je suppose que l'engin de mort était en réalité destiné au maire ne change rien. Faut laisser ce blanc pour l'instant.

On le remplira plus tard, lorsque tout sera éclairci. J'ai pas raison ?

Le vieux vieillard d'à côté se lève.

Renverse son guéridon en partant.

Moi, si tu veux mon avis sincère, ce pauvre monsieur, au point où il en est, il aurait carrément intérêt à être aveugle.

Ça lui reviendrait moins cher.

IV

Tu as des maires qui sont en outre industriels, commerçants, médecins, assureurs, agriculteurs, ou autres.

Surtout ou autres, d'ailleurs.

Le mien était maire.

De profession. Plus conseiller de ceci, cela, machin-chose ; le processus habituel, quoi. Et puis aussi secrétaire général du truc-machin.

Se préparait aux législatives. En cas de vestouze, aux sénatoriales. Dans la politique, t'as de la ressource. Tu peux rabattre sur des lots de consolation. Quand on refuse de te sacrer à Reims, t'as les Fidji, la Réunion et consœurs pour te refaire une santé. Si t'es plus super-préfet, te voilà P.-D.G. Un camembert tout superbe, te dis-je. L'essentiel, c'est de bien savoir sucer la bonne roue ou le bon paf. Pas se laisser décrocher. En être coûte que coûte. Brandir la flamberge, si tu manques de gamberge, mais te montrer. Occuper les éminences de terrain et les éminences grises. Surtout qu'on t'oublie pas. Le mec oublié est un mec foutu : le barlu poursuit sa route sans lui. Il n'a pas même droit à une bouée de secours. Faut s'agiter, d'un sens ou l'autre, mais créer du bouillonnement. Le vrai politicien, c'est un comprimé effervescent. Il mousse, il pétille, il fait roter. La politique, c'est le côté gazeux de la nation : sa limonade, son champagne, ses pets.

Le défunt cher maire, mis en charpie à la faveur de mon « oui » inconsidéré, habitait un discret pavillon de meulière dans les faubourgs.

Jardinet, R 16, épouse modestement lingée, enfants blafards.

On voit sa vie dans sa maison, tout autour de son cercueil qui trône au salon. En noyer massif, poignées d'argent : le plus beau meuble de la pièce, franchement.

Des camarades de « combat » sont là, qui le veillent, la mine farouche, la mâchoire en tiroir de bonheur-du-jour, l'œil assombri par la peine mais animé par l'esprit de vengeance. Ils ne regardent rien ni personne. Des cariatides dramatisantes. Ils appartiennent déjà au mausolée de Jules Aigime, le glorieux maire mort à sa tâche, debout, son bandage tricolore autour du bide. La légende d'un homme, faut l'attaquer pendant qu'il est encore chaud. Ne pas laisser le rapide oubli faire sa triste besogne de nivellement. A ce compte-là, personne resterait et on n'aurait que des rues numérotées comme à Nouille York.

Sur le cercueil : l'écharpe tricolore, tachée de sang, trouée d'éclats, sublime matérialisation du drame. Elle le perpétue.

La mairesse est une forte personne née pour être veuve. Y a de la dolence de bon ton, chez cette dame. Un côté : je souffre, mais j'assumerai mon malheur. On sent qu'elle perpétuera la mémoire du disparu car elle est mauvaise baiseuse et n'aura jamais rien de mieux à foutre. Tiens, ça c'est de la belle occupation : veuve de martyr ou d'homme célèbre. Quand tu veux vraiment t'y consacrer à bloc, tu ne peux pas te figurer les satisfactions morales et matérielles que tu en retires. On t'invite, on te respecte, on te ménage et tu touches pensions et royalties sans coup férir (ce serait un comble que d'aller coup férir à ce moment-là !).

Elle est déjà en noir, ayant du deuil en stock à la maison, comme il sied aux ménagères prévoyantes et qui ne s'endeuillent pas chez Dior ou Chanel. Le deuil mode est hors de prix. Faut être Liz Taylor ou Jacqueline Kennedy pour s'offrir ça.

Tandis que les modestes dames semi-bourgeoises, bien ordonnées et prévoyantes, outre leurs confitures, leurs conserves d'haricots verts en bocaux (donc haricots-verre) et leurs draps empilés dans des garde-robes aux senteurs de lavande, détiennent aussi de la fringue noire pour « en cas de malheur ». La mort peut carillonner à leur lourde : elles sont parées pour l'accueillir la tête haute, ces magistrales ménagères. La mort ne leur fait pas peur, ne les affole pas. Elles en font leur affaire. L'accommodent à la sauce aux larmes, avec un bouquet garni et une couronne de perlouzes à son mari si marri et tellement tant bien-aimé qu'il te vous laisse des regrets éternels et un goût de n'y revenez plus.

C'est beau, une veuve. C'est noble. C'est vrai. La dignité souveraine. C'est « détentrice », voilà. Gloire aux détenteurs, ces gérants du souvenir, ces conservateurs de muselés (par la mort). Honneur à la douleur qui s'incarne (carne toi-même) si bien en eux. Qui prend un aspect, une démarche, une signification.

Attends, je t'emmerde ? Bon, alors j'inverse les réacteurs.

— Pourrais-je vous entretenir en particulier ? demandé-je à cette femme édifiante et noire.

Elle me drive dans sa salle à manger Henri chose. Des pommes reinettes sèchent sur une desserte. Elle me montre une chaise de style chiasse, recouverte de moleskine véritable. Je confie mon dépôt légal au siège.

La table est recouverte d'un chemin… de table, tout

bêtement. A grille. Y a un amour brodé dans le milieu, il joue de la flûte.

De Pan.

En faisant la roue.

Comme un paon.

— Madame Aigime, je…

Ici je te lui place la douleur… Combien on est affecté par… L'impact que ce drame a eu sur le peuple de France… La mémoire à Jules pérennitera… L'association à sa douleur dont je serai farouche membre supporter…, etc.

Après quoi j'en arrive au point qui m'intéresse :

— Madame Aigime, pensez-vous que votre glorieux époux ait eu des ennemis ? Autres que politiques, j'entends ?

Elle rebiffe du buste, de la crinière, de la glande. La pure vraie veuve, je te dis. Hyène farouche, gardant son cadavre, les babines retroussées.

— Lui ! Comment pouvez-vous me poser une question pareille, monsieur ! Il a consacré sa vie aux autres. Il ne pensait qu'au bien public. Il payait de sa personne sans relâche… Pensait à tout le monde. Tenez, si je vous disais : votre mariage…

Pour proférer ces deux mots : « votre mariage », sa bouche est devenue flétrisseuse. Elle en a gros comme le cercueil du salon sur la patate. Me le fait comprendre avec un maximum de tact.

— Vous disiez, madame, mon mariage ?

— Il a différé son départ au congrès des fils maires de France dont les assises se sont ouvertes à Beaune[1].

1. Dans ces cas-là, j'ajoute toujours : « elles ne peuvent pas se dérouler sous de meilleurs hospices », mais quai Conti, ils m'ont fait savoir que je pourrai pas y entrer tant que je laisserais passer des calembours.

Car mon mari était fils maire, monsieur. La troisième génération de Aigime à présider aux destinées de la commune. Beau, non ?

— Superbe. Je suis très touché et infiniment navré d'apprendre qu'il a sursis à ce voyage…

A cet endroit. Mais alors pile où je te dis, me v'là qui pousse un nom de Dieu qui fendillerait les colonnes de Saint-Pierre *of* Rome.

Effarée, la veuve me considère avec les mêmes yeux que devait avoir le fiancé de la chevalière d'Eon le jour où il mit la main à la culotte de sa belle.

— Excusez-moi, madame, mais un fait saisissant m'apparaît, à la faveur de vos dires.

Bien rattrapé, hein ? Et exprimé en pur langage dix-neuvième cercle[1].

— De quoi s'agite-il ? se trouble la veuve qui clôt (la bière de son mari).

— Si j'interprète bien vos paroles, et comment les interpréterais-je mal : elles sont si parfaitement exprimées, M. le maire ne devait pas me marier ?

— Non, puisqu'il se rendait au congrès des fils maires. Le premier adjoint devait assurer la cérémonie.

— La chose était prévue depuis longtemps ?

— Une quinzaine, que dis-je : trois semaines, puisque mon mari assistait à chaque session de ce congrès.

— Quand a-t-il pris la décision contraire ?

— Hier matin. Un bon ami à lui, le maire de Saint-Pourcent-Indexé lui a proposé de passer le prendre en voiture au début de l'après-midi. Mon Jules a accepté. Et aussitôt il s'est écrié : « Puisque je ne pars plus par

1. Si t'as remarqué, l'abréviation du mot siècle, c'est un petit rond. D'accord ?

le train du matin, je vais pouvoir marier moi-même le commissaire San-Antonio ! »

— Merveilleuse réaction et qui me touche jusqu'à l'âme, madame, dis-je en feignant d'écraser une larme qu'une douzaine d'oignons ne parviendraient pas à m'arracher (j'arracherais plutôt les oignons).

— Un saint ! fait la dame.

Qui ajoute précipitamment, déformation coprofessionnelle sans doute :

— Laïque ! Un saint laïque, monsieur le commissaire.

— Les meilleurs, renchéris-je. Et alors, ayant pris cette décision, qu'a-t-il fait ?

— Il a prévenu son adjoint, bien entendu.

— Qui se nomme ?

Elle a une petite lueur d'incrédulité dans ses robinets à chagrin.

— Vous ignorez le nom de votre premier adjoint ?

— J'habite Saint-Cloud, madame, et ne connais donc point le gotha de votre coquette petite cité.

Magnanime, elle pardonne à mon ignorance.

— Il s'agit de M. Wladimir Merdanflak, fait-elle.

— Adresse ?

— *Hôtel-Restaurant des Coccinelles*, derrière la polyclinique.

— Merci.

Ça y est ! mon euphorie est sur orbite. Te dire pourquoi, il n'en est pas question. Le pif, je te répète. Je flaire quelque chose d'intéressant. Car, enfin, voilà qui pourrait apporter une roue à mon moulin, plus pas mal d'eau. Dégage-toi les cages à miel et suis mon raisonnement, chétif homoncule, tout comme la tronche à Danton, il en vaut la peine. Tu y es ?

Parfait.

Alors partons du principe que cet attentat ait été

digéré (pardon, je pensais à Béru), je veux dire dirigé contre l'adjoint et non contre le maire. Au dernier moment ; les bombeurs[1] apprennent que c'est le maire qui va procéder à mon mariage. Une catastrophe pour rien. Ils décident d'annuler. A quoi bon un carnage inutile ? Tu vois comme ça s'emboîte bien, vu comme ça ? En hâte ils me préviennent. Seulement le gars San-A. a la seconde d'étourderie que tu sais, et tout saute.

Je déboule à ma tire. Hésite, puis décroche le bigophone, car tu sais pas la nouvelle (comme disent les Calédoniens) : maintenant ça y est, tous les cracks de la cabane Pébroque ont le turlu dans leur chignole, bientôt ce sera l'eau chaude et des distributeurs de préservatifs à fleurs.

Je demande le Gros.

Généreusement (ou peut-être histoire de s'en débarrasser), on me le donne.

— L'Enflure ?

— Oui, répond-il sans barguigner.

— Ici saint Antoine de Padoue, je t'ai trouvé quelque chose, mec.

Quoi-ce ? interroge le Plantureux, toujours prêt à enfouiller des aubaines (en arabe moderne on dit des zobaines).

— Un mignon hôtel de banlieue, mon pote : *Les Coccinelles* près de la clinique du patelin où j'ai failli me marier. Fais une valise, prends ta bayadère par le bras, et allez y fréter une chambrette d'amour, Berthe et toi. Surtout ne fais pas état de ton cruel métier. Invente un prétexte, n'importe quoi. Tiens : vous êtes venus dans le bled pour négocier l'achat d'une charcuterie.

1. Pourquoi pas ? On dit bien « dynamiteur » !

Mais une fois dans la place, ouvre grands tes beaux yeux de veau atteint de conjonctivite. Il se pourrait qu'il y ait du louche. Le taulier est d'origine polonaise, je suppose, puisqu'il s'appelle Wladimir Merdanflak. C'est lui qui m'intéresse. Chouette mission, non ?

Un temps.

— Il a une carte valable ? demande anxieusement l'embourbé de la vésicule.

— Chez lui, c'est presque aussi bien que chez Guérard à Asnières.

Et ce grand patriote de rétorquer, incrédule :

— Un Polak, ça m'étonnerait.

*
* *

Tu sais que c'est sympa tout plein, *les Coccinelles* ? Le genre de petit hôtel bien tenu, avec une façade blanche, des volets verts, des fenêtres agrémentées de mignons rideaux et une terrasse où poussent des parasols orangés du plus pimpant effet.

Il fait neuf, donc joyeux. Le genre de crèche modeste mais qui inspire confiance.

Le rez-de-chaussée se divise en deux parties inégales. La plus grande comprend : la salle à bouffer et la cuisine. La plus petite est réservée à la réception et au bar.

Un peu hybride, le bar.

On l'a conçu pour les pensionnaires, mais il est bondé d'autochtones. On y trouve du plombier à marmotte de fer, du boucher à tablier retroussé, du retraité à marottes, plus quelques spécimens d'artisans dont le parler sent le Paris tout proche, et les chaussures la campagne imminente.

J'entre par le bar, mets-toi à ma place.

Tout de suite, je retapisse le taulier. Un patron de bistrot, dans son bistrot, c'est comme un commandant de barlu sur sa dunette : impossible de le confondre avec un prédicateur dominicain ou un chef d'orchestre tzigane.

Merdanflak est un quadragénaire trapu, blond et bronzé, avec des yeux clairs, très bouffis, et une certaine gravité peu compatible avec son état de commerçant.

Il fait plutôt assureur-conseil, ou agent général d'une marque de voitures qui se vendent mal. Un tel personnage n'a, apparemment, rien qui convainque une clientèle de bar de venir chez lui.

Rien, sinon ses serveuses.

Elles sont deux.

J'ignore où il est allé les chasser, mais rappelle-toi qu'il devait avoir le permis gros gibier. Des nanas pareilles, franchement, c'est pas au *Lido* ni au *Crazy Horse* que tu pourrais trouver les mêmes.

De la vamp authentique, mon neveu. Carrosserie spéciale, deux arbres à cames en tête, injection à commande électronique et allumage transistorisé ! L'essieu arrière oscillant, à tringles obliques, et carburateur compound. Tu dois arriver à des vitesses de pointes fabuleuses avec des bolides de ce gabarit.

L'une est rousse-châtain. L'autre blond-roux. Toutes deux ont des yeux pervers, un derche apocalyptique, des cils qui te râtellent l'émotion sur la vitrine, une bouche dont t'aimerais faire un collier au petit chauve à col roulé de ton Eminence, et, Dieu et Merdanflak en soient loués, elles portent des jupettes noires qui, lorsqu'elles se baissent, permettent une vue imprenable sur leur salle des fêtes.

Comment veux-tu qu'un établissement doté d'un aussi agréable personnel ne marche pas ? Faudrait vraiment qu'il y ait de la limaille de fer dans le ragoût et des peaux de hérissons dans les plumards !

Je prends place dans un coin retiré du bar, juste sous une toile figurative qui représente une bouteille de porto grossie trois fois.

L'une des éjupées m'arrive contre, tractée par un sourire que si Paul VI le voyait, il le béatifierait séance tenante, sans même se le faire envelopper dans du papier de soie.

— Pour monsieur, ce sera ? me murmuredesource-t-elle dans les baffles.

Je lui célèbre mon œillade mille *bis*, celle qui m'a tant de fois obligé de m'enfermer dans un placard à l'arrivée du mari.

— Je vous le dirais bien, mais peut-être me gifleriez-vous, réponds-je... En attendant, apportez-moi un verre de vin blanc très sec et le patron.

Franchement, tu crois que j'ai l'attitude d'un zig qui devrait être jeune marié, à l'instant que je te mets mes élucubrances sous presse, et gondoler sur le grand canal en susurrant des immortalités à sa belle ? La pure véritable vérité, je vais te la préciser, car tu l'as déjà pigé, malgré ton hercule et ta vue basse. La vérité, ma vieille peau de sauciflard, c'est que doucettement, mon amour pour Zoé s'éteint. Faut toujours se montrer objectif *in the life*. Appeler un chat un chat.

Ou ne plus l'appeler.

Déjà, le matin de la noce, cette sombre panique, cette méchante angoisse que me causait la perspective du mariage en racontaient long comme un discours de réception sur la chaleur (plus exactement, la tiédeur) de mon sentiment. Ça signifiait : *finito !*

Plus bon pour l'anneau de sa turne nuptiale, l'Antonio. Sa vie à vivre.

Du moins à poursuivre dans l'honneur et la complète liberté.

Seulement, il est pas une ordure, ton fringant commissaire, fiston. Il respectera ses engagements. Sitôt la chère Zoé rétablie, hop et hop, il la redrive en catimini à la mairie et dit un « oui » franc et massif après avoir maté sous la table.

Ensuite, il assumera. Un homme doit toujours faire face à ses prises de position, quand bien même il les déplore par la suite.

— Il paraît que vous voulez me parler, monsieur ?

Le patron des *Coccinelles* a l'œil bleu et lourd, la peau grasse à dégouliner.

Tiens ! il a une grosse cicatrice brune sur la pommette droite ; ça ressemble à une brûlure par cigarette. Une indéfinissable antipathie émane de cet homme.

Ainsi, si mes suppositions sont justes, ce serait cet individu qu'on aurait voulu supprimer ?

En laissant penser que c'était moi la victime désignée ?

Donc, il existe un lien ténu entre nous deux, puisqu'un instant, pour des mobiles tortueux, nous nous sommes trouvés associés dans l'esprit d'un – ou de plusieurs – zigs pour qui la vie humaine n'est pas d'une importance capitale.

— Police, dis-je très bas, très vite, ainsi qu'il sied lorsqu'on tient à rester anonyme dans un lieu public. Asseyez-vous, monsieur Merdanflak, j'ai à vous parler.

Il obéit. Pourquoi me semble-t-il qu'il a été soulagé en apprenant ma qualité de perdreau ?

Un peu comme s'il avait été inquiet lorsque sa servante lui a dit que « le monsieur du fond le demandait ».

— Je suppose qu'il s'agit de cette triste histoire de la mairie ?

— Exact. Vous avez, paraît-il, failli me marier, donc mourir, monsieur Merdanflak ?

Son visage s'éclaire d'un sourire, comme on dit dans la littérature à éjaculation-retard.

— Oh, vous êtes le commissaire San-Antonio ?

— Encore un peu, grâce à la magnanimité du hasard.

On se défrimaille un tout petit bout d'instant, posément, en gens d'expérience qui, avant de s'engouffrer dans une longue conversation, cherchent à se réduire à un commun dénominateur.

— Je me fais l'effet d'avoir raté un avion qui devait exploser en vol, attaque le premier adjoint. Le sentiment de miracle, vous voyez ce que je veux dire ?

— Vous pensez ! Un nouveau silence.

Pas dû à l'embarras, mais plutôt à un sentiment de prudence réciproque. Une sorte de ponctuation tacite ment établie.

Je bois une gorgée de vin blanc. Il a un goût que je n'aime pas. Un goût de pierre et de merde. Traficoté. Y a plus de morale…

— Depuis quand saviez-vous que vous deviez me marier, monsieur Merdanflak ?

— Depuis que vous avez arrêté la date de la cérémonie, monsieur le commissaire. Car notre maire devait assister ce jour-là à un congrès prévu depuis fort longtemps. De plus, le second adjoint est en train de mourir dans un hôpital parisien…

— Donc, pas de problèmes : c'était bien vous, et personne d'autre, l'officier municipal chargé de la cérémonie ?

Tu ne trouves pas que l'extrémité supérieure de ses oreilles rougit, toi ?

Il acquiesce.

— Moi, et personne d'autre en effet. Pourquoi ?

Un haussement d'épaules.

Ça fait gagner du temps et ça ne mange pas de pain.

— Pour l'instant, nous en sommes à ce point de l'enquête où il faut tout envisager, même l'extravagant. L'attentat pouvait viser trois personnes, monsieur Merdanflak : ma fiancée, moi-même et… vous ! Un sursaut fait craquer sa chaise.

— Moi !

— Notre artificier, un homme éminent, assure que l'entonnoir de propagation angulaire de la bombe se trouvait dirigé dans la direction du maire ; nous en avons eu la preuve d'ailleurs. Si la chose est juste, on peut affirmer que c'est vous qui étiez visé.

Ah ! dis donc, tu verrais comme je lui pompe l'air ! Pas avec une paille, crois-moi. Il en ouvre grand son clappoir, Merdanflak. Et il remue de la menteuse. Ses soufflets doivent se mettre en torche, faire un peu la colle, l'éponge mouillée.

Je l'achève, sans prendre son sang :

— Des ennemis avoués, cher monsieur ?

Il effare à outrance, les gobilles en révulse, les lèvres retroussées.

— Mais absolument pas.

Alors je libère le couperet fatal :

— Donc, inavoués… Ce sont les plus terribles. Quand le danger a un visage, voire un nom, il est moins dangereux. Savez-vous à quoi tout cela me fait penser ? A une action de la Mafia. Il y a un côté syndicat du crime, dans cette affaire. Cela provient de son aspect technique. Des gens ont mis votre mort au point comme un marchand d'électroménager vient vous installer la télévision.

Il s'octroie quelques goulées d'un oxygène parfumé à l'absinthe et au gros rouge, pour regimber avec plus d'efficacité :

— Vous allez vite, monsieur le commissaire, en décidant que j'étais l'objectif des tueurs. S'il en était ainsi, c'est ma propre voix qu'ils auraient enregistrée. Le mot « époux » par exemple. Je le prononce obligatoirement, et plusieurs fois la semaine quand le maire n'est pas là.

J'interromps sec. Cette fois fini les temps morts.

— Ecoutez, Merdanflak, primo, mon mariage était le premier que vous deviez célébrer après le départ de ce pauvre Aigime ; secundo, en me choisissant comme… détonateur, les meurtriers en puissance étaient certains de détourner l'attention de votre personne. Tertio, j'ai été averti, juste avant la célébration, que je ne devais pas prononcer le mot « oui ». Croyez-moi, c'était vous qu'on voulait atteindre. Vous !

Il s'obstine à faire « nein » de la tronche.

Ou « no ».

P't-être « non ». Il refuse la pseudo-vérité. La réfute. Veut pas qu'elle soit admise. Qu'elle devienne vraie pour de bon, officiellement.

— Attendez, ne bougez pas, m'écrié-je brusquement.

Et je me lève tellement précipitamment que je renverserais la banquette si elle était une chaise. Je viens de penser à quelque chose d'impérieux, d'urgent, de capital.

— Où est le téléphone ?

— La cabine est à la réception.

J'y cours.

Je sonne la Grande Taule, réclame le service qui m'intéresse, à savoir (puisque je n'ai aucun secret pour toi) celui des tables d'écoute.

— Combien de temps pour foutre sur la grande oreille le numéro d'où je vous appelle ?

— Une dizaine de minutes, monsieur le commissaire.

— Faites au plus juste et enregistrez-moi tout.

Ayant bonni, je retourne à Merdanflak. Il est vaguement prostré, les deux coudes sur ma table, considérant mon verre de vin blanc d'un air bourrelé de remords.

— Plus j'y réfléchis, me dit-il, plus je trouve votre idée inconcevable, monsieur le commissaire. Ma vie est rectiligne. Si j'ai fait de la politique, c'est seulement à l'échelon communal, et sans passion particulière. Je suis un commerçant tranquille ; personne ne peut me haïr au point de vouloir ma mort et de la préparer avec un tel déploiement de moyens. Que diable, je ne suis pas un chef d'Etat ! Vous imaginez tout ce branle-bas pour assassiner un bistrotier de grande banlieue ? Risible ! Qui donc admettrait un tel point de vue ?

— Moi, lui dis-je.

V

Ben voilà.

Ne me reste plus qu'à attendre. Un peu comme lorsque tu poses une ligne de fond à la pêche. Faut du temps. Que la proie couvre pour toi.

Je balance sur mon emploi du temps.

La Grande Crèche ? Le chevet de Zoé ?

Je décide de rentrer chez moi. J'ai l'humeur pantouflarde, plutôt sombre. Tu sais, cet espèce d'écœurement latent. T'arrives pas à t'en dépêtrer. Tout te semble inutile et morose…

Je trouve Toinet dans le jardin, sous la garde de Régina, laquelle Régina épluche des patates en chantant *O sole mio* sous la tonnelle rouillée que je ne me décide jamais à repeindre, alors que ça ferait tant plaisir à m'man. J'ai pourtant un grand pot de vert anglais dans l'appentis et un pinceau tout neuf. L'été, je me dis que ça doit se faire en hiver, ce genre de barbouille, vu que les feuilles de la vigne sont tombées et qu'on accède plus facilement à l'armature de fer. Seulement l'hiver, c'est l'hiver, tu comprends ? T'as pas envie d'aller te recroqueviller les valseuses dehors. Notre vigne, si je puis dire, c'est pas le pied. Un peu chétive, un peu pauvrette. A Pantruche, que veux-tu, une vigne ne peut que faire semblant d'être vigne. Elle a pas d'avenir. Ses raisins sont gros comme des perles, plus acides que le citron vert. Mais quoi, c'est tout de même du raisin. Un symbole !

Je vais me déloquer dans ma turne. J'enfile un jean de velours râpé, une limouille passée, des savates. Ensuite je descends chercher de la toile émeri dans le grand tiroir de la cuisine, là qu'on remise des ustensiles qui ne servent presque jamais.

Régina me mate, intriguée.

— Qué va faire le signor ?

Je lui souris en guise de réponse. Puis, courageusement, je me mets à racler les montants de la tonnelle pour les débarrasser de leur rouille et des écailles d'ancienne peinture. Au bout d'un moment, j'ai le poignet en feu. Quand je pense que des gens maugréent en apercevant parfois des terrassiers appuyés sur le manche de leur pelle. Ben, mes salingues, qu'ils s'y collent un peu ! Tu remarqueras, c'est toujours les branleurs qui gaussent. Les intellectuels de comptoir, ceux qui usent moins de calories au boulot qu'un autostoppeur écossais n'use de sterlinges pour ses déplacements. « Le rendement ! » qu'ils grinchent, ces minables. « Regardez un peu cette pauvre France. » Charognards, va ! Va-t'en la piocher, la France, mon nœud volant ! Et n'oublie pas de te lubrifier les jointures…

Le fer apparaît, bien gris et d'une luisance agréable. Il vivait sous sa gangue de pourriture. Il attendait, tout solide, qu'on le toilette comme un caniche.

La poudre brune tombe sur mes savates. Il fait beau. L'effort physique me calme.

Et pour tout arranger, v'là m'man qui rentre. Toute mistifrisée encore des bons offices de la mère Pintron. Je l'aime pas quand elle est apprêtée ainsi. Elle a un petit côté « vieille dame » qui ne lui va pas.

— D'où viens-tu, m'man ?

— J'ai rendu une petite visite à Zoé.

Son ton est mélancolique. Elle a de la pluie dans les prunelles, Félicie.

— Je l'ai vue, ce matin.

— Je sais.

— Comment est-elle ?

— Hum, pas très en forme. Evidemment, avec tout ça…

D'accord, la vie est dégueulasse, pensé-je, *mais cela dépend pour qui.*

Qu'on le veuille ou non, tout le monde n'a pas la même. Si le sort enchiasse certains destins, c'est pour que d'autres brillent d'un meilleur éclat. Les hommes, au fond, on devrait mettre notre bonheur et notre malheur en pool, là serait la pure équité.

— Que fais-tu, mon grand ?

— Tu vois : je me décide, pour la tonnelle.

Elle refrène son contentement pour déballer des inquiétudes vite jaillies de son cœur inquiet :

— Comment, tu ne travailles plus ?

— J'attends que se produise quelque chose, ma vieille chérie.

— Ah oui, et quoi donc ?

— Un miracle.

Indécise, elle espère une suite.

— Je suis sur une piste qu'il convient de ne pas brusquer. Faut que ça se décante, tu comprends ?

Et je me remets à frotti-frottailler comme un perdu. Elle me regarde escrimer un instant, puis rentre se changer. Ma vieille, pour un empire (céleste) tu ne la ferais pas rester en tenue de ville dans sa maison. Sauf en cas de visite opulente. Quand elle est endimanchée, notre pavillon cesse d'être sa maison pour devenir un lieu gourmé où la guinderie empêche l'habitude.

Frotte, San-A. Gratte ! Fourbis !… Réveille-moi ce vieux fer bouffé par le temps, par la vie, comme nous tous.

Tout en tirant la langue, je pense à Merdanflak. Malgré ses dénégations, tout à l'heure, il a eu peur horriblement.

Une grande trouille intérieure qui a dû lui poncer l'os à moelle comme je ponce ma tonnelle. Tu sais que je connais les êtres. Un don naturel. Depuis toujours et même avant j'ai su interpréter un regard, lire des yeux avant de lire des livres. Cézigue, tu veux que je te dise ? Le coup de l'attentat, il ne pensait pas que ce pût être pour lui. Lorsque je lui ai sorti ma façon de penser, tout à coup, j'en mettrais tes deux mains et celle du Premier ministre au feu, il a brutalement réalisé que je disais vrai. Le mec qui se doute de rien et à qui une âme charitable et loyale dit un jour : « Tu sais pourquoi monsieur Léon est si gentil avec toi ? C'est parce qu'il brosse ta bergère. » Dans la seconde, le mec que je te cause s'illumine de la coiffe. Il pige la vérité. Il vivait ébloui par sa trop vive lumière ; il lui manquait une visière, simplement, pour distinguer le projecteur.

Wladimir Merdanflak a sa visière.

Plus les mouillettes.

Or, que fait un gars qui glaglate ?

Quelque chose !

N'importe quoi, mais quelque chose. Fort de cette certitude, le brave San-Antonio doit à toute force repeindre sa tonnelle.

Et la suite, mon lapin, va te prouver qu'il a raison.

***

Ce con d'Antoine fait un peu de rhinopharyngite.

Il cogne le 39° à l'ombre et Félicie est en transe. Elle

se reproche de l'avoir confié à Régina pendant sa visite à l'hosto. Le moufflet aura joué dans le courant d'air perfide qui se produit sur le côté de la maison, entre notre pavillon et celui du retraité. Pour la rassurer, je téléphone au docteur Mourlonche, notre médecin de famille. Un pionnier de l'aspirine, Mourlonche. Il en est resté aux cataplasmes de farine de lin et aux ventouses, mais ma brave femme de mère lui garde une confiance aveugle.

Les bains de pieds de moutarde, elle dit qu'il n'y a que ça, Félicie. Que c'est hautement préférable à tous les méchants antibiotiques qu'elle répute cancérigènes.

Tandis qu'on attend la venue de son M. Purgon, je tube à la Maison Poulaille. Service des abonnés présents, pour tout te dire.

Je tombe sur le brigadier Lambrus, que, bien entendu, tout le monde, chez nous, appelle Landru.

— Vous avez le rapport Merdanflak, vieux ?

Il potasse (d'Alsace) des feuillets qui, dans sa rude main d'ancien gardien de la paix font un bruit de chiottes assiégées.

— Rien de très bandant, commissaire.

— Mais encore ?

— Votre gars n'a passé personnellement qu'un seul coup de grelot à Montfort-l'Amaury pour commander une caisse de Martini. Le reste c'est du bigophone de client. Béru est là-bas ?

— Je l'espère, à cause ?

— Il a appelé Pinaud pour lui dire que le boudin grillé était succulent et lui demander s'il voulait le rejoindre pour taper une belote.

— Et les autres communications, dites de clients ?

— Un voyageur de commerce nommé Plumet a téléphoné à sa gonzesse, à Caen, pour prendre des nouvelles de son môme qui aurait la varicelle. Une bonniche du bistrot a reçu le grelot d'un certain Jérôme, lequel lui a promis une bite de trente centimètres pour après son service, ce qui a paru intéresser la personne. Enfin un camionneur de Montpellier a prévenu son patron, qu'un essieu de son semi-remorque l'avait lâché dans la côte de Quarante sous. C'est tout.

— Merci.

Je raccroche. Le jour n'en finit pas de mourir, comme on dit en vraie littérature. Le ciel est indigo, ce qui est son droit le plus absolu.

— Tu as l'air contrarié ? s'inquiète m'man.

— Seulement déçu, ma poule. J'espérais qu'un certain bonhomme allait paniquer après ma visite et téléphoner dare-dare à des gens intéressants pour moi, et tout ce qu'il a fait c'est de commander une caisse de Martini… Bon Dieu !

Elle ne demande pas d'explicances, ma très chère Vieille. Elle sait qu'un trait de génie vient de me zébrer le spectre caberlique et qu'il ne faut pas venir brancher un fer à friser électrique sur la même prise qu'un poumon d'acier.

Je refais le numéro des tables claudiennes d'écoute. Re-Landru.

— C'est encore San-A., annoncé-je, vous voulez bien me lire l'enregistrement concernant cette commande de Martini, vieux ?

— Facile, bougez pas.

Je bouge.

Moi, quand je suis survolté, je bouge toujours, de bas en haut, d'arrière en avant et lycée de Versailles.

— Vous êtes là, monsieur le commissaire ?

— Au carré, Landru ! Alors ?

— Je cite : « *Allô, ici Wladimir Merdanflak. Il faut que je parle d'urgence à monsieur…* (ici un nom à consonance germanique, monsieur le commissaire, quelque chose dans le genre de Zilker… Je reprends :) *il s'agit d'une commande express, je suis en panne de Martini.* Une voix féminine : *Ne quittez pas.* Puis une voix masculine : *Oui, de quoi s'agit-il ?* Le correspondant : *Ici Merdanflak ! je suis à court de Martini, vous pourriez me livrer d'urgence ?* Le nommé Zilker : *Qu'appelez-vous urgence ?* Le correspondant : *Tout de suite ! Je me suis laissé prendre.* Le nommé Zilker : *On tâchera de vous livrer dans la soirée. Bonsoir.* Terminé, monsieur le commissaire.

— Numéro du correspondant ?

— Merdanflak ne l'ayant pas prononcé, je suis obligé de remettre la bande au labo pour qu'il soit reconstitué d'après le cliquetage du cadran.

— Il me le faut dans dix minutes.

— Comme vous y allez, monsieur le commissaire !

— J'y vais, en effet. Et du temps que vous y serez, vous aussi, il faudra me chercher le nom et l'adresse de l'abonné auquel correspond le numéro en question. Rappelez-moi, je suis à mon domicile.

Je raccroche net.

— Ça y est ? demande ma Félicie.

— Je crois bien. Commander du Martini à Montfort-l'Amaury quand on habite à vingt-cinq kilomètres de là, hein ? T'as du Nab, m'man, pour m'enlever cette saloperie de peinture verte des mains ? Je ressemble à Frankenstein.

VI

J'ignore s'il est ou non dans les spiritueux, le propriétaire de cette masure, toujours est-il que si c'est le cas, il doit en dépoter des wagons-foudres pour pouvoir s'offrir une pareille demeure.

La propriété big standinge, mon mec. Style Ile-de-France, seize pièces, piscine, un hectare de pelouse, maison de gardien et chiens *made in Danish* pour surveiller le blaud.

Vu l'heure tardive, je ne peux me permettre de carillonner. Ce serait du reste de mauvaise politique ; et, étant donné les molosses, il n'est pas question de pénétrer céans en catiminette, à moins de consentir à l'abandon de son fond de culotte, lesté de trois livres de viande surchoix.

Le nom n'est pas Zilker, comme a cru ouïr Landru, mais Himker, ce dont tu n'as rien à branler mais que je te précise pour la bonne règle (de conduite).

Depuis le siège de ma tuture, je considère la vaste résidence, harmonieuse, somptueuse, qui te ferait la une de *Maisons et Jardins* comme un rien, voire celle de *Houses and Gardens* comme deux riens.

Voilà une bonne treizaine de minutes que je suis là, à contempler cette crèche de super-riche. On voit briller des lumières dans la façade. Et d'autres, le long des allées bien tracées. Je perçois même de la musique. Vivaldi, ce me semble, mais je n'en jurerais pas, car moi, la musique, t'as remarqué, hein ? Je suis plus mélo que mélomane. Donc, c'est ici, paraîtrait-il, que l'étrange premier adjoint-hôtelier commande son Martini ?

Ben ma vache !

Bon, on verra ça demain. Mais ça me démangeait de visualiser le topo immédiatement. Je suis en état de chasse à courre. Taïaut ! Taïaut ! Je remue la queue et m'élance par les halliers.

En attendant, je ferais mieux de m'élancer dans mon plumard, histoire de me préparer à des lendemains triomphants.

Un dernier z'œil et j'actionne mon démarreur.

A cinquante mètres de la grille d'entrée, se trouve un croisement de chemins. Je vire à droite, en direction de Paris. A cet instant précis, une monstre chignole se pointe, Mercedes 600 à six portes. Elle emprunte la route que je viens de quitter. Moi, tu me connais ? Rien dans les mains, pas grand-chose dans les poches : tout dans la tronche ! Je pile sec, flanque ma tuture sur le bas-côté de la route, lequel, en réalité est un haut côté. J'éteins les phares et je radine en courant dans l'herbe taluteuse jusqu'au virage.

Mon instinct ne m'a pas berluré : le gros tank est stoppé, face à la grille, ses loupiotes braquées sur la propriété. Dans la lumière orangée, j'aperçois une silhouette d'homme en train de jacter dans un parlophone.

En rasant le mur, je m'approche.

— Tu veux faire rentrer les chiens, Dora ?

Un instant assez court s'écoule. Au loin, une voix de femme lance deux vibrants : « Kriss ! Bingo ! Ici tout de suite ! » Puis le vibreur de déclenchement de la porte joue. L'arrivant pousse les deux vantaux et reprend sa place au volant.

Moi, tu sais pas ? Je te jure, faut être dingue dans son genre pour céder à des impulsions de ce genre : v'là que je m'élance, courbé en deux, à l'arrière de la grosse bagnole. L'âcre fumée d'échappement me balaie la frime. Une terrible envie de tousser me tord le corgnolon. Je la retiens à grand-peine. L'auto avance de quelques mètres, pas vite, avec moi collé pratiquement contre sa plaque minéralogique arrière.

Une fois dans le parc, elle stoppe.

Le conducteur va descendre pour relourder. Je me porte sur la droite du véhicule. Je suis calme, froid comme un nez de chien en acier. Je biche. De l'action, enfin !

Plaqué à la carrosserie, je vois l'homme repousser les vantaux. Il retourne à son siège. J'ai le temps d'apercevoir, assez loin d'ici, la bouche vorace d'un garage grand ouvert. Au moment où la voiture repart, plus rapidement, cette fois, je m'allonge sur le sol et reste immobile.

Les feux rouges de la Mercedes s'éloignent. Ses phares illuminent l'intérieur d'un immense garage qui abrite deux autres voitures dont je n'ai pas le temps de détecter les marques, mais si ça t'intéresse, je te les écrirai à tête reposée. Je rampe jusqu'à un massif de buis en forme de bouteille. Ma pensée s'accélère. D'un regard précis j'évalue la distance séparant le garage de la demeure principale. Lorsque l'arrivant aura abandonné sa tire, il lui faudra 20 secondes pour gagner la maison. A ce moment-là, on relâchera les cadors, et alors ça sera la fête aux miches du San-A. !

L'auto vient de pénétrer dans la vaste remise. Son moteur tourne encore. N'écoutant que mon pif, je me mets à cavaler comme un perdu en direction du garage.

Il est mon unique refuge. Heureusement, le chauffeur est obligé de manœuvrer pour y carrer son autobus, because un pilier de soutènement. J'espère que personne n'attend le conducteur sur le pas de la porte, sinon je vais me faire retapisser comme un grand. C'est une malchance à courir (et à courir les coudes au corps !).

Le moteur se tait. Plus que trois mètres !

Les phares s'éteignent. Plus qu'un !

La portière du type se ferme avec le moelleux inhérent à ce genre de carrosse pullman. Me voici dans le garage, accroupi entre les deux premières voitures, le cœur au point de rupture. J'en ai des éblouissements. Ma respiration doit faire un bruit de vieux ventilateur d'hôtel tropical.

L'homme est à la porte.

Qu'il fait coulisser.

Boum ! Obscurité intégrale. Des pas font crisser les graviers de l'allée.

J'attends.

Pas longtemps. Le souffle rauque des molosses retentit, au ras de la porte. Ces vilains bestiaux m'ont détecté, tu penses. Et les v'là qu'enrognent de la truffe. S'ils me chopaient, me resterait que la ressource de les praliner à tout-va. Ils grondent comme des tonnerres lointains. Méfie-toi toujours des clébards qu'aboient pas. Les vrais mauvais, cruels et perfides, t'arrivent sur la viandasse silencieusement.

Ils grattent le sol devant la lourde tirée, comme s'ils espéraient creuser un tunnel pour venir me rejoindre.

Ça dure une bonne dizaine de minutes. Après quoi, autre chose, enfin, les sollicite : le passage d'un greffier sur la pelouse ou un truc de ce genre… Ils décramponnent.

Mon souffle est redevenu normal.

Je me relève en souplesse.

Well, well, well, et maintenant ? Hein ? Claquemuré dans ce local, en compagnie de trois voitures, et dans l'impossibilité d'en sortir sous peine de dépeçage, je commence à regretter mon impulsion.

Que faire ?

En attendant, je vais toujours inspecter les bagnoles. Souvent, c'est révélateur, une auto. Ça raconte la vie de son propriétaire, son standing, ses habitudes, ses occupations. Par exemple, si tu inspectes un camion bourré de sacs de boulets Bernot, tu peux en déduire qu'il appartient à un négociant en bois et charbons.

Et tout à lavement.

Je commence par la Mercedes. Tu parles d'un meuble, cette 600 ! Quand tu rencontres ce mastodonte, tu te demandes qui donc, l'émir du Koweït excepté, peut bien s'offrir du tank de ce calibre.

J'ouvre la portière avant droite et je m'escrime sur la boîte à gants.

Eh ben, mon vieux, je vais te dire : elle contient des gants, justement. Plus une carte Michelin, un guide de Paris, une lampe électrique, des bonbons à la menthe forte et de l'Aspirine (la prochaine fois, je dirai de l'Aspro pour mécontenter personne). J'use de la lampe pour regarder sous les banquettes et dans les différents vide-poches de l'engin. Rien à signaler. Des revues d'art, une boîte de cigares hollandais, des Kleenex, deux jeux de cartes Hermès dans un étui, un flacon de whisky, plat. L'intérieur du monstre sent bon le cuir allemand et le luxe. Le tableau de bord est pire que celui de Concorde. Y a une chiée de boutons, de taquets, de zizis et même quelques machins. J'appuie sur celui qui commande, depuis l'intérieur, l'ouverture hydraulique du coffiot. Dans le rétroviseur, je vois le couvercle de la malle se soulever, sans bruit, jusqu'à obstruer la lunette arrière.

Je me porte à la hauteur du coffre. Ne faut rien négliger. Je peux très bien y découvrir un indice intéressant. Justement, il y est !

Et, tu vois, franchement, pour un indice, c'est un bel indice. Il doit peser soixante-quinze kilogrammes, c't'indice-là, car il est fort, blond, et mort.

Pour tout te dire, le coffre contient le cadavre de Wladimir Merdanflak.

Dans le fond, j'ai bien fait de me rabattre dans ce garage, non ?

*
* *

D'aucuns. D'autrouducuns, devrais-je plutôt dire, me réputent rocambolesque.

Ces mono-burnes, ces charançonnés de la rate, ces flétris de toute part pensent m'humilier par leur déclaration, alors que c'est le plus beau compliment qu'ils puissent me faire, le seul vrai, en fait ; du moins celui auquel je suis le plus sensible. Leurs crachats se transforment en fleurs, leur bile en sirop d'orgeat. Ils se veulent acides, mais mon alambic à connerie convertit en rosée leur pluie de merde.

Rocambolesque ? Certes, oui, merci, mon Dieu !

Je me vautre sur le rocambolesquine. M'en oins, m'en goinfre. Poésie par l'action déraillante, éperdue, projetée hors des connes limites du raisonnablement raisonnable. Ode à l'invraisemblance placée en position de vérité toute crue, de vérité en crue, de vérité crue (du verbe croire). On se prend par la main et on s'en va gambader dans les champs en friche du tout-est-possible ou sur les riantes berges du pourquoi pas.

Honte, donc, à ces *ânes* damnés, à ces *âmes* mal

nées, à ces avaleurs de couleuvres dont le gosier aussi étroit que l'esprit ne peut gober des serpents de mer et autres monstres du Loch Ness.

Honte et peste, et notion de leur destin merdique, à ces suce-pets, à ces coliques ensablées, à ces odeurs d'entrailles qui n'en finissent pas parce qu'ils n'ont jamais commencé. Eternellement en attente d'eux-mêmes. Ne se recevant jamais. Ils ne sont pas des présences, mais seulement des encombrements.

Je les pisse-froide, n'ayant plus de larmes pour les dépleurer.

Voilà ce que j'avais à dire, en un moment pourtant peu propice aux disances et médisances. Moi, solitaire et cerné dans un garage, en compagnie du cadavre d'un homme auquel j'ai rendu visite dans l'après-midi. Mort d'urgence, *à cause de cette visite*, justement. Parce qu'elle a créé un péril grave pour les gens de cette maison.

Je m'explique, donc, t'explique. A présent, la preuve est faite que c'est bien Wladimir Merdanflak qu'on souhaitait anéantir avec la bombe de ma noce. Lorsque je lui ai eu fait comprendre cette vérité, tu parles qu'il s'est mis à chocoter, le frelot ! Après mon départ il s'est grouillé de demander un rancard à Himker. La phrase de passe étant « Je veux passer une commande de Martini. » Il lui a craché le morcif. A dû se fâcher, exiger les gages de sécurité ; et surtout menacer. Son chantage a été si impérieux qu'on l'a buté d'urgence.

Rends-toi compte de la renversée, mon gamin : ces messieurs avaient mis au point tout un circus pour effacer Merdanflak en douceur, sans attirer le moins du monde l'attention sur lui. Or, soudain, oubliant toute prudence, ils le plombent d'un coup de pétard dans la tronche. Car je t'ai pas dit ? Son trépas, c'est ça : une bastos, une seule, mais calibrée comme un chibre, juste dans le creux de la nuque, de bas en haut. La santé par les plantes ! Pissenlits de préférence.

Alors moi, San-Antonio, sain de corps et saint d'esprit, et ceint des attributs de ma charge de mâle, je te déclare péremptoirement le chose ci-dessous : pour qu'un pareil chambardement du plan « intégral » concernant Merdanflak soit si totalement modifié, faut croire qu'il y avait extrême urgence. Donc, que le premier adjoint ait détenu des preuves formelles d'un quelconque forfait de grande envergure commis par Himker. T'es d'avis ? Selon moi, le pauvre Wladimir ne devait avoir qu'un mot à dire ou un geste à faire pour carboniser l'œuvre, voire la liberté et p't'-être même la vie du propriétaire de la Mercedes 600.

Me ravisant, je rouvre le coffre de l'auto pour fouiller le mort. Mais mon exploration ne donne rien.

Il n'a même pas un faf sur soi, le patron des *Coccinelles*. Faut dire que pour aller là où il est maintenant, il n'avait pas besoin de passeport.

Déçu, je l'abandonne à ses problèmes du moment.

Dans un certain sens, les miens sont plus durailles à résoudre.

Car il me va falloir sortir d'ici en loucedé, sans me laisser égorger ni émicher par les redoutables fauves que j'entends rôdailler autour du hangar.

T'as une idée à me souffler, toi ?

Naturellement pas. Faut que je me dépatouille tout seul, quoi ? Comme toujours.

Je regarde autour de moi, cherchant l'objet susceptible de me tirer de là. Car, tu ne l'ignores pas, l'objet inanimé possède souvent une âme qui captive notre âme et la force de machiner.

Ecoute, je ne sais pas si je suis vraiment intelligent, mais je peux t'assurer que je fais rudement bien semblant. Y a des moments, tu t'y méprendrais, parole.

Tout me vient dans un éclair d'ultra-lucidité. En technicolor, même !

Faut te dire que l'une des deux autres bagnoles est une Aston-Martin, ancien modèle, carrossée en break, avec une porte à l'arrière. T'enregistres ? O.K.

J'empare une grande planche servant d'étagère, au fond du garage, et je la place sur le sol, appuyée à la porte du garage au niveau de l'ouverture. Ensuite de quoi, je relève la porte arrière de l'Aston-Durand (pardon : Martin). A la main, je pousse l'auto contre la porte, l'arrière ouvert de la voiture étant tourné vers l'entrée ; puis, je rabats la portière arrière de manière à ce qu'elle s'appuie contre la porte du garage, tout en restant ouverte, tu saisis ? Pas bien ? Attends, ça va viendre. Question de patience, la rééducation cérébrale, ça prend toujours du temps, mon gars, faut rien bousculer, garder sa confiance et au besoin faire brûler des cierges…

Ce petit turbin exécuté, la situation est la suivante : je vais doucettement faire coulisser la porte du garage. Pas en grand, juste assez pour permettre le passage des danois. Ces bêtes, espère, vont se ruer comme des mendiants napolitains sur un car de touristes. Elles ne pourront pas entrer par le bas, à cause de la planche posée en travers, donc elles se jetteront à l'intérieur de l'Aston-Dupont (pardon : Martin). Moi, dès lors, arcbouté, je pousserai l'auto en avant et la portière maintenue relevée par la porte incomplètement ouverte du garage retombera sur ces deux connards de molosses. Ça va mieux ? Ça point ? Ça se décante ? Tu entrevois ? Tu pressens ?

Le seul danger que je cours, c'est que, lorsque la voiture sera décollée de la porte pour permettre la retombée du trappon arrière, l'un des clébards – ou les deux – sautent du véhicule avant que d'en être prisonniers. Donc, pour pousser, je dois me placer à l'avant de l'Aston-Dubois (pardon : Martin).

J'abaisse légèrement une vitre avant de manière à pouvoir exciter ces deux monstres de la voix pendant l'opération.

Laquelle, tu n'en as pas douté j'espère, se déroule formidadmirablement.

VII

Ils ont l'air un peu glandu, les deux médors, dans la chignole, à me vitupérer contre de l'autre côté des vitres. Je leur adresse un baiser, ensuite de quoi, je bande mes muscles (je suis un bandeur-né) et charge le cadavre de mon ami Wladimir sur ces épaules dont la robustesse donne du vague à l'âme des dames affligées de maris étiolés.

Rapt de cadavre, faut le faire, non ? A quoi cela correspond-il ?

Bouscule pas le marin, ma crêpe, tu vas l'apprendre bientôt.

Je ne sais pas qui a dit, un jour de pleine lune, qu'il n'y avait rien de plus lourd qu'un mort, si ce n'est Bérurier évanoui. Eh ben ! crois-moi : y a du vrai ! Je te recommande ce genre d'exercice à la place de tes piètres mouvements abdominaux du morninge.

Ma voiture n'est pas loin, mais je suis à bout de souffle lorsque je l'atteins. Je dépose Merdanflak dans mon propre coffre (lui, on peut dire qu'il se sera fait la malle en mourant !), et je déhotte en direction de chez Bibi.

Bien entendu, tout est noir, silencieux et endormi lorsque j'y parviens.

Mon premier soin est de me laver les mains, puis d'écluser un fort scotch agrémenté d'un glaçon auquel je ne laisse pas le temps de fondre.

Ces humbles satisfactions corporelles m'ayant été accordées (par moi-même dont pourtant l'indulgence est partielle), je téléphone au dénommé Himker, me réjouissant cruellement de le réveiller à cette heure ultra-tardive. Une forme impressionnante ma bite, pardon : m'habite. Je mangerais du fer sans recracher les noyaux, tant tellement je suis en éblouissante forme.

La sonnerie retentit, longuement. Très longuement, comme toujours chez les gens qui en écrasent avec la satisfaction irremplaçable du devoir accompli.

Enfin, une voix brouillée avec la terre entière, ronchonne un « Mouais, allô, quoi ? » qui guérirait le hoquet d'un crocodile enfermé dans l'arrière-boutique de chez Hermès. Voix de femme.

— Je veux parler à Himker, dis-je calmement.

— Il dort ! riposte la donzelle.

— Ça doit pouvoir s'arranger, riposté-je, vous le secouez un peu fort, et si ça ne donne pas de résultat, flanquez-lui un seau d'eau sur la tête.

— Qui est à l'appareil ?

— Le contraire d'un somnifère, madame. Je vous promets que lorsque j'aurai parlé à M. Himker, il n'aura plus sommeil.

Un léger silence.

C'est le vide intégral, sûr que la dame doit obstruer l'émetteur de la main.

Une voix masculine la relaie :

— Qu'est-ce que c'est ?

Le ton est âpre, presque rude. Je connais ce genre de timbre maniéré et insolent ; en général il appartient aux snobs blasés. J'en sais. J'ai parfois l'occasion de les détester.

— Un nouveau venu dans votre vie, monsieur Himker, réponds-je. Je voudrais avoir une conversation sérieuse avec vous, en tête-à-tête.

— Je ne donne pas de rendez-vous aux gens qui m'appellent en pleine nuit et qui se permettent de me parler sur ce ton.

Je sens qu'il va raccrocher. Alors je m'écrie :

— Hé ! un instant, pensez au monsieur qui se trouve dans le coffre de la 600 !

Mon z'aïeul, pour un succès franc et massif, c'en est un ! Un silence pareil à une chute de pierres dans le cosmos (remarque qu'on ne choit pas dans le cosmos on s'y promène) retentit (si je puis me permettre cette hardiesse inouïe).

Moi, pas dingue, j'en profite pour lui refiler ma seconde botte de Nevers.

— Je devrais plutôt dire : le monsieur qui s'y trouvait, rectifié-je. Un petit tour à votre garage vous prouvera qu'une conversation avec moi est indispensable. En conséquence, je vous attendrai demain matin à neuf heures précises chez *Lipp*. Je serai à la première table à gauche de la porte. Bonne nuit.

J'hésite sur la conduite à tenir. Me zoner ou continuer sur ma lancée ?

La voix inquiète de m'man tombe du haut de l'escalier.

— Tu as besoin de quelque chose, Antoine ?

— Non, m'man, merci, tout est au poil. Fallait pas te lever…

Elle ne peut pas se retenir de descendre jusqu'à moi. Ce sont des instants chouettes, resquillés au néant. Des particules de bonheur qu'on gobe comme un comprimé de jouvence quand l'occasion se présente.

— Tu es content, mon grand, au sujet de ton enquête ?

— Aux anges, ma poule : elle va à pas de géant.

Elle a son peignoir de pilou gris, avec un col à carreaux gris et blancs. Au lieu de l'épaissir, ça la rend plus menue, Félicie. Ses mèches grises tire-bouchonnent un peu de chaque côté de son visage. Et puis, il y a ses yeux. Des yeux dans lesquels je me verrai toujours beau. Je la prends contre moi. Son odeur n'est pas une odeur de vieillard. Les gens âgés puent le triste. Elle, elle sent pareil depuis toujours : des odeurs de foyer bien tenu, saines, vivifiantes.

— Ça va mieux, Antoine ?

— Oui, au moment de le coucher sa fièvre avait déjà baissé, il sera fragile de la gorge, comme toi.

— C'est pourtant pas mon fils, tu crois que ça vient du prénom ?

Elle rit. Puis sa figure s'assombrit. J'ai suivi la trajectoire de sa pensée : elle vient de penser à mes futurs enfants, donc à mon futur mariage.

— T'inquiète pas, soupiré-je.

— A quel propos ?

— A propos de tout, ma chérie. J'ai l'impression qu'il ne faut pas provoquer les choses en les redoutant, mais les laisser s'accomplir ou non, à leur guise. Elles savent où elles vont, tandis que nous, m'man, pas toujours…

— Tu te couches, mon grand ?

— Justement, je me demande. Il faut battre l'assassin pendant qu'il est chaud !

— Prends donc des forces. Tout est facile à un homme bien reposé.

— D'accord, je reste.

Elle bat des cils, contente de sa victoire.

Là-dessus le téléphone carillonne. La nuit, il n'a pas la même voix que de jour. Il prend des sonorités angoissantes de sirène d'alarme.

Je décroche.

— Merde, t'es là, je craignais ! exclame Bérurier. Je joue de bonne chance, quoi !

Il reprend souffle et me dit :

— Amène-toi, aux *Coccinelles*, mec. J'ai quèque chose d'assez original dans le pas banal à te montrer.

— Quoi donc ?

— Surprise.

Et il raccroche.

Je me retourne vers ma chère vieille à moi. Un mouvement impuissant des bras. Fatalitas ! Elle se résigne sans rechigner.

— Ne prends pas froid, Antoine, il fait chaud dans la journée, mais les nuits sont fraîches.

Les nuits sont fraîches !

Je l'aurai entendue quelques fois, cette phrase.

*
* *

Une minuscule tache rouge grésille, ou plutôt brasille, dans les pénombres... Elle décrit un arc de cercle et va s'anéantir dans la poussière. Alexandre-Benoît sort des ténèbres, le bide en avant. Sa trogne a des reflets de pomme rouge fourbie et son sourire est noir de toutes ses dents gâtées.

— T'as fait vite, complimente mon insubordonné.

— Si on parlait de ta chose pas banale ?

Mais le Gravos entend se faire mousser le pied de veau. Il n'a jamais eu le triomphe modeste.

— Sans fanferronnerie, dit-il, je crois que jamais j'ai débrouillé une affaire avec une rapidité aussi prompte, mec. Je viens de rétablir une espèce de record du monde. Et quelle affaire, mon drôlet ! J'en suis à me demander si qu'on devrait pas commencer par prévenir la presse et la téloche. Tu sais ce que c'est ? On lève le lièvre, on le flingue, et ensuite c'est nos supérieurs rachitiques qui bouffent le civet et se parent des plumes de paon !

Prenant mon mal en patience, je décide de lui laisser dérouler le filin de son moulinet à parlotes. Narrer ses exploits, c'est un peu son Noël, au Béru, sa kermesse, sa fête de bienfaisance…

Voilà pourquoi je me laisse tomber sur un banc de la terrasse.

La nuit est moins fraîche que ne le craignait Félicie. Et y a des étoiles en veux-tu, en voilà. Des galaxies à n'en plus finir. Avec, probable, des vivants quelque part qui essaient d'obtenir la communication avec nous ; mais nous, enfoirures pullulantes, on s'est mis aux abonnés absents.

Un grand éclat de rire de diva tombe des étages. Bérurier dresse la tête, comme un chien de chasse à l'approche d'un vol de canards, ou von Karajan en entendant une fausse note (tu choisis l'image qui te plaît, c'est cadeau).

— Berthe, murmure-t-il, vaguement fier.

— Elle se chatouille avec un plumeau ou elle lit un de mes bouquins ? demandé-je avec une immodestie dont tu admettras qu'elle m'est inhabituelle.

— Elle joue aux dominos avec un représentant de chaussures en commerce, explique-t-il, M. Plumet, un homme estrêment serviable et tout, qu'on a fait la connaissance au repas.

— Et où jouent-ils aux dominos ?

— Dans not' chambre, œuf corse, puisque la taule est fermaga. Fallait bien que quéqu'un tinsse compagnie à Berthy du temps que j'investiguais, non ?

Là-haut, le rire reprend, plus roucoulé, avec des débuts de pâmoison dans sa périphérie.

— Elle doit gagner, pour être contente comme ça, suppose l'Hénorme.

Il se racle la gorge.

— Allez, bon, viens que je te montre.

Sa belle allégresse paraît cassée. Le cœur n'y est plus. Il me fait contourner le bâtiment. Nous passons dans un potager où des choux font de leur mieux pour puer la fosse d'aisance, puis nous gagnons un verger où des espèces de pagodes abritent des repas d'amoureux dominicaux.

Je suis de plus en plus intrigué. La lune projette de grandes ombres dans l'herbe pâle. Celle d'une antenne de télévision ressemble à la signature de Mathieu.

— Par ici, pour la visite ! déclame l'Obèse en m'entraînant vers un puits de pierres, agrémenté d'une margelle pour chromos.

Le trou a été comblé et l'on a fait pousser des gérania vivipares pour que ça fasse romantique en plein. Afin de complètement donner dans le bucolique il y a une corde passée dans la poulie (d'or) et savamment enroulée à sa manivelle.

Le Mastar saisit la corde et s'arc-boute. A ma vive surprise, v'là les gérania qui se mettent à pousser. Ils montent, montent. La terre qui les héberge paraît, puis un bac circulaire en zinc. Le Gros sue sankéo, comme disent les Chinois de Formose. Le bac a une épaisseur d'environ vingt centimètres. Il se balance au bout de la corde. D'un coup de pied, Bérurier le dévie sur la margelle où le récipient reste en équilibre plus ou moins stable. Mister Mammouth se torchonne le frontal d'un revers de manche beau comme le geste de semeur de l'Auguste. Il sort une loupiote de sa vague, l'actionne, me la tend.

— Si Monseigneur Sana voulait bien mater l'intérieur des profondeurs, propose l'Engelure.

Je braque le faisceau dans le trou.

Recule.

Presque épouvanté.

L'odeur, avant tout. Déjà, lorsque mon pote a eu soulevé le bac, elle m'a fouetté les trous de noze. Putride à l'extrême, douceâtre.

Un charnier dans un tas de poudre blanche. Des bras, des jambes, des tronches, le tout en pleine décomposition.

— Nom de Dieu !

— Je te le fais pas dire, gouaille Pépère. Bon, aide-moi à replacer le couverc' biscotte ça vaut pas les parfums de l'Arabie saoudite.

Quand le puits est à nouveau obstrué (admirablement, le fond du bac est caoutchouté et repose sur un cercle de fer lui-même garni d'un revêtement de caoutchouc) il murmure :

— Pas mal enfigourée, cette combine, hein ? Ton Merdanflak, il a été jusqu'à placer un tas de fumier près du puits pour camoufler les éventuelles bouffées. Quand je te disais que je viens de lever l'affaire du siècle !

Je ne suis pas loin d'en convenir.

— Et tu as découvert ça comment, Gros ?

Il frappe son crâne en forme de chaudron cabossé.

— Grâce à ça qu'est bourré de bosphore jusqu'à ras bord, mon grand.

Et de raconter :

— Suite à ton instruction, j'ai donc venu m'installer les pénates ici, moi et Berthe. Son puits mis à part, la boîte est charmante ; chambre coquette, salle de bains, mais s'en sert qui veut, hein ? Bouffe sérieuse, en particulier le boudin aux pommes fruits, sans bêcher pour autant les moules marinières, le civet de lapin et le gigot aux flageolets. Brèfle, je voyais venir notre stage avec beaucoup de complaisamment. Tout en surveillant le taulier à la mine de rien, comme prévu au planninge. Ce soir, sur les choses de dix plombes, un mec est entré, bien frusqué, plutôt jeune. Il a commandé un vouisqui au bar. C'est Merdanflak qui l'a servi. Moi, tu sais comme j'ai l'œil qui sagace ? Au premier coup de saveur, j'ai su que les deux zigs étaient en cheville, mais qu'y f'saient semblant de pas se connaître. Le client a avalé son vouisqui, puis il a payé. Au moment que le patron lui allongeait sa mornifle, y z'ont échangé quéques mots. Le beau mec est parti. J'y ai suivi. Pas loin : à deux impasses d'ici, il a grimpé dans une grosse Mercedes et y s'est mis à attendre. Un quart d'heure plus tard, Merdanflak l'a rejoint. Les v'là qui s' sont mis à bavasser dans la tire. Une vraie circonférence de presse, y t'naient. Enfin de compte, le conducteur de la Mercedes a démarré, Merdanflak toujours assis près de lui.

« Moi, du coup je m'ai rabattu à la taule en n'hâte. Ça fermait. Restait plus qu'un marmiton à fourbir la cuisinière. Tu sais qu'y font le grand piano au chiftir huilé tous les soirs, que m'a raconté le morpion. Brèfle, je profite de l'absence à Merdanflak pour farfouiner de gauche et de droite. V'là que j'avise une grande bâche recouvrant un gros tas, sous l'hangar que t'aperçois à droite. Je soulève la toile : des sacs de chaux. A cet instant, le p'tit rat d'évier se pointe pour récupérer son Solex. Et moi, qu'est-ce y m'passe par la tête ? Malgache bonnot ! Toujours est-il que je fais au gamin : “Vous préparez des travaux ? Pourtant l'hôtel est tout neuf.”

« Sans idée très conçue, note. A l'improvisé.

« Et tu sais c' que le môme me rétorque ? Il me rétorque : “Non, mais le patron en commande à chaque instant. J'me demande ce qu'il peut en faire…”. Après quoi, il gerbe. Pour le coup, v'là ton Béru songeur. De la chaux. Et vive, encore ! Comme ce Merdanflak n'est pas catholique, j'échafaude, moi, comprends-tu ? Oh ! la la ! ce que j'échafaude... C'est bien simple, je me rappelle pas avoir échafaudé à ce point. Chaux vive, pour un policier de mon espérience qu'a des notions de chimie assez poussées, ça veut dire beaucoup, non ? Me v'là donc en pleine bourre morale. Je continue de mater l'hangar. Je dégauchis la brouette que voici. Son plateau est blanc de chaux. Elle sert donc à coltiner les sacs. Pas loin, sinon on se serait servi d'autre chose qu'une brouette. Je vais au jardin et j'avise des traces de la roue de la brouette. Je les suis : elles vont dans le verger, direction le puits. Y en a tout autour d'alentour du pourtour. De la chaux, et vive, je te prie de pas oublier. Un puits ! Je vois dans cette coïncidence plus qu'un n'hasard. Je cueille un piquet que j'enfonce dans la terre qui bouche le puits. Il plonge pas loin. Tout de suite y a un fond. Il s'agit d'un bac rond et pour ainsi dire circulaire. Je repère comme des anses, j'y passe la corde, j'hale. Et v'là le travail.

— Très beau travail, applaudis-je. Tu t'es distingué, Béru.

Il frotte ses battoirs l'un contre l'autre.

— Je dois dire, murmure ce brave et digne et sagace fonctionnaire. Oui, pour ça, je dois dire...

Il s'ébroue pour s'arracher aux moelleuses félicités de l'orgueil comblé.

— Bon, c'est pas le tout, enchaîne le Valeureux en désignant l'hôtel d'un hochement de menton, faut que j'aille « relever » m'sieur Plumel.

VIII

Je suis beau comme une pissotière repeinte, quand, à neuf heures moins dix, je m'annonce chez *Lipp*. Tu me verrais, chérie, dans mon beau complet d'alpaga (pour un policier qui a l'habitude d'alpaguer, c'est tout indiqué) gris, à grands revers et poches en biais à la mal au ventre, tu ne saurais plus comment t'asseoir. Chemise bleue, cravate à rayures rouges et blanches, je fais plus français encore que de coutume. Une espèce de 14 Juillet en balade, ton San-A.

Le soleil est beau et calme. L'air lumineux sent bon le gaz d'échappement. Les garçons de l'illustre maison, pareils à de gentils pingouins dans leur tenue noire et blanche traditionnelle, ont encore des visages ensommeillés.

Je commande un grand crème.

Je suis relaxe, content, paré pour les plus délicates manœuvres. J'ai la situation bien en pogne. Siège anatomique, qu'ils disent, les marchands de bagnoles. Pour mézigue, ce morninge, c'est du kif : position anatomique dans l'existence.

Un loufiat un peu chauve des cheveux, comme dit volontiers Béru, m'apporte un caoua odorant et une corbeille de croissants chauds.

A cet instant, une ravissante dame brune, plus belle qu'un feu d'artifice chinois, pousse la porte tournante et vient s'asseoir en face de moi.

Je suis tellement surpris que je me brûle la menteuse avec mon breuvage bouillant.

Avant de t'allonger du bon dialogue, attends que je te décrive l'arrivante. La prétrentaine, un corps de déesse[1], une peau ambrée, des yeux verts, une bouche dont la sensualité confine à la sauvagerie et un ensemble de soie vert tricoté par un grand couturier. Elle a l'air extrêmement intelligent.

Elle ne me dit pas un mot.

Me fixe d'un œil scrutateur.

— Je ne pense pas que vous soyez M. Himker ? fais-je en soulevant mes fesses de huit centimètres et demi, histoire de montrer mon savoir-vivre.

— Il n'a pas pu venir.

J'opine.

— Je ne perds pas au change ; vous êtes Dora ?

Au pif. Toujours au pif, mon grand bazu.

Elle marque sa surprise du sourcil gauche ; puis son visage redevient impassible.

— Mon mari n'a rien compris à votre communication téléphonique.

— Il vous a néanmoins envoyée. Puis-je vous proposer une consommation ?

— Je prendrais volontiers un café.

Moi, ce que je prendrais volontiers, c'est la dame. Depuis qu'elle se tient en face de moi, mon « crème » a perdu de sa fascination.

Je répercute le souhait de ma compagne au garçon,

1. C'est te dire !

Dora – puisque Dora il y a, comme on dit puis –, me laisse l'initiative de la converse.

C'est son rôle.

— En somme, dis-je, vous êtes mandatée par votre époux pour discuter avec moi ?

— En somme, oui.

— Cela implique que vous êtes au courant de ses activités ?

— Bien entendu, je suis la collaboratrice de mon mari.

Ravissante collaboratrice, bien trop belle pour le genre de besogne à laquelle se consacre le dénommé Himker.

— Puis-je vous demander qui vous êtes ? fait-elle d'une voix un tantisoipeu cinglante.

— Pardonnez-moi !

Je dépose ma carte de matuche sur le marbre du guéridon, devant elle.

— Et ensuite ? demande-t-elle.

— Ensuite, ça va dépendre de vous, déclaré-je en renfouillant ma brème officielle.

— Je ne comprends pas vos subtilités.

— N'appelez surtout pas ça des subtilités, madame Himker ; rien de plus brutal, de plus fruste, de plus grossier au contraire : je veux m'enrichir. Le fonctionnariat est une sinécure dont on se lasse vite. Depuis des années j'attendais une occasion d'en sortir et je viens de la trouver. Je sais sur votre mari pour au moins cent millions de choses. Anciens, bien entendu. Et croyez-moi, ce n'est pas cher.

Comme on lui apporte son café, elle le sucre et le touille en ayant l'air de songer à une chose.

Le goûte. On dirait une chatte. Dedieu ce que cette frangine est sublime. Je lui souris.

Elle sort un fin mouchoir de son sac en croque Odile, s'en tamponne délicatement la commissure des lèvres.

— En somme, vous êtes un policier véreux ? demande gentiment Dora.

— Pas encore, mais il ne dépend que de votre mari que je le devienne. La vocation ne suffit pas, il faut aussi trouver un partenaire disposant de moyens suffisants.

— Cent millions ?

— Tout rond.

— En échange de quoi ?

— De mon silence.

— Et il consiste en quoi, votre silence, monsieur le commissaire ?

— A ne pas laisser sortir la vérité du puits, madame Himker.

Le plus fort, c'est qu'elle n'a pas l'air de comprendre mon astuce ; à moins qu'elle n'ait une force de caractère exceptionnelle ? Qu'en penses-tu, toi, la Dorure ? Rien ? T'es comme un député centriste, t'as pas d'opinion ?

La belle jeune femme contemple ses ongles en amande, délicatement vernis dans les tons mauves.

— Je crois, monsieur le commissaire, que vous vous compromettez bien inutilement. Mon mari n'a rien à cacher. Ses affaires sont saines et il ne redoute aucun contrôle financier.

Alors là, je vais te dire, il commence à me débarquer des idées peu banales dans le cerveau de gauche. Pas à proprement parler « des » idées, mais « une ».

Je me dis courageusement ceci :

« Cette femme n'est au courant de rien. Son mari me l'a dépêché parce que, précisément, elle ignore tout de sa vie criminelle. Une parfaite innocente constituait le trait d'union idéal entre le gredin qu'il est et le vilain maître chanteur que je suis censé être. Car, de deux choses l'une : ou bien je lui mets les points sur les « i » ou bien pas. Si je les lui mets, Himker saura l'étendue de ce que je sais. Si je ne les lui mets pas et exige de le rencontrer personnellement, il aura gagné du temps !

Gagner du temps ! N'est-ce pas l'objectif de cet homme depuis quelques heures ? S'il a tué le premier adjoint, c'est parce qu'il n'avait pas les moyens de composer. Parce que le temps pressait.

Et voilà que ton San-A., mon fils, se pose d'autres questions encore, et bien plus troublantes.

Des questions le concernant.

Il se demande, le stupéfiant San-Antonio (les superlatifs non utilisés ne seront ni repris ni échangés), pourquoi, en découvrant le cadavre de Merdanflak dans le coffre de la Mercedes, il n'a pas simplement appelé des renforts et procédé à l'arrestation de Himker. Et surtout, oui, combien surtout, pourquoi il s'est emparé du cadavre au lieu de laisser le mari de la belle Dora se dépatouiller avec cette encombrante pièce à conviction. C'est contraire à toute logique, ça !

Il est vrai que la logique et San-A., hein ? Quel instinct étrange a guidé ma conduite ? Quelle obscure impulsion ?

Drôle d'homme, ce San-A., je passe ma vie à me le répéter.

— Voyez-vous, madame Himker, je crois qu'il est indispensable que je rencontre votre mari le plus rapidement possible.

Je griffonne mon fil du bureau sur une page d'agenda et la lui tends.

— Qu'il m'appelle avant midi à ce numéro, ensuite, il sera trop tard.

Ayant ainsi causé, je règle les consommations. Ma compagne de guéridon m'observe avec le plus grand calme.

— C'est très déroutant, murmure-t-elle en renfilant ses gants de jolie bourgeoise.

— Qu'est-ce qui est déroutant ?

— Votre personnalité. Vous ne faites pas canaille, et cependant vous en êtes une, très cynique, même. Laissez-moi vous avertir d'ores et déjà, monsieur le… commissaire, que mon mari n'est pas le genre d'homme qui céderait à un chantage s'il avait quoi que ce soit à se reprocher.

Preste, alerte et autres synonymes, elle se lève et part comme un oiseau quitte sa branche. Je te laisse savourer la beauté de l'image pendant que le loufiat déplumé m'atrique la morniflette.

*
* *

Appellera, appellera pas ?

Que ferais-je à sa place ?

Il est coincé entre les mâchoires puissantes du doute le plus affreux, Himker (ce que j'exprime bien, ce matin !). Suis-je un vrai flic-maître chanteur ? Ou s'agit-il d'un piège ?

Je mate la grosse aiguille de ma tocante. Elle est posée (très provisoirement) sur le 1 de midi cinq ! (Comprenne qui peut, c'est pas moi qui ai inventé l'heure.)

Himker ne m'a donné aucun signe de vie. Sage politique. Décidément, je suis un nave.

Véreux.

Ce mec devrait être embastillé depuis plusieurs heures et subir un interrogatoire serré. Au lieu de ça, débarrassé d'un cadavre encombrant, il guette ma réaction, me laissant engager le fer…

Le bignou grelotte. Faudra que j'avertisse la compagnie des téléphones, car, depuis quelques semaines, mon appareil déconne. Le signal d'appel chevrote et la voix des mes correspondants trépide comme un tramway qui descendrait l'escalier du Sacré-Cœur.

— C'est lui ! exulté-je.

Manque de pot, il s'agit du Vieux.

— San-Antonio, je vous attends d'urgence dans mon bureau !

C'est tout. Il a déjà raccroché. Il paraît du plus mauvais poil, le Chpountz. Dans les noires grincheries. Le papier teigneux d'un grand canard, ou le rappel à l'ordre du ministre, est probablement la cause de ma maussaderie.

Je rajuste mon nœud de cravtouze et je pars vers ses hauteurs.

— Toc, toc !

Deux fois, c'est toujours un subordonné. Plus, ça ferait impatient, tu comprends. Trop véhément. Tandis que là, bien posé et mesuré : toc, puis toc, ça exprime la réserve respectueuse. Y a un côté : « Si vous ne répondez pas, j'attendrai votre bon vouloir. »

Donc : toc, toc.

Le Vieux ne crie pas « entrez » quand il furaxe. Il lance simplement un « oui ! » très bref, très cassant qui démoralise l'arrivant avant qu'il ait ouvert la lourde.

Je me dis textuellement ceci, enfanté par la haulte sagesse béruréenne : « Qu'est-ce que tu risques ? On n'te fera pas un trou au cul, t'en as déjà un. »

J'entre délibérément.

Le big boss n'est pas seul. Un vieux monsieur élégant de partout, avec des cheveux d'argent, longs et ondulés ; la décoration sur canapé d'abord, puis sur revers de soie sauvage ensuite, se tient assis en face de lui, deux cannes d'acier à embout de caoutchouc sont calées entre ses genoux.

Il me regarde entrer, d'un œil sombre et grave. Ce

mec, je te parie ce que tu voudras contre n'importe quoi de bon marché que c'est une huile lourde.

La façon dont il est positivement « installé » chez le Dabe l'indique.

A tout hasard, je lui vote une courbette d'inspiration germanique qui devrait satisfaire l'homme le plus exigeant. Elle le laisse de marbre. Il ne cille même pas. J'attends que le Dear Vioque nous présente, lui tellement féru de courtoisie, mais ça ne paraît même pas lui venir à l'esprit. Et puis, présente-t-on le chat de la concierge au nonce apostolique ?

J'espère encore qu'on me désignera un siège vacant, que nenni ! Dans l'état où est le Dirluche, même un siège à l'Académie française, il me le refuserait.

Le v'là qui croise ses mains hors de prix sur son buvard de cérémonie et qui me louche contre à force de me regarder trop fixement.

J' sais pas si tu me connais bien parfaitement, mais je peux t'assurer que ce genre de cérémonie, je ne suis pas preneur. Leur attitude, à ces deux bonzes artistiques, commence à me battre les testicules.

— Monsieur le directeur, déclaré-je en essayant de contenir mon indignation, j'ai l'impression déprimante que vous ne me reconnaissez plus.

— Vous ne pouviez pas mieux résumer mon état d'âme, San-Antonio. En effet, je ne vous reconnais plus. Mais alors plus du tout. Si je m'attendais à une chose pareille ! Cent millions ! Vous ! Mon meilleur ! Vous mon bras droit !

Bravo, Himker ! Bien joué. La valse hésitation connaît pas, lui ! Directement les grands moyens. Le v'là qui a dépêché son avocat ou son conseiller financier au grand prêtre de la Rousse pour lui cracher le morcif, me cisailler brutalement. Prévarication ! T'as eu tort de finasser, Sana ! C'était trop simple, t'as voulu brouiller les cartes, en remettre. Et maintenant, il va falloir que tu t'arraches à ce pot de miel.

Je ris.

Jaune.

— Monsieur le directeur, si vous croyez une seconde à ma malhonnêteté, je serai dans l'obligation de vous remettre ma démission.

— Trop facile ! rétorque le type aux cannes.

Mon boss, par contre, a un léger relâchement de la patte-d'oie. Il me regarde de façon plus humaine.

— Des faits d'une importance capitale se sont produits dans la nuit, faits qui m'ont incité à ruser pour mettre en porte à faux le sieur Himker sur qui pèsent des charges extrêmement lourdes.

Le beau vieillard à Légion d'honneur caoutchoutée et cannes chromées sur canapé bondit.

— Qu'est-ce que j'entends !

Et alors, le Vieux, sans le faire exprès, me décoche le coup de stupeur le plus violent de ma brillante carrière.

— Gardez votre calme, *monsieur Himker*, dit-il. Il s'agit certainement d'un malentendu.

Poil au nez !

Ou au malentendu, ajouterait Pierre Dac[1].

1. Vous êtes bien d'ac, Pierre ?

IX

Car tu comprends, cet extrêmement beau vieillard n'est pas, n'a jamais été, ne sera jamais le type qui est arrivé dans la nuit à la propriété de Montfort-l'Amaury, au volant de la funèbre Mercedes 600. Mais alors, pas du tout, du tout ! Et j'ajouterai encore : du tout !

Mon abasourdissement est tel que j'en prends une chaise pour m'obstruer le fondement et conserver mon équilibre.

— En effet, balbutié-je, il s'agit d'un malentendu. Puisque vous êtes monsieur Himker…

Ça ne détend pas le personnage austère pour autant. Lui ? Un fin gourmé. Il mouarde[1].

Désapprobate d'instinct. La vie est truffée de gens de son espèce, miroirs impitoyables parce que déformants, qui veulent obstinément te refléter le moche de tes traits et en oublier l'harmonie.

Sa roguerie me tape sur le système. J'aime pas les gens pleins de morgue, surtout quand ils sont mêlés à une affaire criminelle. Il est bien décidé à réfuter tout ce que je dirai. C'est encore un de ces personnages qui

1. Du verbe « faire la moue ».

préfèrent un mensonge vraisemblable à une vérité qui ne l'est pas.

— Monsieur Himker, pouvez-vous me dresser la liste des personnes qui habitent chez vous, à Montfort ?

Il regarde le Vieux :

— Dois-je répondre aux questions de ce… monsieur ? demande-t-il avec tellement de dédain qu'un enfant de soixante-quinze ans en pleurerait.

— Je vous en serais reconnaissant, riposte le Dabe.

Le canné déclare, en considérant la pointe de ses souliers pour bien me montrer qu'il m'enchose et tient à ce que ça se sache :

— Ma femme, mon secrétaire, deux domestiques et deux chiens.

— Votre secrétaire est un garçon jeune et élancé, à la chevelure claire, n'est-ce pas ?

— En effet.

Je montre le bigophone du Vieux.

— Vous m'obligeriez en lui demandant de vous rejoindre ici immédiatement.

— Impossible, assure Himker, il s'est envolé pour le Koweït ce matin.

— Ce voyage était prévu ?

— Naturellement, on ne part pas pour le Moyen-Orient comme on se rend chez son marchand de tabac.

— C'est vous qui l'avez dépêché là-bas ?

— Croyez-vous qu'un simple secrétaire se rende au Koweït pour son plaisir ?

Tu sais qu'il me les tartine à la moutarde, ce vieux singe ! Et que l'entrevue ne se terminera pas sans que je lui aie fait avaler l'une de ses cannes.

Et pourquoi pas les deux ?

— A quelle heure est-il parti ?

— Très tôt, je crois me souvenir que son avion décollait à 8 heures.

— Il est sorti, dans la soirée d'hier ?

— Peut-être, c'est un secrétaire, non un esclave, son travail terminé, ce garçon est libre.

— Donc, vous ignorez s'il est ou non sorti de la propriété ?

— Comment le saurais-je ? Je suis en très mauvaise santé et gagne mes appartements privés dès dix-huit heures pour n'en plus bouger avant dix heures le lendemain.

— Vous arrive-t-il de répondre au téléphone ?

— Jamais, mon épouse et collaboratrice intercepte toutes les communications, les filtre, et ne me passe que celles qui sont essentielles.

— C'est bien vous néanmoins que j'ai eu cette nuit.

— C'est bien moi.

— Quel effet mon coup de fil vous a-t-il produit ?

— Aucun. Il m'est déjà arrivé au cours de ma vie d'avoir affaire à des petits requins.

— Je vous ai parlé du coffre de votre Mercedes.

— Je me le rappelle.

— Avez-vous eu une réaction, après que nous eûmes raccroché ?

— Mon épouse est allée jeter un coup d'œil au garage.

— Alors ?

— Elle m'a dit que tout était normal.

Là, je renâcle. M'est avis, mon grand asparagus frisé, que j'ai commis une fondamentale erreur de jugement ce matin, chez *Lipp*, en pensant que Mme Himker était en dehors du coup. En vérité, c'est son bonhomme qui est innocent. Le vieil amoindri est cocufié par le secrétaire, c'est rigoureusement certain. N'ai-je pas entendu ce garçon appeler Dora par son prénom et la tutoyer ? Par ailleurs, elle a chambré son mari en affirmant que tout était O.K. dans le garage ; certes le coffiot de la tire était vide, par contre les deux danois se trouvaient bouclés dans l'Aston-Dugenou, et ça, ç'avait de quoi inquiéter une âme quiète, non ?

— Qui a décidé de venir à mon rendez-vous de chez *Lipp* ?

— Elle. Moi je ne voulais pas tenir compte de votre appel. Ma femme s'est rendue chez *Lipp* sans m'en parler, car la chérie fait l'impossible pour écarter les ronces de mon chemin. Toutefois, à son retour, elle m'a dit la vérité et m'a rapporté votre odieux chantage.

Les ronces de sa vie !

Vieux cornard, va ! L'aubépine de cheval en fleur, elle cueille, la jolie bougresse.

Il va avoir une désagréable surprise, le canneur, dans un tout petit peu moins qu'un instant.

— Monsieur le directeur, fais-je brusquement, le moment est venu de vous rendre compte de mon enquête. Désirez-vous que je le fasse devant M. Himker, ou préférez-vous que je vous parle en tête-à-tête ?

Perfide, la question. Gentilhomme comme je sais le Daron, tu penses qu'il peut pas moins faire que de m'inviter à jacter devant ce vieux mirliton d'Himker. Pas que ça lui plaise, mais la courtoisie *before all*, comme disait la cousine Victoria (que Dieu ait son âme et son droit).

Alors je plonge.

Un complet, mon mec. De bas en haut, sans sauter un alinéa, voire une simple virgule majuscule.

Tout, que je t'assure, te jure et t'affirme : mes soupçons à propos de Merdanflak ; la table d'écoute, la « commande de Martini » ; mon guet devant la crèche du père Himker, l'arrivée du secrétaire ; le contenu du coffre ; mon gag avec des méchants cadors, l'effarante découverte de Bérurier dans le verger des *Coccinelles*…

A mesure et au fur, y a le Dirlo qui bée et le caustique M. Himker qui blêmit. Mais qui blêmit à en devenir plus champêtre qu'un tapis de billard. Pis qu'une platée d'épinards frais. Qu'une pomme pas mûre. Qu'une émeraude. Qu'un habit d'acadhémicycle ! Qu'une gueule d'académicien ! Vert d'eau, vert bouteille, vert anglais, vert wagon, vert tigineux ! A part la fille aînée de ta concierge qu'est hippie (pie pourra) t'as jamais vu quelqu'un avec des lèvres vertes, toi ? Ben, viens mater Himker, mon trognon. Ses cannes lui seront insuffisantes pour repartir. Lui faudra une ambulance.

Lorsque enfin je la boucle, il secoue la tête. Sa voix est plus sourde que Beethoven. Sourde comme une lanterne, tiens donc ! Ça te va, sourde comme une lanterne ? T'es content, tu prends un tout grand pied ? Bravo ?

Il plouploute comme ça, au Vieux :

— Cet individu est fou… Il ment… Il…

Alors, comme tu peux le penser, « cet individu » se dresse. Il clame qu'il en a classe de se faire traiter comme de l'avarié par un zig qui réchauffe dans son sein un tueur et sa complice.

— Puisqu'il vous faut une preuve, descendez avec moi jusqu'au parking ! Je vais vous montrer le cadavre de Merdanflak. Et ensuite, si le cœur vous en dit, monsieur Himker, vous pourrez aller jeter un coup d'œil dans le puits dont j'ai parlé.

Le vieillard se dresse avec peine. Il flahube des guibolles. Plante ses cannes dans la moquette râpée.

Oui, d'accord, il veut voir, il a besoin de constater. Il commencera de croire. Et encore, non, lui faut une explication avec sa gerce.

Bref, on descend tous les trois au sous-sol de la Maison Pébroque, là que sont remisées nos tutures.

J'ouvre mon coffre d'un geste que j'efforce d'atténuer la théâtralité.

— Regardez, messieurs !

Regardez mes petites sœurs jumelles, oui !

Mon coffre est vide.

Tu sais que ça ressemble à un coup de théâtre, dans son genre, ce machin ?

X

Le nez chaussé de fortes lunettes, Pinaud se livre à une tâche ardue : il attache des hameçons lilliputiens à un fil de nylon invisible.

En plus, il sucre, la Vieillasse, comme un salutiste agitant son tronc dans les froidures de Noël.

— Ferme la porte, le courant d'air me complique la besogne ! m'enjoint-il.

J'obtempère avec beaucoup de volontiers.

— Range ton matériel de poissonnicide, Gras-d'os, j'ai un boulot plus urgent à te confier.

— Attends au moins que j'achève cette ligne. Demain je vais taquiner dans l'Yonne.

En quelques mots, sublimes de concision, je lui fais abandonner son minutieux travail qui laisserait pantois les spécialistes de la super-plate Piaget.

— Prends un gars avec toi et foncez à tombereau ouvert sur Montfort-l'Amaury. Voici l'adresse d'un grossium qui est présentement en conversation avec le Vieux ; il s'agit d'embarquer sa bonne femme avant qu'il ne soit de retour chez lui et de l'amener ici de gré ou de force. Cette mission n'a rien de répugnant, tu le verras, car la dame est mieux que ravissante.

Ainsi dopé, Baderne-Baderne s'active les osselets et s'éclipse.

Je vais m'accouder à la fenêtre poussiéreuse. Le beau temps est de plus en plus péremptoire. Malgré tout, j'ai le cœur à l'ombre. Je pense à Zoé. Plus exactement, je pense que j'y pense peu. Ma désaffection (c'est le mot) m'inquiète et me navre. J'y sens comme une monstrueuse ingratitude. Suis-je donc irrémédiablement inconstant avec les nanas ? Pourtant, celle-là, je croyais fermement l'aimer.

Mais avec ce boulot accapareur, hein ?

Si plein de rebondissements... A présent, le cadavre disparu. Où, quand, comment ? Tu peux me le dire, toi, grosse bulle ? Donc, on me sait ! On me suit ! Depuis mon rancard avec la jolie Mme Himker ? Ou bien avant, déjà ? Pourquoi me repiquer le corps ? Ce cadavre baladeur, ça tourne à la farce macabre.

Je vois débouler une Citroën aux ailes cabossées du parking. Pinuche est à bord et c'est Lhuilier, un jeunot tout nouveau, qui pilote. Plein de promesses, ce petit Lhuilier. Pourtant il ne paie pas de mine, avec sa tête ronde, sans cou, posée sur un buste épais, ses oreilles de boxeur, ses petits yeux ronds de canard, bourrés de fausse innocence jusqu'aux paupières.

L'auto décrit un arc de cercle et se lance dans le flot bourbeux de la circulation. Je m'apprête à quitter la fenêtre lorsque mon regard d'aigle accroche une Mercedes 600 rangée à quelques mètres de l'entrée. Un chauffeur en livrée bleu de nuit est acagnardé au capot. Un grand zig maigre, avec des pommettes simiesques.

Je m'arrache de la fenêtre et je dévale l'escadrin.

*
* *

Un mec est là. Qui se tait.

Et un coup de z'œil me suffit pour comprendre qu'il n'est pas français.

C'est un quidam comme un autre. Il porte une livrée classique, mais un je-ne-sais-quoi t'annonce sa qualité (si c'en est une) d'étranger.

Ses pommettes, je te dis. Pour que je les aie remarquées depuis ma fenêtre, tu penses qu'elles proéminent.

Je l'aborde (Archéologue français 1774-1842) en prise directe.

— Vous êtes bien le chauffeur de M. Himker ?

Il opine.

— Suivez-moi !

Il me suit.

Dans le fond, y a rien de plus docile qu'un homme. C'en est effarant. Tu demandes à n'importe qui de venir et il vient. Note que dans ce cas précis, le fait que je lui aie demandé s'il était le chauffeur d'Himker l'induit à penser que son patron le réclame.

Donc, en erreur.

Je le drive jusqu'à mon burlingue sans lui avoir échangé le moindre mot.

Voyant la pièce vide, il me regarde d'un air extrêmement surpris.

— Asseyez-vous !

— Qu'est-ce que c'est ? demande-t-il, sans obéir, et avec un accent bulgare de la banlieue sud de Sofia.

Je relourde.

— Où est Monsieur ? il s'alarme.

— Deux étages plus haut, réponds-je obligeamment. Il y a longtemps que vous êtes à son service ?

— Un mois. Mais…

— Vous avez vos papiers ?

Il hésite, puis se souvenant de l'endroit où il se trouve,

me tend un passeport aussi appétissant qu'une indigestion de framboises.

Je consulte le document frappé d'une étoile d'or, comme le fronton d'une crèche.

Alec Krakzecs, né à Plovdiv, Bulgarie, le 8 juillet 1939. Je glisse le passeport dans mon tiroir que je referme d'un coup de genou. Une brusque détresse assombrit les traits du chauffeur.

— Mais j'ai besoin ! il exclame.

La privation d'un passeport, y a rien de pire pour un pèlerin se trouvant en terre étrangère. Il se sent pire qu'à poils, tout d'un coup. Et même en plus grande détresse que si on l'embastillait…

— Asseyez-vous, monsieur Krakzecs. Il ne se le fait pas dire trois fois.

Il est en grand tourment, mister Yogourth. Trémulse du fion sur sa chaise, darde des œillades angoissées.

— Donc, vous êtes depuis un mois au service de M. Himker. Vous l'avez rencontré comment ?

— A Alger.

— Que faisiez-vous là-bas ?

— J'étais fonctionnaire bulgare en mission d'étude auprès du gouvernement algérien.

— Objet de cette mission ?

Pétrole.

— Continuez…

— J'ai fait la connaissance de Monsieur.

— De quelle façon ?

— A l'hôtel. Il y a eu une panne de courant un soir et nous sommes restés plus d'une heure enfermés dans l'ascenseur.

— Alors ?

— Nous avons sympathisé…

Son français est très correct, méthodique. Il se sert

de son accent pour se donner le temps de choisir ses mots.

— Ensuite ?

— Monsieur est un homme très compréhensif. J'ai fini par lui confier que j'aspirais à ne pas rentrer dans mon pays. Il m'a proposé de me prendre à son service et de s'occuper des formalités pour m'obtenir un permis de séjour en France. Ces formalités sont en cours.

— Si bien que, pour l'instant, vous êtes en position de travailleur clandestin.

Il pâlit, hoche la tête.

— Evidemment, je ne suis pas encore déclaré, il fallait que je *peuve* me débrouiller en attendant le règlement de mon dossier. C'était un arrangement amical, très temporaire.

Sa main frémit sur le bord de mon bureau. Elle convoite le passeport prisonnier. C'est son magistral tourment à Krakzecs : un opuscule à méchante couverture de carton souple.

— Quelles sont vos fonctions, chez Himker ?

— Eh bien, chauffeur…

— Valet de chambre ?

Il opine :

— Oui, j'aide la femme qui fait le ménage. Je tonds les pelouses aussi…

— C'est qui, cette femme ?

— Une vieille beaucoup sourde.

— Vous logez à la propriété ?

— Dans la maison de personnel, oui.

— La vieille femme également ?

— Oui. Elle s'y croit chez elle et me considère comme un intrus.

— Le secrétaire ?

— Non, lui il habite la maison principale.

— Son nom ?

— Fred von Schuppen.

— Allemand ?

— Oui.

— Quel genre de garçon ?

Le Bulgare hausse les épaules.

— Dynamique, brillant.

— Bel homme ?

— Il me semble, mais une femme vous donnerait un meilleur avis sur la question.

— Il est l'amant de Mme Himker ?

Ça lui cristoupe les mandibules, une question pareillement abrupte.

Le voici qui passe deux doigts nerveux entre son col de limouille et sa pomme d'Adam pour se faciliter l'admission d'oxygène.

Qui renifle petit, en zig qu'un sournois courant d'air enrhume.

Qui ricoche du regard pour escamoter sa pensée à ma sagacité.

— Comment je *peuve* le dire ? demande-t-il enfin.

Son seul problème, à Césarin, c'est le verbe pouvoir. A part cela, il parle mieux français qu'un député-maire auvergnat.

— Vous en avez tout au moins l'impression, n'est-ce pas ? insisté-je.

Le chauffeur clandestin hausse les épaules.

— Je n'ai pas d'impression et je ne sais rien.

— Von Schuppen sort beaucoup, le soir ?

— Je suppose que cela lui arrive, oui.

— Vous ne lui servez pas de chauffeur ?

— Pas à titre privé, seulement lorsque ses déplacements concernent les affaires de Monsieur.

— Ce matin, il est parti en voyage ?

— Je l'ai conduit à Orly, en effet. Nous sommes partis de la maison à 6 heures.

— Avec la Mercedes ?

— Nous avons pris une autre voiture, il y en a trois en tout.

— Et Madame ?

Il fronce les sourcils.

— Eh bien ?

— Parlez-moi d'elle, je vous prie.

— Je n'ai rien à dire.

— Elle sort beaucoup ?

— Elle fait des courses à Paris, le tantôt, oui.

— Le soir ?

— Il lui arrive de se rendre au théâtre ou au cinéma.

— Seule ?

Surprise. Brusquement Krakzoco perd patience.

— Demandez-lui. Je ne *peuve* pas vous parler d'elle mieux qu'elle le ferait personnellement. Pourquoi toutes ces questions ? Rendez-moi mon passeport, peut-être que Monsieur m'attend déjà et il déteste attendre.

— Il sort peu, n'est-ce pas ?

— Presque jamais. Il est en mauvaise santé et passe sa vie enfermé dans sa chambre.

— Si bien que vous avez surtout affaire à son épouse et à son secrétaire ?

— En effet.

Il avance la main vers moi.

— Je vous en prie, rendez-moi mon passeport, monsieur.

Le grelottement du bigophone crée une diversion. Je décroche d'un mouvement rafleur.

L'organe flageolant de Pinuche s'accommode admirablement de la déficience de mon appareil. Leur chevrotement va de pair.

— Quoi, l'oiseau ? De quel oiseau parles-tu, Savate ? m'impatienté-je, n'ayant saisi que ce mot dans la phrase qu'il vient de me virguler.

— … Envolé…

— Ecoute, Nœud flasque, rapproche le trou de balle qui te sert de bouche de l'émetteur et articule.

— Je te disais… l'oiseau s'est envolé.

— Tu veux parler de la gonzesse ?

— … actement. Elle a laissé une lettre… tion de son mari.

— La lettre est cachetée ?

— Oui. Sur l'enveloppe, il y a écrit : « A mon mari. »

— Décachète.

— Tu crois ?

— Et lis-moi.

— Tu sais que nous n'avons aucun mandat et que…

— Pinaud, tu n'es qu'une colique trop longtemps retenue, lis-moi immédiatement cette bafouille.

Bruit de papier froissé.

Le Pinaud-occulte se décamote le gosiard. Une vraie diva s'apprêtant à te montrer son contre-ut.

— Allô, tu m'écoutes ?

— A en attraper le vertige, Banane !

Il lit :

« *Léopold,*

Tu vas apprendre à mon propos des choses effroyables. J'aurais tant voulu que tu ne saches jamais rien. J'ai été folle. Je ne te demande pas pardon. Seule la mort peut m'apporter l'absolution. Courage. Adieu. Dora. »

Ma pensée butine…

Je revois la magnifique créature, si altière, devant moi, ce matin. Si sûre d'elle. Pourquoi ce brusque effondrement ?

— Qu'en penses-tu ? demande le Pinaud des Charentes.

— C'est beau mais c'est triste.

— Que dois-je faire ?

— Une perquise en règle dans la chambre de la donzelle et celle du secrétaire.

— Mais…

— Sois sans crainte ; tu ne prendras pas froid, je te couvre.

Je raccroche.

Ça filoche, hein ?

Béru entre dans mon bureau sans frapper.

— Salut, beau monde ! épanouit le radieux.

Il louche sur Krakzecs dont la livrée impec le déconcerte.

— Il appartient à quelle arme, ce fringant militaire ? demande-t-il.

Il est rutilant ; beau de bonheur, Bérurier. Il sent l'ail, le beaujolais, les pieds, qui sont, tu le sais, autant d'odeurs vivifiantes.

— Artillerie de luxe motorisée, réponds-je.

Le Bulgare grogne :

— Mon passeport !

Un obstiné.

— Nous verrons cela plus tard, monsieur Krakzecs, réponds-je, lorsque votre situation sera éclaircie.

— Je me plaindrai à Monsieur.

— Non, ricané-je, c'est plutôt Monsieur qui est à plaindre, il va falloir bien s'occuper de lui et l'entourer de beaucoup de chaleur humaine, mon vieux. Vous pouvez partir, nous nous reverrons bientôt, c'est promis.

Alors il tape du pied.

— Je ne quitterai pas cette pièce sans avoir mon passeport !

Que je te dise, mon pote : ne jamais tenir de semblablables propos devant Béru. Il est toujours sous pression, le Mastar. Un gros nerveux. Les pires !

Tu verrais cette tornade rouge.

Y a un remous. Un remue-ménage. Un déménagement en accéléré. Le temps de compter jusqu'à un et demi, me voici seulâbre dans mon antre.

Plus rien.

Si : du bruit dans le couloir. En cascade.

Je peux me tromper, mais il me paraît probable que le sieur Krakzecs est en train de dévaler l'escalier de pierre sur ses fesses bulgares.

Béru réapparaît, un peu plus violet qu'à l'état normal.

— Les gars sont crevants, déclare-t-il. Y z'affirment, y z'affirment sans savoir. Ce type qui prétend pas quitter le bureau sans son passeport ! Je t'y ai filé un visa de première, valable pour tous pays, y compris le Languedoc et le Roussillon. Seulement y d'vra voyager debout parce que ça m'étonnerait qu'y pusse s'asseoir avant la semaine prochaine. Bon, causons chiffons, si tu voudras bien. On a commencé d'exulter les cadavres du puits, mon commissaire. J'ai donné un coup de main, pour l'exemple, biscotte quand tu te mets à tripatouiller dans un bonheur pareil, faut pas oublier sa pince à linge ! Les gars du labo allaient au refile avant même de commencer.

Il porte sa dextre à son nez, esquisse une moue.

— T'as beau frotter, c'est tenace pire que les crevettes, assure le Vaillant.

— Il y a beaucoup de trèpe, dans cette fosse peu commune, Gros ?

— Duraille d'estimer de brute en blanc, assure mon ami, car ceux du dessous virent en poudre ; les toubibs vont se payer une chouette partie d'osselets, espère, avant de pouvoir avancer un chiffre. Tu parles d'un puzzelage, mon neveu ! C'est la grande boîte de meccano, modèle super-craque. Jusque z'à présent, on en a déjà démembré une belle douzaine. Pour ton gouvernail, je te précise tout de suite que ces clients-là sont tous masculins de sexes, bien que leurs bas morcifs soyent en liquéfraction. Aut' chose encore…

Il tousse noble, se cure une dent creuse de l'ongle et crachote avec une belle adresse une grosse particule (si l'on peut dire) de saucisson d'Arles sur le cuir de mon sous-main.

— Autre chose encore, disais-tu ?

— Les quéques cadavres pas trop démantibulés, c'est-à-dire les plus fraîchouillards, sont de race arabe.

— De *type* arabe, rectifié-je, les Arabes appartenant à la *race* blanche.

— Type ou race, où tu vois la différence ? fulmine le Mammouth. C'est malheureux de se voir reprendre dans la plus formidable affaire de ma carrière pour une nuance de vocabulaire, que j'aurais seulement honte d'interrompre ma nièce pour un détail de cette insignifiance !

Le téléphone retentit de nouveau. C'est l'inspecteur Soisson à qui j'ai confié un petit boulot express, qui me rend déjà compte de sa mission.

Von Schuppen, le « dévoué » collaborateur d'Himker, son secrétaire aux affaires étranges, contrairement à ce que pense son patron, n'a pas pris l'avion pour le Koweït ce matin. Sa place réservée en *first* est restée vacante. Donc, ce beau jeune homme devrait encore se trouver en France. J'ordonne qu'on se procure une photo de lui et qu'on applique le dispositif « *radis noir* », lequel, comme tu sais, est une mobilisation immédiate de tout ce que le territoire compte comme force policière pour essayer d'alpaguer ce garçon.

Je me laisse quimper dans mon fauteuil pivotant. Je

pose mes targettes sur le burlingue, et j'imprime à mon postère un léger mouvement ondulatoire propre à attiser les réflexions profondes.

Bérurier qui me connaît sait exactement à quoi correspond ma brusque prostration.

Il se juche sur le burlingue, dépose son chapeau graisseux sur une pile de dossiers qui n'en demandaient pas tant et murmure :

— Vas-y, ma vieille…

— Hummm ?

— T'as besoin de te payer ton petit résumé habituel, c'est ton coup du milieu, somme toute pour ainsi dire. Quéque chose comme le trou normal, quoi.

Il sort opportunément de sa poche un flacon qui, une fois débouché, révèle le calvados frelaté qu'il contient. Me le propose.

Je refuse du geste.

Il boit donc en tête-à-tête. Pousse un rot de vrai soulagement et s'explique :

— Avec le turbin de tout à l'heure, croye-moi, mec, c'est pas Guy Lux ! Simple question d'hygiénique, manière de faire leur fête aux petits microbes téméraires qui se seraient hasardés dans mes voiles digestibles. Bon, vas-y, je t'écoute ; reprends tout depuis ta noce, et oublille rien !

— Pour une fois, je ne vais pas suivre l'ordre chronologique, fais-je, mais raconter ce que je sais de l'histoire en utilisant sa charpente actuelle.

Alexandre-Benoît glaviote un second bout de sauciflard à quelques centimètres du premier.

— Prends-y par le bout que tu voudras, mais esprime-toi dans un langage clair et circoncis, plize, moi, tes charpentes et aut' conneries, j'sus pas preneur. On n'est pas à la Sorbonne, mon pote.

Ainsi rappelé à l'ordre, j'attaque :

— Un monsieur jouissant d'une parfaite réputation, au point d'être nommé premier adjoint de sa commune, héberge un charnier dans son verger. On lui livre des cadavres (dont on pense jusqu'à plus informé qu'ils sont arabes) et il les dissout dans un puits qu'il alimente en chaux vive. Personne ne suspecte son étrange besogne. Pourtant, un jour, les gens qui l'utilisent décident de le faire disparaître avec un maximum de discrétion ! Ils choisissent cependant, pour ce faire, un moyen qui ne l'est guère, discret : une bombe. Une bombe qui est censée tuer un commissaire de police fameux.

Rire sardonique du Gravos.

— Si t'as mal aux chevilles à force de t'y balancer des coups de latte, dis-me-le : j'te prêterais mes bottes.

J'outrepasse l'interruption.

— Un os dans l'attentat : contre toute prévision, ce n'est pas Merdanflak qui va célébrer le mariage, mais le maire. Les complices du premier adjoint tentent de stopper l'opération boum-boum ; hélas, San-Antonio lâche le « oui » fatidique et le drame se produit.

— Jusqu'à là, c'est corrèque, approuve le Sagace. On s'y croirait.

— Il ne faut pas longtemps à l'émérite San-Antonio, reprends-je, pour comprendre que cette bombe n'était pas pour lui et pour trouver sa véritable cible. J'ouvre les yeux à Merdanflak qui prend peur et téléphone chez Himker à Montfort-l'Amaury.

« Qui trouvons-nous dans cette luxueuse maison ? Un vieillard richissime et malportant. Sa jeune épouse ravissante. Son secrétaire, jeune type d'origine allemande. Son chauffeur engagé depuis peu, ex-fonctionnaire bulgare en rupture de rideau de fer, et une vieillarde à tout faire.

« Débrouissaillons cet écheveau. La jeune femme est la maîtresse du secrétaire. Elle se place en écran entre son mari et la vie courante. Elle a partie liée avec von Schuppen. Celui-ci est l'un des membres importants du réseau qui approvisionne Merdanflak en cadavres et Dora est sa complice. Quant au chauffeur, je ne puis encore rien dire, mais je trouve bizarre que ses occupations eussent été axées sur le pétrole quand il travaillait pour son pays, et qu'il échoue comme employé de maison clandestin chez un monsieur en affaire avec le Koweït (haut lieu du pétrole). Ne pas omettre cette similitude dans nos prières.

« Là-dessus, je reprends à partir de Merdanflak. Il lance un S.O.S. codé chez Himker. C'est la femme de celui-ci qui prend la communication, la passe à un homme que je suppose être von Schuppen. Von Schuppen se rend dans la soirée chez Merdanflak. Il le convainc de le suivre. Probablement, le tue. Flanque le cadavre dans le coffre (confortable) de la Mercedes et rentre chez son patron avec la satisfaction du devoir accompli. Moi qui surveillais la crèche, je le vois radiner. M'introduis dans la propriété et pique le cadavre. »

Le Gravissimo fait claquer ses doigts comme pour demander la parole ou les chiottes.

— Quoi ? aboyé-je.

— Serait-il une bonté de ta part de m'expliquer pourquoi t'as embarqué le défunt ?

L'objection de Son Honneur est valable. A preuve, je me la rabâche toutes les cinq secondes depuis la nuit dernière.

— L'instinct, fais-je.

Il plaisante :

— De conservation ? Tu voulais le mettre au freezer ? J'essaie d'y voir clair, avec obstination. Et brusquement j'y vois clair.

— J'ai deviné que le cadavre de cette homme était important ; sans doute parce que le meurtrier avait pris le risque énorme de l'amener chez Himker dans la propre voiture de celui-ci. Et la preuve que je ne me suis pas trompé, c'est qu'on l'a récupéré dans la mienne.

Je lui raconte. Il opine.

— Continue, Nestor, tu tiens le bon bout. Continuer… La gamberge, remuer des idées, assembler des mots. Et Zoé, pendant ce temps qui, meurtrie dans sa chair, se morfond dans un lit d'hôpital en se demandant si, en fin de compte, je finirai par l'épouser ou non…

— Nanti du corps, je téléphone chez Himker en laissant prévoir du chantage. Le lendemain, la femme vient au rendez-vous, en cachette de son époux, elle m'écoute sans paraître réaliser la nature de mes menaces, s'en va précipitamment… Quelques heures plus tard, sortant de sa retraite, son vieux se pointe au renaud chez le dirluche pour me faire saquer, exiger des sanctions… Alors je lui déballe la vérité. Comme preuve de mes dires, je veux lui exhiber le cadavre. Sortilège : celui-ci a disparu.

— C'est péripétique, mais ça manque de logique, assure la Pastèque.

— Attends, c'est pas fini. J'envoie Pinuche et Lhuilier cueillir Mme Himker chez elle, pendant que son mari continue de discutailler avec le Vieux. Il ne trouve qu'une lettre d'elle dont j'ai retranscrit le texte sur mon bloc-notes.

Je pousse le suce-nommé en direction du Dodu qui y jette un œil.

On retombe dans des apathies réciproques.

Le Gros en émerge avec une brutalité de dauphin venant se moucher à la surface de l'onde.

— De la poudre aux yeux ! écrie-t-il.

— Quoi donc ?

— La lettre de la gonzesse. Ça n'cadre pas avec son comportement juste précédentaire. Comment ! elle affranchit le mari de ton soi-disant chantage, l'incite à porter le pet, et, pendant qu'il est ici, elle lui écrit une babille d'aveux et laisse entendre qu'elle va se payer une infusion de néant ! Tu rigoles, hé, banane ! Si tu voudrais mon avis, mec, on y a forcé la main à la Dora. On essaie d'y faire porter le bitos. Elle endosse le pardingue pour les copains et tu vas lui retrouver le cadavre dans la Seine ou sur une voie ferrée. Biscotte sa lettre, on criera au suicide. Ça tournera en foirette, ton affaire. Ces vaches, comprenant que c'est râpé, brouillent les brèmes en catastrophe. Ils liquident avant de s'en aller. D'ailleurs, selon ce que tu causais, le petit malin de von Soupe n'a pas pris son zinc, ce matin ? Tu veux parier qu'il a fait retour à la masure des Himker pour régler son taf à la potesse ?

— Possible, Gros.

— Plus que possible, mon gars : certain ! Ce truc pue le pétrole à plein pif. Et puis tous ces Arabes qu'on retrouve dans le puits. Et les autres, encore…

— Quels autres ?

— Ceux qu'auraient posé la bombinette à la mairie, dimanche passé, tu les as oubliés ? Arabes et pétrole, ça marche bien ensemble, non ? Tu devrais surveiller le Bulgare. Et puis te rancarder à propos du secrétaire et de la dame. Et savoir aussi en quoi t'est-ce elles consistent les affaires du père Himker. En plus, faudrait découvrir à quel moment on a pu te reprendre le dépouillement mortel de Merdanflak. Very important, misteur, très very beaucoup. Qu'est-ce il avait à bonnir ce cadavre pour qu'y z'y tinssent à ce point ? T'as une idée ?

— Pas encore la moindre.

— Eh ben phosphore là-dessus, mon pote. Quand l'as-tu vu pour la dernière fois, m'sieur l'adjoint ?

— Au moment où je l'ai logé dans mon coffre.

— Tu l'as pas maté dans les intervaux ?

— Dis, c'était pas un trésor qu'on a du bonheur à recompter…

Un temps. Le Pénétrant se paie une nouvelle flambée de matière cérébrale et déclare :

— On te l'a secouée, ta viande froide, peu z'après que tu eusses eu vu la petite mère Himker. Car, en te quittant, elle savait que c'était toi qui le détenais, Merdanflak. Ecoute, je vois le topo ci-joint, San-A.

Il se pourlèche les limaces mais, trouvant cette humidification insuffisante, il ressort son flacon de corrosif pour s'en téléphoner deux décilitres dans l'alambic.

Il reprend, l'haleine plus chargée qu'un camion de la voirie après un mois de grève des éboueurs :

— A cause de la précipitance des événements, le secrétaire fait semblant de décarrer au Kovovette, mais ne part pas. Il se retrouve avec sa patronne-maîtresse avant le rambour de *Lipp* puis l'attend à promiscuité. Elle te voit et se casse. En trois mots, mine de rien, elle l'affranchit. Alors le gus te file le train. Où es-tu été après avoir quitté la môme Dora ?

— A l'hôpital.

— Ta pompe se trouvait où cela ?

— Dans le parking de l'hosto.

— En vue ?

— Non, justement, comme il n'y avait pas de place normale, je l'ai laissée à la diable derrière les ambulances.

— Alors cherche pas, mon z'ami, c'est à cet instant que le secrétaire a repris son bien.

Son bien ! Il a de ces mots, Béru…

De drôles de mots, mais qui ne sont pas tous superflus. Cette conversation m'a quelque peu éclairé. L'avis d'un simple est souvent aussi utile que la vie d'un saint…

Voilà qu'il semble se désintéresser de la question. Il s'en décharge sur moi. Ne suis-je pas le chef ? Lui, il est un beau rouage pensant, qui vient de penser, et qui se remet à rouager.

Il attrape une revue corporative quelque peu déchiquetée, la feuillette.

— Marrant, murmure-t-il, paraîtrait que le standinge d'un peuple se mesure à sa consommation de papier hygiénique. Nous autres Français, on vient au troisième rang avec cinquante-huit rouleaux annuels par tête.

Il hausse les épaules, jette la revue et grommelle :

— Qu'est-ce y z'entendent par « tête » ?

XI

Sourde en plein, Mme Récamier.

Une vraie maladie de pot !

Sourde au point qu'on s'en aperçoit même quand on ne lui parle pas. Elle a une manière à elle d'exprimer sa surdité avec les yeux qui confond. Sa prunelle aussi a le tympan crevé, pour tout te dire. D'ailleurs c'est si extrême, son infirmité, que pour lui parler, il faut avoir un crayon et du papier. Lire sur les lèvres, elle a pas appris, elle connaît l'alphabet, pas l'alphabouche.

Et pourtant, pourtant, le courageux Pinuche, intrépide, a entrepris de l'interroger.

Duraille, car elle lit à cloche-pied.

Aussi est-ce un inspecteur Pinuche défait, suant et bavochant que je découvre en débarquant chez Himker.

— Pour lui arracher quelque chose, il faudrait pratiquement une sonde, larmiche-t-il. C'est du béton, un être pareil.

— Qu'as-tu obtenu, homme d'expérience et de bonne volonté ?

Il cramponne un feuillet.

— Elle est femme à tout faire dans cette maison depuis un an. Beaucoup de travail, mais le travail ne lui fait pas peur. Elle y serait heureuse sans les deux danois.

Eux exceptés, tout le monde est gentil avec elle. Monsieur est très aimable, mais elle reste parfois des semaines sans l'apercevoir car il vit claquemuré dans sa chambre. Madame est ferme, mais juste, c'est la définition qu'elle en a donnée. Ici, elle s'occupe de tout. C'est une femme de tête. Le secrétaire est un peu froid, mais poli. Elle pense qu'il se permet des familiarités avec la patronne, mais elle dit que ça n'est pas ses fesses à elle qui sont concernées. Elle n'aime point trop le nouveau chauffeur, jugé antipathique. Elle a même eu cette déclaration touchante, compte tenu de sa surdité absolue : « C'est le seul avec qui je ne m'*entends* pas très bien. » Fin de citation.

Pinaud-culte se rengorge, brelante un rire d'agnelet regardant le loup se coincer la queue dans une porte, et reprend :

— Mon diagnostic est que cette dame n'est pas que sourde. Sans être neurologue, on peut déceler chez elle une certaine forme de débilité mentale. Emérite dans les travaux de maison, son rendement cérébral patine sitôt qu'elle lâche le manche de son balai.

— Himker est rentré depuis longtemps ?

— Un quart d'heure.

— Il a lu la bafouille de sa donzelle ?

— Je la lui ai remise en main propre, alors qu'il commençait de s'indigner de notre présence chez lui.

— Sa réaction ?

— Terrible. J'ai cru qu'il allait mourir. Il a défailli. Sans Lhuilier, il s'écroulait. Il est monté dans sa chambre sans proférer un mot.

— Il faudrait le surveiller.

— Lhuilier s'en occupe discrètement. Tu sais que c'est une bonne recrue ? Efficace, rapide, intelligente…

Je l'enraye du geste.

— Laisse, je ne veux pas l'épouser. La perquise ?

— Rien de particulièrement intéressant, si ce n'est que nous avons fait une drôle de découverte à propos de Dora Himker, mais sans rapport avec l'affaire.

— Vas-y, j'ouïs.

— Mme Himker, avant d'épouser son mari, faisait du music-hall sous le nom de *Dora Doré*. Il me semble l'avoir vue à la télé, il y a quelques années. Un numéro assez étonnant, je dois dire. Sur la scène, il y avait une dizaine de piliers en trompe-l'œil, larges de quelque soixante centimètres chacun. L'orchestre jouait une valse. Elle se mettait à danser seule. Chaque fois qu'elle passait derrière un pilier, elle en ressortait avec un accoutrement différent, tu me suis ? Sa transformation ne durait pas quatre secondes. Elle était tour à tour en marquise, puis en jockey, en religieuse, en Saint-cyrien, etc. Stupéfiant. D'ailleurs, tiens, voici les programmes que nous avons dénichés dans un tiroir de son secrétaire.

Il me présente des opuscules aux couvertures tapageuses portant en caractères exclamatoires les noms de music-halls internationaux fameux, voire de casinos ou de théâtres de verdure.

Je les feuillette. La splendide Dora me saute aux yeux, sublime, déconcertante, dans des travestis époustouflants. Tantôt en danseuse quasiment nue, tantôt en maharadja étincelant de gemmes, tantôt en combinaison de pompiste.

Je lis les textes *panégyresques* qui lui sont consacrés.

— Passionnant, exulté-je. Et tu prétends que c'est sans rapport avec l'affaire ? Voilà une affirmation bien hâtive, mon vieux débris, et surtout téméraire… Une femme pourvue d'un tel don ne doit pas avoir beaucoup de difficultés à disparaître. Je commence à mieux comprendre sa lettre d'adieu. Si elle déambule, fringuée en gardien de la paix par exemple, on ne sera pas près de lui remettre la main dessus. D'autant plus que, d'après ce que je lis d'elle, son numéro n'était pas uniquement visuel. Conjointement, elle se livrait à des transformations vocales.

« Tu as dégauchi une photo du secrétaire ? »

— Oui, mais il faudra l'agrandir, c'est un portrait assez mauvais fait par un appareil de grand magasin. Il était agrafé à une carte d'abonnement pour remontées mécaniques. Je l'ai trouvé dans la poche d'un anorak.

Enfin, je vais faire un tout petit brin de connaissance avec ce mystérieux garçon que je n'ai fait qu'apercevoir de dos, la nuit dernière.

Visage d'intellectuel, très germanique. Mâchoires carrées, œil froid et scrutateur, cheveux blonds. Une lourde mèche pend sur le visage, masquant presque l'œil droit. Il a des lèvres un peu tombantes, von Schuppen. Sa physionomie d'homme fixant un objectif pour se faire flasher exprime la décision.

— Tu as demandé à ta vieille à quelle heure et de quelle manière est partie la môme Dora ?

— J'allais le faire, se trouble le Mité, tu sais, un témoin pareillement handicapé, on ne sait trop par quel bout le saisir.

Il griffonne la question, de son écriture d'avant les guerres, frileuse et plus penchée que des roseaux dans un typhon.

Assise sur un divan, Mme Récamier (tu penses !) est en réserve de la police. La bouille tendue comme une chaisière stoppée en pleine quête par l'élévation.

Pinuchenock lui présente son papier. L'archivioque le cueille d'une main sucrante et l'éloigne de ses yeux, dont la plasticité du cristallin est nettement en baisse, ce qui te fait de cette malheureuse une presbyte à part entière.

— C'est quoi, ce mot-là ? crécelle la fourbisseuse patentée.

— Heure ! répond le Cartilagineux.

— Hein, c'est quoi ? insiste la pauvrante.

— Heure ! égosille le pintadeau déplumé.

— Si vous me disez pas ce que c'est, comment je peux le savoir ? déplore, non sans amertume, l'ennuyeuse d'araignées.

Pinaud réécrit le mot indécryptable, en caractères d'imprimerie cette fois. Dès lors, sa patiente impatientée épelle comme on lit une phrase touristique sur un manuel de conversation étranger :

— A quelle heure Mme Himker est-elle sortie ? Et de quelle façon ?

Elle laisse retomber sa main.

Relève sa tête insonorisée.

Nous contemple sans nous voir, de la manière dont Napoléon regardait son avenir, du haut du pont d'Austerlitz, et son passé depuis le rocher de Sainte-Hélène.

— Parce qu'elle est sortie ? demande la renseigneuse.

*
* *

Pendant la journée, les danois sont bouclés dans un chenil aux barreaux rassurants. Krakzecs est en train de leur virguler de la bouffe lorsque je me pointe dans son dos. En plein jour, les deux molosses sont encore plus terrifiants que de nuit. On peut mesurer leur carrure, admirer leurs muscles de taureau, leurs crocs de crocodile, leurs yeux rouges de dragons.

Faut être vachement chiassard pour se faire garder par des monstres pareils, moi j'te le dis.

Ou alors, avoir des choses à se reprocher.

Leur pâtée est du genre grand patron.

Même un terrassier bouffe pas autant. La maison Canigou déclare forfait devant de tels engins. Ces bestioles, si tu leur confies ta grand-mère à garder, n'oublie pas de placer un bœuf écorché près du fauteuil de la chère femme, qu'autrement sinon tu lui retrouves plus que le chignon et son chapelet en rentrant de la grand-messe.

— Ils ont bon appétit, hé ? lancé-je joyeusement.

Le Bulgare a un sursaut.

Me défrime comme s'il venait de tirer un serpent à lunettes de sa braguette en croyant faire pipi. Puis son regard mollit :

— Vous m'apportez mon passeport ? il demande.

T'avoueras que ça tourne à l'idée fixe, chez ce mec. Merde ! il est pas en Papouasie septentrionale pour chocotter de la sorte ! Ou alors c'est qu'il en a un urgent besoin, de son passeport.

— Bientôt, évasifié-je en regardant bouffer les clébards.

Tu les verrais décrasser, ces beaux messieurs, t'en aurais des sueurs glacées, mon fils ! The mandibule's party ! Les jeux du cirque, on pourrait organiser. En vistavision. Je m'éloigne, bizarrement songeur. Qu'est-ce qui me préoccupe ? Je viens d'éprouver un je ne sais quoi de troublant. Quelque chose m'a accroché l'intérêt une fois de plus. S'agit-il du Bulgare (aux taches) ou des cadors ?

Je me retourne. Le Bulgare (Saint-Lazare) s'éloigne en direction du garage.

Et v'là ton sang en tonneau qui reste pique-plante, comme dit Félicie quand elle veut exprimer l'immobilité absolue. Pique plante (à moins que cela s'écrive pis que plante ?). Une expression de sa province natale, m'man. Elle en a plein, des pareilles, un peu obscures pour qui n'est pas prévenu, mais si éloquentes pour moi !

Non, ça n'est pas le Bulgare (de champêtre) la raison de ce « tilt ».

Alors, les clebs ?

Je reviens sur mes pas prestigieux. Les danois finissent de boulimiquer leur jaffe. Se pourlèchent avec une langue longue comme le grand tapis de Notre-Dame. Il reste des grains de riz dans les replis noirs de leurs vilaines babines.

Non, ce n'est pas non plus à cause d'eux que je suis devenu pensif.

Mon beau regard pénétrant erre dans leur cage.

Pour lors, un sourire me vient.

Celui du triomphe.

J'adresse un aimable « mfff mff » aux bestiaux, manière de créer entre eux et moi un courant de sympathie. Ils dardent sur mon élégante personne des yeux rouges comme des brandons.

Figure-toi que je prends soif, soudain. Soif d'alcool. Pourtant je ne suis pas un imbibé, moi. M'arrive de faire une galimafre, parfois, en joyeuse compagnie et d'y aller à la beurranche, mais ce sont des cas d'exception. La picole, c'est pas mon violon d'Ingres. Pourtant, à plusieurs reprises au cours d'une enquête, j'ai ressenti l'appel de l'alcool.

Et j'y ai répondu. Trois grands scotches empilés l'un sur l'autre m'ont, dans ces circonstances particulières, donné une sorte de sixième sens. Oh, pour une durée extrêmement limitée, je le confesse. Quelques minutes de « dépassement ». Quelques minutes pendant lesquelles je comprenais mieux la signification des banalités apparentes.

De temps à autre, prends-toi à part, mon gars. Ecluse un litre de rouquin et tu connaîtras tes salopes. Elles t'apparaîtront sur écran large, l'espace d'un éclair, mais tu les sauras dans tes tréfonds et, le moment venu, lorsque leur garcerie éclatera, tu ne seras pas pris au dépourvu.

Je pénètre chez Himker. Noble demeure de style Ile-de-France, riche et de bon goût. Je te décris pas : tu t'en branles et ça ferait un peu trop *Connaissance des Arts*.

Je pousse la lourde d'un immense livinge, au fond duquel un meuble espagnol admirable de patine et de proportions et bon d'époque, comme ils disent dans l'antiquerie, me paraît propre à héberger des bouteilles.

Gagné, San-A. ! Belle démonstration de ta perspicacité. Elles sont là, ces chéries, groupées comme une équipe de foot au moment où va être tiré un coup franc à proximité de la cage.

Je n'ai que le choix de l'embarras : porto, xérès, whisky, rhum blanc, vodka.

Avec une belle impudence et un sans-gêne effréné, j'emplis un grand verre d'un pur malt blond, ayant 18 years d'âge et je me tire un penalty.

But !

Le shoot était imparable.

Incomparable. Le pied, madame ! Ma calotte à touffe se soulève de dix centimètres pour permettre à mon cerveau de se dilater à son aise. Un torrent de pensées me déboule des combles. La vie me paraît aussi honnête que le prix des besicles chez Lissac.

Satisfait de moi, ce qui n'est pas un mince compliment, je grimpe à l'appartement du pauvre père Himker.

Cela ressemble à une suite d'hôtel. C'est une sorte d'Etat dans l'Etat. Cela comporte trois pièces mieux décorées et meublées que ce que j'ai déjà vu de la maison. Une seule porte commande ces trois pièces dont je te cite : un cabinet de travail, un salon, une chambre avec salle de bains.

Himker est au salon, assis dans un fauteuil, ses cannes métalliques posées sur le tapis.

Il a les mains croisées sur le bas de son visage et garde les yeux clos. On le devine anéanti, ce type. Foudroyé par le sort. Tu crois qu'il l'aimait, sa bergère ?

Lhuilier, qui se tenait assis dans le cabinet de travail, se lève en m'apercevant. Je vais droit à lui et lui chuchote mes instructions dans l'oreille gauche, dont j'espère qu'elle est sa meilleure.

Il obaise[1] de la tête, ce qui ne lui est guère facile étant donné son absence de cou, et s'éclipse.

Je reste un bon moment sans me manifester, respectant la profonde détresse du vieux type. Elle a fondu, son arrogance. Il n'est plus qu'un vieillard brisé. Le chagrin d'un homme âgé, c'est franchement épouvantable, camarade. T'as du mal à le contempler…

— Monsieur Himker, excusez-moi…

Je m'approche de lui. Il vient de rouvrir les yeux.

— Je me doute que c'est un coup terrible pour vous, poursuis-je, et je voudrais vous dire d'être courageux, si je ne craignais…

Son regard s'enflamme brusquement.

— Oui, craignez ! s'écrie-t-il. Craignez, monsieur ! Car c'est à cause de vous que tout cela est arrivé…

— J'ai peur que le chagrin ne vous égare, monsieur Himker. Ce n'est tout de même pas ma faute si votre femme s'est laissé entraîner dans une abominable affaire !

— Sans votre louche intervention, elle n'aurait pas perdu la tête au point de mettre fin à ses jours.

Alors là, je ne puis m'empêcher de sourire. Ce que les époux sont poires, tout de même. Toujours prêts à

1. On ne peut toujours « opiner ».

mordre aux appas de leur bonne femme, n'importe les arnaqueries qu'ils ont endurées d'elle. Toujours parés pour la bicornanche. Bêlant à l'ombre de leurs grands bois de cerfs. Fiers du malheur qu'elles leur apportent en complément de dot, ces morues. Masos à bloc, melons à s'en tenir les côtes !

— Rassurez-vous, Mme Himker ne songe sûrement pas à se suicider.

— Qui vous permet de l'affirmer ?

— Mon sens de l'humain, monsieur Himker. Je n'ai vu votre femme qu'un instant, ce matin, mais cela suffit pour que je puisse vous rassurer sur ses intentions. Jamais une battante de cette trempe ne se supprimera.

Il hausse les épaules et grommelle :

— Imbécile !

Tu parles que s'il n'avait ni chagrin, ni cannes, ni trente carats de plus que moi, je lui ferais bouffer ce mot en tartine de phalangettes, mais quoi... Hein ?... Il est des moments où si tu fais le poing, tu dois le remiser aussitôt dans le hangar de ta poche, non ?

— Monsieur Himker, m'efforcé-je de ne pas gronder, je suis chargé d'assumer une enquête délicate et je dois vous entendre.

— Je n'ai rien à vous dire.

— Je prends note.

— Prenez et foutez le camp. Qu'on m'envoie un de vos confrères, vous, commissaire, vous me sortez par les yeux.

Tu veux parier qu'il va finir par se la décrocher, sa beigne dans le pif, ce vieux cornard ?

— Monsieur Himker, en France tout au moins, on ne choisit pas son policier comme on choisit son pédicure. Si vous refusez de répondre à mes questions, j'envoie chercher immédiatement un mandat d'amener et je vous mets en état d'arrestation.

Il me brave.

— Ah vraiment ?

— Oui, monsieur Himker, vraiment !

— Et sous quel chef d'accusation m'arrêteriez-vous ?

— Quand on a participé à des meurtres, quand on a un cadavre dans le coffre de sa voiture, quand on engage comme chauffeur un étranger en situation irrégulière, les chefs d'accusation ne manquent pas. Voulez-vous prévenir votre avocat afin que tout soit très clair dorénavant entre nous ?

Il se tait.

Lentement, sa tête de fier Sicambre se courbe.

— Inutile, murmure-t-il dans un souffle avec du poil autour.

Content, j'attrape une chaise et la coltine près de son fauteuil. Le verre de scotch bu en catastrophe me tambourine la cocarde. Un miroir du dix-septième siècle, malgré qu'il soit bouffé aux mites, m'annonce que je rougeaude un peu des pommettes.

Je dois me gaffer de pas trébucher de la syllabe. Ça la branlerait mal.

L'homme d'autorité doit conserver une parfaite facilité d'élocution, sinon il vire pelure. Depuis Jésus, le pouvoir s'acquiert par le verbe. Un locdu sachant causer a plus d'impact qu'un génie qui se tait. A preuve en politique, tous les frometons qui sévissent avec un grand courant d'air pour tout bagage, mais qui ont le don du blabla. Le tourbier de la rue écoute, crie bravo et vote pour. Comme ça que se gribouille l'histoire (car elle ne s'écrit pas, je dénie, mais se griffonne avec un doigt trempé dans le sang ou dans la merde).

— Votre épouse, monsieur Himker, était une artiste de music-hall, crois-je savoir ?

Mince, je te jure que je savonne des labiales. Les

muqueuses qui patinent. Mes glandes dérapent dans le scotch où baignent mes dents du fond.

Ça semble le surprendre, l'amorti.

— En effet, finit-il par admettre. Je l'ai connue au Liban. Elle passait dans le spectacle du casino de Beyrouth. Nous nous sommes rencontrés dans la salle des jeux américains.

Tu trouves pas surprenant, toi, le rôle que jouent les pays arabes dans la vie de ce schmurtz ?

Il connaît sa femme au Liban, son chauffeur en Algérie, son secrétaire est censé partir pour le Koweït, le premier adjoint, complice dudit secrétaire, chaulait des Arbis… Et tout à Lavedan !

— Vous faites dans le pétrole ? demandé-je *ex abrupto* (ayant le bonheur de parler couramment cette langue).

— J'ai de gros intérêts dans des compagnies pétrolières, c'est un fait, mais mes activités sont réduites depuis qu'une attaque a diminué mes facultés physiques.

— Parlez-moi de votre secrétaire.

— Que voulez-vous savoir à son sujet ?

— Un maximum de choses.

— Il est allemand.

— Je sais. Vous l'avez connu au Maroc ou en Syrie, lui ?

Himker cambre le torse. Sa voix devient pointue.

— Je n'aime pas beaucoup votre ton, commissaire, dit-il. J'ignore quel rôle ma femme a pu jouer dans l'affaire qui vous intéresse, mais il ne saurait justifier votre attitude. J'ai des relations qui me permettent de…

— D'accord, monsieur Himker. Grâce à elles je serai révoqué, en attendant, veuillez répondre à ma question…

Il me désigne la porte.

— Sortez, monsieur !

Il cramponne ses cannes, et, à grand-peine, sort de son fauteuil.

— Dans moins d'une heure vous serez arrêté, promets-je.

— Je ne le pense pas.

Un qui se sent truffe à ne plus pouvoir, crois-moi, c'est ton petit camarade San-Tantonio. Vidé comme un minus ! Bafoué ! Et tu sais biscotte ? Parce qu'il a éclusé un verre à bière de whisky et que, contrairement à ce qu'il escomptait, au lieu que se détache le dernier étage de sa gamberge, celle-ci fait du rase-mottes.

Il sort, le San-A.

Mal content. Emprunté. Godiche. Furieux. Mais plus furieux contre lui que contre ce bizarre Himker.

Pinaud traverse la pelouse les coudes au justaucorps. Le fantassin en rase campagne. Vieux poilu en tenue de vaillance.

— Viens, viens ! hèle-t-il.

Et de rebrousser chemin.

Tu sais qu'il est véloce, le Fossile ? Mercure sur sa roue. Dis, Mercure, ç'aurait pas été l'inventeur de la brouette, mine de rien ?

Il gaze plein tube en direction des (lieux) communs. Je perçois des coups de pioche. Ils font résonner les échos d'alentour et d'ailleurs.

En déboulant, j'aspers-je Lhuilier, en bras de limouille dans la vaste cage. Il a remplacé les deux danois au pied levé. Il escrime en force. Rrrrran ! Rrrrran ! Des éclats de ciment voltigent. J'avise un tas de gravats contre la grille.

— Vous ne vous étiez pas trompé, monsieur le commissaire, m'apostrophe le jeune officier de police. On a bien enterré quelqu'un là-dedans. A la va-vite car il est à moins de vingt centimètres. On s'est contenté de couler du ciment par-dessus. Comme c'est tout frais, je n'ai pas trop de mal à le briser…

— C'est parce qu'il était frais et que les chiens l'avaient fortement gratté que j'ai eu la puce à l'oreille, feydaue-je.

Je rejoins le brave petit Lhuilier. Il a à demi exhumé le cadavre en question. Celui d'un homme, dirait-on.

Pourquoi *dirait-on* ?

Parce qu'on s'est appliqué à rendre le défunt méconnaissable en lui rôtissant la bouille au chalumeau (voire à la simple lampe à souder). Le résultat n'est pas probant. Ça ressemble à une couverture d'Hara-Kiri (style : concours d'accidents, premier prix). Des chairs rougeâtres et calcinées. Des cheveux en une seule plaque noire, pareille au crin d'un fauteuil incendié…

Les mains ont été flambées itou, afin de rendre l'identification impossible.

L'homme est nu.

Ce qui me trouble, c'est qu'on lui a brûlé les poils sur toute la surface du corps, et particulièrement dans la région de la poitrine. Il devait s'agir d'un type d'assez faible constitution, malingre, mal fichu.

— Pinaud, veux-tu avoir l'extrême bonté d'aller quérir ce bon monsieur Himker ? labaderneprié-je.

Lhuilier, malgré l'effort, est pâlichon sous son masque de sueur.

— C'est mon premier macchabe, monsieur le commissaire, m'annonce-t-il.

Et il se détourne pour dégueuler.

*
* *

— Vous avez une explication valable à fournir, monsieur Himker ?

Se cramponnant d'une main à un barreau du chenil, le

riche vieillard regarde, fasciné, le cadavre exhumé. Sa canne métallique se balance au pli de son coude. Elle vient parfois heurter la grille. Ce tintement du métal contre le métal donne, si je puis dire, son bruit à la scène.

Il ne répond pas.

— Vous ignoriez la présence de ce cadavre ici, naturellement ?

— Oui.

C'est faible, mais ferme.

— Je vais vous demander de me suivre jusqu'à la police, monsieur Himker.

Il continue de regarder fixement les restes horribles de l'homme décimenté.

— Bien sûr, consent le bonhomme.

— Vous voulez bien prendre place dans ma voiture ?

— Non, je préfère la mienne : nous vous suivrons…

— Comme vous voudrez…

— Et nous ? questionne Pinuche.

— Vous attendez ici l'arrivée du labo et du légiste.

Je touche le bras de Himker :

— Eh bien ! allons-y.

Il lève sa canne pour alerter son chauffeur, lequel, de plus en plus effondré, attend la suite des événements, appuyé à la carrosserie de l'énorme Mercedes.

— Naturellement vous n'avez pas la moindre idée quant à l'identité de… ces restes ? demandé-je à notre hôte tout en l'escortant jusqu'à sa tire.

— Non, aucune idée…

Je prends place dans ma propre guinde et j'attends que le vieux bonze se soit installé dans la sienne.

Ensuite, fouette cocher : on démarre.

J'ai l'air du poisson pilote, moi.

Ou plutôt de la voiture de tête des convois exceptionnels.

Tout à fait exceptionnels !

XII

Tout en drivant mon char à bœufs, je pense à Zoé.

Oui, malgré mes préoccupations capitales, le souvenir de ma gentille fiancée me rabote la crépine. Madame San-Antonio !

Presque…

Le toubib a dit qu'elle serait rétablie d'ici une quinzaine. Ajoutons quinze jours de convalo, cela repousse notre noce manquée à un mois.

Un mois…

Ensuite : Madame San-Antonio, quoi !

Bon, faudra s'y faire.

Et faire des gosses par-dessus le marka.

Ils seront bien bronzés, ces chérubins. Tiens, c'est vrai, j'avais pas encore songé à cet aspect de la question. Une goutte d'encre dans du lait et le lait n'est plus blanc…

De temps à autre, je file un coup de périscope dans mon rétro pour m'assurer que le sieur Himker me file bien le train.

Est-il coupable, lui aussi ?

Ou bien tout ce circus forcené s'est-il opéré en sa cachette ?

C'est qui, le bonhomme dont on vient d'exhumer la carcasse flambée au cognac ?

La nuit a dû être éprouvante à la propriété de Montfort. Le grand dispositif. Tu vois : au pif, je devine que c'est moi qui suis à l'origine de cette effervescence. En leur kidnappant le corps de Merdanflak et en leur présentant une tentative de chantage, je les ai amenés à prendre des mesures désespérées.

Parmi lesquelles l'assassinat d'un gars de plus. Sa désidentification par rôtisserie et ses funérailles express dans la fosse aux lions.

Tu vois pas qu'il se soit appelé Daniel, le voisin de dessous des deux fauves ?

Les effets du scotch commencent à se dissiper. Ne me reste qu'une impression pâteuse dans le clappoir et une certaine mélancolie stomacale.

On roule en direction de Trappes. Peu de circulation car les gens sont à la bouffe. L'heure sacro-sainte du boa. Chacun récite à belles dents son acte de constricteur.

Soudain je champignonne en force.

Là-bas, la Mercedes vient de stopper sur le bas-côté de la route. Le Bulgare (nement) descend et ouvre le capot.

Je me fous en marche arrière et j'entreprends de rejoindre Himker, stoppant lorsqu'une voiture se pointe pour reprendre mon cheminement d'écrevisse sitôt qu'elle m'a doublé.

Enfin j'arrive à dix mètres de l'équipage en rideau.

— Des ennuis ? lancé-je, penché à la portière.

On ne me répond pas. Le gars Krakzecs est englouti jusqu'à la ceinture dans les entrailles de son moulin. Je poireaute une paire de minutes, seulement moi, tu me connais : la patience n'est pas mon fort (l'Amaury) ! Je m'arrache et fonce aux nouvelles.

Le camarade bulgare (çonnet) se bat avec des durites minuscules. L'opération à cœur ouvert.

— Grave ? je demande.

— L'injection.

Quand je te disais que c'était une intervention cardiaque. V'là qu'elle a les tuyaux fanés, la grande calèche.

— Si ça doit durer, fais-je, montez dans ma bagnole, on préviendra un garagiste en passant par Trappes.

Il grogne je ne sais quoi et continue de besogner.

Je me porte vers l'arrière du véhicule. Le vieux Himker trône dans un fauteuil capitonné, le regard absent. Il fait plus vioque que naguère. Dans l'existence, on vieillit souvent plus vite d'une heure à l'autre que d'une décade à l'autre. Les circonstances ! C'est ça le vilain chiendent. Des péripéties se présentent. Des coups bas bien terribles. Ça te démolit le mental, le physique. Ton essence d'homme s'altère. Alors te v'là brutalement usé comme si tu venais d'enjamber un grand paquet d'années. Et ça reste irréversible. Plus jamais tu ne reviens à ton état d'avant l'impact. J'ouvre la portière.

— Dites, monsieur Himker, le temps presse. Votre chauffeur a peut-être des dons de mécanicien, mais il les exercera plus tard…

Himker me détronche avec des yeux d'aigle qui verrait éclore des dindons dans son nid.

— Oh, vous ! me dit-il d'un ton grondant.

Et en pointant dans ma direction l'une de ses cannes métalliques.

Je lui souris :

— Moi, quoi ?

Pas le temps de lui en gazouiller seize pages In-8

raisin. Un coup de boutoir d'une violence inouïe me défonce la poitrine.

J'ai plus de souffle. Plus de conscience. Plus rien.

*
* *

Quand je réadhère au système, je suis en tas à l'arrière de l'auto. On m'a filé un rouleau de sparadrap autour du museau, ce qui m'agace car je déteste ne respirer que par le nez. Je préférerais presque respirer par l'oreille, alors tu vois.

Du sparadrap, ces messieurs devaient en posséder un stock vu qu'ils en ont usé abondamment pour m'entraver bras et jambes. Soit entre nous dit en passant, je te recommande le procédé, mon lapin. Rien de plus efficace. Des liens, de tout autre nature, chanvre ou fil de fer, t'arrives à t'en dépêtrer en y mettant de la force ou de la ruse. Mais ce truc gluant, que tchi ! Un vrai mignon cloaque dont il est impossible de se dégager seulâbre.

On roule à vive allure.

J'entends jacter. C'est Himker. Il téléphone. Car il y a le bignou à bord de la 600.

— Nous sommes sur la route de Chartres, annonce-t-il. Nous venons de quitter Rambouillet…

Il se tait pour écouter. Je ne distingue pas la jactance de son interlocuteur. Ça fait seulement un petit crachotis gargouilleur.

— Parfait, agissez pour le mieux.

Il raccroche.

J'essaie de piger ce qui m'est arrivé. Pas fastoche… Sa culpabilité est totale, au vieux paralytique. J'ai été nave jusqu'à l'os du milieu en le laissant me suivre. Fallait l'emballer, et prendre Lhuilier avec bibi.

Leur panne : une ruse.

Dans laquelle je suis tombé tête première, comme un pauvre super-gland !

Ils m'ont attiré vers eux par inaction, si je puis dire. Je me suis approché de leur immobilisme et c'est ce qui m'a perdu.

La canne : une arme.

M'a-t-il tiré une balle dans la poitrine ? J'essaie de respirer : j'ai mal, cependant ça boume vaille que vaille.

Je renifle : pas la moindre odeur de poudre dans la bagnole. Ce qui serait le cas si l'on m'avait balancé le potage. Je pense plutôt qu'il s'agit d'une sarbacane à air comprimé. Elle doit tirer une bille de plomb. Himker m'a visé au diaphragme. La force de frappe fut telle que je me suis évanoui. Parce que c'est vrai : nonobstant cette cruelle meurtrissure, je me sens tout à fait normal.

Que va-t-on faire de moi ?

Rien de bon, je présume. Lorsqu'un zig emballe un commissaire dans de pareilles circonstances, il compte sûrement le mettre en état de « non témoignage » si tu me passes cet euphémisme.

Alors ça veut dire quoi, ce coup désespéré ? Que Himker se sent foutu et qu'il veut jouer son va-tout ? L'opération dernière chance ?

On circule encore pendant un laps de temps que j'estime être d'une demi-heure. Puis l'allure ralentit. On vire à angle droit et on se met à rouler sur une voie mal balisée, car le véhicule tangue. Un chemin forestier ? Oui, probablement. La lumière est devenue plus faible, comme lorsqu'on pénètre dans une forêt. Je crois déceler des senteurs végétales. Et puis, de temps à autre, des branchages heurtent la carrosserie de la Mercedes.

Himker a branché la radio. Une musique douce tourne-biche dans la ouateur du somptueux véhicule.

Nous avançons de moins en moins vite. Après quoi on stoppe carrément.

Le chauffeur quitte la voiture. Je l'entends marcher autour de l'auto, écrasant des branchages sous ses pieds.

Himker ne bronche pas. La radio diffuse un air d'opéra de toute beauté, chanté par un ténor qu'a du bahut, crois-moi. Je me rappelle plus quel air il s'agit. Toujours est-il que c'est un type qui dit qu'il part, qu'il part, qu'il part, et qu'il part. Seulement l'ennui c'est qu'il reste. Une bonne femme, soprano d'origine et de nationalité, intervient, qui lui conseille itou de se barrer. Les v'là qui se mettent à conjuguer le verbe partir, qui à l'impératif, si je puis oser, qui au présent de l'infinitif. Himker coupe le jus alors que ces deux vaillants gueulards sont encore là.

Tu imagines probable que je chocotte dans ma pitoyeuse position ? Que nenni, mon fieu, que nenni. On est comme on naît, et l'on naît comme on est, pas vrai ? Moi, toujours paré pour la manœuvre de printemps.

Des oiseaux piaillent sous la ramée. Leurs pépiements composent une musique bien plus avantageuse que celle des opéristes de tout à l'heure. C'est bucolique. Je repense à Zoé. Une nostalgie me point, ponctuée d'un confus désir de la serrer dans mes bras et de lui gazouiller, moi aussi, des trucs harmonieux. Dans le fond, j'y tiens à cette mignonne. Dommage que ce ne soit que dans le fond.

Enfin, on verra.

Optimiste, non ? Je pense au futur comme à une chose due. Tous les hommes, mon frère. Tous les hommes. Ils tirent des chèques sur l'avenir, sans s'occuper si le compte est approvisionné.

Soudain, un ronflement. Bizarre. Dans les hauteurs.

Pas besoin de radar : je pige qu'il s'agit d'un hélicoptère. Donc, y a une clairière à proximité de ce coin de forêt où nous attendons.

Le vrombissement devient vacarme. Il continue, mais reste fixe, ce qui indique que l'appareil vient de se poser.

Himker descend. Des gens parlementent. Je pige pas ce qu'ils se disent car ils baissent le ton.

Enfin on vient délourder ma portière. Deux mecs, dont l'un est loqué d'une combinaison de toile crème et l'autre d'un futal sport et d'un blouson léger, s'emparent de l'admirable sauciflard que je constitue et me coltinent à l'hélicoptère. Comme je le prévoyais, ce dernier est posé dans une vaste clairière. On me jette sur le plancher du zinc. Himker prend place ainsi que son singulier chauffeur sur l'un des deux sièges arrière de l'aéronef.

En l'air, en l'air, tout le monde aviateur ! comme bramait le tenancier d'un manège, à la foire du Trône.

La grande hélice se met à bouillonner. On s'élève à la verticale, avec un léger balancement.

Direction : petit Jésus's *house* ?

*
* *

En me distordant les cervicales, je parviens à lire le cadran de ma Piaget grand sport. Voici plus de deux plombes qu'on vole. J'essaie d'opérer un calcul mental. Je me dis : « L'oiseau à bord duquel tu te trouves est une Alouette II. Cet appareil se déplace à une vitesse d'environ 160 kilomètres heure. D'après la position du soleil, nous filons plein ouest. Donc nous avons parcouru environ 350 kilomètres à l'ouest de la forêt de Rambouillet. Nous nous trouvons par conséquent, soit en pleine Bretagne, soit en pleine Manche, car mon estimation, quant à l'orientation, peut varier de quelques degrés. » Tu m'objecteras qu'ici ou ailleurs, dans mon cas, la chose importe guère. Je te répondrai que ça passe toujours le temps.

Le ronflement du moteur (qui donne du fil à rotor) dissuade les passagers de parler.

Et peut-être aussi qu'ils n'ont rien de valable à se dire.

Ce qui me tarabate la boîte à phosphore, c'est la raison de ce kidnappinge. S'il s'agissait simplement de me neutraliser, ces bons messieurs pouvaient tout aussi bien m'abandonner dans un fourré de la forêt avec un suppositoire en acier calibré dans la coiffe, non ?

Je suis donc en mesure de conclure que s'ils m'embarquent à leur bord, c'est parce qu'ils espèrent tirer parti de bibi. Donc : espoir. Tant que je leur serai utile, je resterai vivant.

Je les devine dans un merdier à grande mise en scène, mon camarade. Leur situation s'est dégradée au fil des heures, depuis le coup de tube de Merdanflak, hier soir. Ils ont amorcé des parades. Fait progressivement la part du feu, mais ma découverte du cadavre dans le chenil a balayé leur suprême espoir : celui qui consistait à tenir Himker coûte que coûte à l'abri des soupçons. Ils ont décidé que le sauve-qui-peut était leur ultime manœuvre valable.

Dis donc ? Et si c'était comme otage qu'ils me gardent ? Pour, éventuellement, servir de monnaie d'échange ? Un commissaire réputé, tu parles, ça vaut du pognozof, quand c'est sur pied avec ses trente-deux dents.

L'otage, c'est devenu la grande monnaie internationale, de nos jours pourris. L'étalon-tête-de-lard. Je t'échange une femme de ménage portugaise contre une mitraillette, un curé français contre une fourgonnette

Mercedes de couleur prune métallisée, un ambassadeur soudanais contre deux sous damnés, ma tante d'Honfleur contre des vacances aux Baléares, les burnes de mon grand-père contre un escalier en colimaçon, une paire de francs-maçons contre une loge à l'Opéra, et le directeur de l'Opéra de Paris contre la recette du pari mutuel urbain. Tu vois, j'aurais des chiares, je leur constituerais un capital otages, moi. Civils et militaires : quelques juges d'instruction, trois ou quatre infirmières, quelques généraux, une charretée de passants anonymes, ça ne mange pas de pain. Du moins pas beaucoup.

Une botte d'attachés d'ambassade pour faire le bon poids. Avec cinq ou six cardiaques pour les exigences urgentes…

Je finis par m'endormir, malgré le fâcheux de ma situation et le biscornu de ma position qui me file des rafales de crampes dans les muscles.

Dormir, c'est partir un peu.

Dans son vrai chez soi personnel, à une place, façon cercueil.

*
* *

Une légère secousse, fluide. Les amortisseurs ont admirablement fonctionné.

Le bruit s'arrête. Plus que le choc, c'est le silence qui me réveille.

Il ne dure pas. Bientôt, au ronron caractéristique du moteur, succède une rumeur plus ample, plus infinie. Celle de la mer.

Le galop des vagues qui s'escaladent comme des chevaux en rut. Se violent, se déprennent et s'en retournent à reculons…

Les portières, en s'ouvrant, m'indiquent que je ne

me suis pas trompé. Je respire une forte odeur d'iode et de varech. Un vent âpre s'engouffre dans l'appareil qui frémit sous ses assauts.

Un type peu courtois me tire par les pieds. La vache, il fait rien pour amortir mon valdingue. Je me pète la vitrine contre une surface dure. J'ai un goût de sang et de terre dans la bouche. Des chandelles romanes (pas romaines, romanes) tournoient comme une roue de loterie dans mon cerveau malmené.

Tu pourras désornavant me traiter de patate, car je suis coltiné comme un sac de.

Toujours le même vilain me hale sur le sol. Mon nez rabote une terre galeuse. En deux temps, il me fout sur le plateau de bois d'une méchante camionnette qui pue le poisson oublié.

Et en trois mouvements (contact, débrayage, première) on décarre…

XIII

J'aurais un frein, je le rongerais, pour passer le temps. Hélas, je dois me contenter du vilain plancher de bois rêche de la camionnette.

Faute de mieux, j'analyse la situation.

La mer. L'odeur de poisson. Quelque quatre cents bornes à l'ouest de Rambouilloche. Je suis prêt à te parier une jambe de bois contre une gueule du même métal que nous sommes en Bretagne.

Le vétuste véhicule tressaute dans des ornières. Il souffle un vent à décorner tous les maris restés à Paris pendant le mois d'août. La bâche de la chignole claque comme un étendard fixé au mât de misère de cinq colonnes à la hune.

Où foutre m'emmène-t-on (je devais écrire m'em-mène-thon) ? Dans quelles sinistres épopées ? Dans quelle échevelée aventure ? Vers quel bout de nuit sans lune ?

Le père Stevenson a écrit quelque part (et il aurait fait d'y carrer ces lignes) que, je le cite : « Le plaisir que peuvent donner des aventures est inexistant ou puéril. » C'est vachement suicidaire, non, pour qui a rédactionné *l'Ile au Trésor* et *Docteur Jekyll* ? V'là qui beurre l'oignon des adeptes du nouveau roman. Donne de l'assiette aux chiotards du style. A ceux qui pompeusement à merde, qui pédalent à vide. Qui pissent tiède. Qui éjaculent des perles. Dont la plume pantèle comme une bite déchargée.

Et si peu vrai. Si glandu comme assertion ! Que j'en prétends altièrement le juste contraire, mon cher enfant de troupe, de pute ou de chœur. Que j'affirme bien haut que sans aventures, même foutues comme la pique de l'as de cœur à l'instar des miennes, tout écrit, à moins qu'il ne soit bref : pamphlet ou lettre d'amour (et encore ce sont là d'ardentes aventures !) tout écrit est zoizeux sans cette épine dorsale qu'est l'action. Invertébré. Epandage. Plein de bulles. Fétide parce que croupi. Stagnant. Verdâtre. Riche en têtards condamnés à ne devenir jamais grenouilles. Moussu de la pierre qui ne roule pas. Putride. Miasmesque.

L'action, la chère action porteuse. Missi dominici des plus nobles pensées et les plus noires foutaises. L'aventure, cette poésie-loukoum, cette poésie-beignet, qui a un goût de sucre ou de friture, ou des deux. L'aventure très chère et bon marché et qui fait bon marché de nos rêves. Ce soulignage de nos abandons… Con de Stevenson. Illustre grand con qui va m'écrire ça sous le nez, nonante années avant que je puisse répondre. Que de chance tu as eu d'*aventurer* ta prose. De la faire macérer dans du corsaire, dans du meurtre, dans de l'amour. De la peupler de cris et de coups de sabre. D'y faire rutiler des trésors au soleil d'îles mystérieuses. Que sinon, mon Steven con sans cédille, t'aurais droit au cimetière – même pas marin – des noircisseurs fadasses, des souilleurs de blanc, des arracheurs de plumes. Robinson paumé dans l'archipel du sombre oubli, à tout jamais. Et qu'avant toi, Stevenson-comme-la-lune, ton big Shakespeare le savait, qui te foutait du poison et du poignard à chaque paragraphe. Et que notre Corneille t'aurait fait *bayer* si, d'emblée, le comte momifiait pas le vieux Don Diègue et si le camarade Cid ne lui filait pas en retour son tourne-broche dans le placard. Toujours, action ! Aktion ! Très beaucoup pour chentil legdeur, *jaa wohl*. Zinon : fussillé !!! *Herr* Stevenzon, suce ! Et plus schnell que ça !

Le voyage en camionnette ne dure pas très longtemps. Je nous sens pénétrer dans un hangar assez vaste, car le bruit du moteur s'y répercute comme le pet d'une chaisière dans une crypte.

Ici, les bruits ont une résonance profonde. Ça caverne, mon gars.

En plus, il fait frisquet. Note que ça n'est pas désagréable, vu la vigueur de cet été.

On rabat la ridelle de l'haridelle à essence.

Descendez, on vous demande ! Bonjour, Simone ! Vlang ! Une fois de plus, l'abominable manutentionnaire de Sant-Antonio me valdingue sur un sol peu accueillant, insensible aux exigences cruelles de la pesanteur.

Je dois avoir la bouille comme un hamburger pas cuit (le dessert des tartares). Encore trois escales dans ces conditions, et je serai déguisé en flaque.

J'avise un gigantesque hangar plein de barils et de courants d'air.

Une atroce odeur de poissecaille me chavire. Compliquée de remugles de saumure.

Après deux instillations de ce parfum, mon pote, tu tournes de l'œil rien que de voir la reproduction d'un couvert à poissons dans le catalogue de Manufrance.

La camionnette repart.

Je me mets à gésir dans un univers pestilentiel. Pour l'instant, personne n'a l'air de se préoccuper de moi. J'ai beau mater, je suis seul. Ça signifie quoi t'est-ce ce mic, hein, mac ?

Bien entendu, me connaissant comme je te connais, tu te dis que je vais essayer de me libérer.

Dont acte.

Mais macache, mon bonno. Je te l'avais signalé un peu plus qu'auparavant : ce vérolard de sparadrap dont on m'a entravé. Pis que de la mélasse ! Une araignée géante m'aurait encoconné, ça ne serait pas mieux. Tire que tires-tu, mon fieux, ça poisse Dudule. Je m'emmerdouille de grand rechef. Papier tue-mouche ! Me v'là déguisé en chewing-gum.

L'odeur de poisson me chavire le cœur. Si tu veux mon avis, je dois me trouver dans quelque conserverie. Là qu'on entasse et sale les anchois ou les harengs plus ou moins saurs. Qu'on tisse les filets de morue ! Oui, ça chlingue la morue en grosse quantité, renouvelée. Morue et re-morue. Beurgh !

Un gros bruit de pas se produit. Juteux. Celui que fait un zig en marchant avec de grosses bottes. Le clapotis de l'amour multiplié par douze mille cinq cents. Coït d'éléphants, si tu vois où j'en viens ?

Le personnage m'arrive contre. Dans la position que je me trouve, je le découvre au dernier instant. Il est monumental, surtout vu d'en bas. La perspective ascendante, c'est un peu la déification de l'humain. Les mecs, pour les glorifier, faut les flasher en remontant.

L'arrivant est affublé d'une combinaison jaune, en tissu huileux. Il est chaussé de bottes verdâtres. Sa face est monstrueuse. On dirait une photo rapprochée de la lune. Comme la lune elle est ronde, grise et constellée de cratères.

Tu verrais la manière dont il me cramponne ! Une valise. Pas même : un attaché-case ! Il me chope par ma ceinture et m'emporte. J'implore le Seigneur de rendre ma ceinture suffisamment résistante pour l'usage qu'il en fait, sinon je vais encore m'emplâtrer le portrait sur le ciment. Selon moi, les intentions de cet homme à mon égard ne sont pas absolument pures, et il me réserve des surprises désagréables.

Le voilà qui s'approche d'une vaste cuve pas très haute, mais extrêmement large. La pire des odeurs s'en échappe. J'aurais pas ce bâillon placardé sous le pif, je dégobillerais avec grâce et volupté.

Le mastodonte m'imprime un balancement qui ne me dit rien qui vaille. Et puis : hop ! Il me valdingue par-dessus le rebord de la cuve.

Horreur et damnation !

Bout de la noye ! Putrescion atroce ! L'immense bac circulaire est plein de poissons frais. J'ai jamais vu un tel débit de poissons ! La pêche de trois chalutiers, parole ! Je m'étale sur du moelleux effroyable, gluant, fluidifiant. Je fais de l'aquaplane sur cette masse mouvante. Je m'empuante. Si je remue je m'y enfonce.

Ça m'étouffe. Mon guignol taraboume comme un fou. Il doit avoir la forme d'un poisson, déjà. D'ailleurs, un poisson n'a-t-il pas la forme d'un cœur ?

J'efforce de demeurer immobile. Mais si je ne bouge pas, la masse qui me supporte, elle, remue sous mon poids. Elle floque. Ça gassouille.

Des anchois ! Je savais que ça fouettait également l'anchois. J'en reboufferai jamais plus de ma vie. Même dans une niçoise. Une quantité pareille, tu juges ?

Et crus ! J'en deviens poissecaille, par osmose. Je vire anchois. L'anchois du roi ! Ou le roi des anchois ! Faites votre anchois, mesdames, messieurs !

Tu trouves que c'est si beau que ça, toi, la mer ? Quand tu songes à toutes les saloperies de bestioles qu'elle contient ! Et « ils » prétendent qu'on sort de là, nous autres, les grands mammifères à deux pattes ! Je m'en voudrais. Jamais plus je traiterai mon prochain de barbeau, ni ma prochaine de morue. Je dirai plus que mes contemporains ont des gueules de raie. D'une femme qu'elle est plate comme une limande. Je m'obstruerai les écoutilles quand on me jouera *La Truite*. Frais comme un gardon ? A bannir, mon garnement. Souple comme une anguille ? Mon job ! Rouget de l'Isle ? Un con !

V'là qu'inexorablement, je m'engloutis dans cette mollasserie effroyable. Je fais naufrage dans le poisson ! Je coule aspic. A la volée j'essaie d'évoquer la hauteur de la cuve. Elle ne doit pas mesurer deux mètres. Faut absolument que je m'arrange pour couler les pieds en premier. Des fois que je parviendrai à garder la bouche hors d'anchois ? Si je bascule par les épaules (rien d'étonnant quand on a une tête aussi lourde), je vais périr étouffé. Alors *achtung*. J'opère une espèce de rétablissement. V'là que je frétille, mon z'ami. T'entends ? Je frétille ! Mets mes arpions en flèche pour une meilleure pénétration dans le cloaque. La masse m'absorbe. Me digère. J'enfonce. C'est lent, oppressant. Ça se referme sur moi. M'emprisonne odieusement. J'y suis jusqu'à la ceinture. J'ai des poissonnets dans le calbar, dans les poches, la raie culière (la vraie, reconnue d'utilité biblique). Je vais périr d'empoisonnement ! Ça te fait marrer, gredin ? Merci pour ta compassion. Je continue de me diluer dans cette mer d'écailles. M'en voici jusqu'au poitrail. Maman, pourvu que je touche bientôt le fond ! Un étau mou, mais puissant, m'enserre la poitrine. J'ai du mal à respirer. Faut qu'à la moindre goulée, mes cerceaux refoulent la masse fantastique. Toute l'appréhension dont un homme peut se prévaloir (pourquoi prévaloir ? ça, j'en sais rien !) se loge à l'extrémité de mes orteils. Les bouts de mes nougats deviennent fous. Curieux, hé ? Et vrai, ma saucisse ! Véridiquement vrai ! Les premières phalanges de mes membres inférieurs s'encrampent d'horreur.

J'ai de l'anchois dans les poils de ma valeureuse poitrine. Sous les bras. Il s'en coule de partout. C'est insinuant, un anchois. Oh ! la la ! que ça se faufile sournoisement ! C'est presque aussi incolmatable que l'eau d'où il sort.

Je descends toujours. Ça gluâtre à ma gorge. Ça me chatouille le menton. Mes panards en flèche attendent le terminus. Je mate le rebord de la cuve, jaugeant, jugeant. Finira, finira pas ? Un premier anchois caresse ma lèvre supérieure. Miracle ! Mon pied droit vient de rencontrer une surface solide. Le gauche aussi, une fraction de seconde plus tard. Je me laisse aller sur les talons. Là, bernique (si j'ose gastropoder de la sorte). Quand je repose de toute ma semelle sur le fond de la cuve, mon nez est, non pas immergé, mais anchoisé. Pour respirer, faut donc que je me tienne sur la pointe des targettes. Ce qui revient à dire, pour être précis, que je n'ai pas pied, mais seulement orteil.

J'en suis réduit, soit à ne pas respirer pour pouvoir me reposer, soit à me distendre pour pouvoir respirer. Si t'appelles pas ça une fâcheuse situation, mon garnement, c'est que tu es bien le con qu'annonçaient les prophètes.

Un rire plus grand qu'un sandwich aux rillettes me fait tourner la tête. J'aperçois mon précipiteur, hilare comme la lune dans les premiers dessins animés. Il s'est juché sur un piédestal, et accoudé au rebord de la cuve, il suit mon opération survie avec beaucoup d'intérêt et de plaisir.

— C'était moins une, hein ? me dit-il.

Mon bâillon joint à une tonne d'anchois de première qualité m'ôte le plaisir de lui répondre, ce qui est, crois-moi, dommage pour la dialectique française et pour la franchise postale.

Après un bon moment de jouissance, ayant sans doute pris son fade en aparté, l'homme-lune se retire en déclarant :

— Continue sur ta lancée, bonhomme, je vais chercher du monde.

Son pas, auquel je n'ai jamais cru, décroît.

Or, donc, me voici seul.

Avec le bruit constant de la mer et mes gentils poissons.

*
* *

Au bout d'un quart d'heure de cette gymnastique, je suis vanné, fourbu, au bord de l'évanouissement.

Mets-toi à ma place (ça me reprendra). Ne pouvoir respirer que par le nez, et au prix d'une gynmastique exténuante, respirer des écailles en même temps qu'un oxygène faisandé, être comprimé par un agglomérat, un agrégat de clupéidés, c'est un drôle de purgatoire. J'ai connu des gus qu'ont été décolorés du Mérite civil pour moins que ça.

Marée fraîche ! Merci, Pierre Hamp ! Je me cramponne à toi.

Enfin, le lunaire m'a annoncé de la visite, peut-être m'apportera-t-elle le salut ?

J'attends, essayant de régulariser mes fonctions. Bruit ! Bruit, enfin !

Du monde se pointe. Combien de pas ? Deux ? Trois ?

Trois ! J'ai l'oreille subtile comme celle d'un éléphant. Je suis le Babar de l'esgourde, moi. Le Jumbo du décibel.

On traîne des caisses au bord de la cuve.

Effectivement : trois bustes surgissent, l'un après

l'autre, comme des cibles de manège. L'homme-lune, Himker, plus un autre zig qui est peut-être bien le gus qui m'a convoyé de l'hélico au hangar.

Ces six yeux me dardent un bon coup. Puis Himker murmure :

— Il faut lui ôter son bâillon.

C'est gentil à lui, non ?

Mais pas facile à réaliser, car je me trouve hors de leur portée.

Le gus au vêtement huilé ne se laisse pas démonter par un tel problo. Nanti d'un lasso, il me repêche par le cou. Ne me manquait plus que ça ! Déjà que je suis aux trois quarts asphyxié…

Il hale sans se préoccuper de mes voies respiratoires. Je suffoque. Tourne de l'œil parmi les millions d'yeux qui m'environnent. Z'œils de merlan des anchois surchoix. Figés, glacés, vitrifiés, minéraux. Je les vois plus. Tout s'embrouillasse. Mon cerveau mal irrigué se met en réserve de la République. Bye bye, mon ami…

Là, un léger blanc.

Le rush de l'oxygène dans mon garde-mou me reconnexe avec la vie.

Ils viennent de m'arracher le sparadrap qui me muselle. Sans ménagements, j'en ai le feu aux joues, comme une rosière qui choperait le mandrin d'un sadique, dans le métro, en croyant qu'il s'agit de la barre centrale.

— Vous m'entendez, commissaire ?

Je balbutie « oui ». Pendant toute mon enfance, j'ai cru que « oui » s'écrivait « voui ».

Parce que je prononçais voui.

Là, pris au plus juste de ma lucidité mal recouvrée, j'ai dû dire « voui ».

Un rire interne me secoue. Tu m'objecteras que ça n'est pas le moment, seulement si on ne rigolait pas quand on est dans la pistouille, quand donc se marrerait-on ? Quand tout va bien ? A quoi bon ! Le rire, dans le fond, c'est fait pour le malheur, la détresse.

Ces carnes molles m'ont rejeté aux produits de la mer. V'là que je resombre.

Doucettement.

— Parlons net, attaque Himker, si vous ne répondez pas à ma question, nous…

Encore !

Toujours le même topo : torture, questionnaire… Tu causes ou tu causes pas ?

La bonne vieille « question » de jadis. *That is the question*. L'éternelle question. Celle qu'on met sur le tapis ou à l'ordre du jour. La question de temps et de confiance. La question clé. Clé de toutes confidences. Clé des aveux les moins doux.

Parlez, ou sinon…

Ou sinon tout. On te fera du bobo très beaucoup. T'épluchera la prostate au couteau à huîtres. T'enfoncera des fers incandescents dans le radaduche. T'arrachera les ongles. T'oindra les plaies au beurre de piment. Te donnera des lavements à l'acide chlorhydrique… Et j'en passe.

L'éternelle pression, l'éternelle contrainte physique…

J'écoute à peine ses promesses, à Himker. Grosso modo, il est question de ma mort, quoi. Alors, que veux-tu ajouter ?

— Vous êtes prêt ? il termine.

Et moi, paisible comme Baptiste :

— Je ne saurais avoir une conversation sérieuse dans cette position, mon bon monsieur. Je ne vous répondrai qu'après avoir pris un bon bain chaud et passé des fringues qui ne sentent pas la marée.

Faut voir ce qu'une telle attitude peut donner.

Eh ben, mon canard, c'est le monumental fiasco. Le bide terrific.

— Je crois que le commissaire n'est pas encore conditionné, mes amis, fait Himker. Nous reviendrons plus tard.

Et ces carnes s'en vont.

*
* *

En attendant leur retour, malgré ma lutte farouche contre l'anchois envahisseur, je me pose la question suivante : « Qu'est-ce qu'Himker peut bien avoir à te demander ? Ne lui ai-je pas dit, à Paris, tout ce que je savais de l'affaire ? En ce cas, qu'espère-t-il ? J'ai eu tort de poser mes conditions : je perds du temps… »

A moins que…

Une idée m'habite, comme l'écrivait Prosper Mérimée dans son traité sur le rôle de l'automobile au temps des pharaons.

Qui vaut ce que valent les bonnes idées lorsqu'on parvient à les mettre en pratique.

Je me remets à poireauter dans mes affres poissonneuses. Ce m'est de plus en plus difficile car, depuis qu'ils m'ont retiré le bâillon, j'ai la bouche en contact direct avec les anchois, et dès que j'ai le malheur d'écarter tant soit peu les lèvres, un vilain fripon se faufile dans ma gargouine.

Enfin, un laps de temps s'écoule, fatalement, et je perçois de nouveaux bruits de pas.

Dès que ceux-ci sont proches, je respire un bon coup et je me laisse couler dans la masse gluante. Quelle effroyable sensation, mon neveu. Mais faut tenir… *It is* ma seule *little* chance *of* salut, camarade.

Malgré le cataplasme d'anchois qui me recouvre, je

décèle confusément des exclamations. Des interjections de toute beauté. Des onomatopées de belle venue.

L'air qui m'emplit les poumons me ressort lentement des naseaux. Je sais que lorsque mon gaz carbonique sera évacué faudra que je choisisse entre l'asphyxie ou le renoncement. A moins que mes gredins ne fassent fissa pour me récupérer.

— L'échelle, vite !

Je suis pratiquement certain d'avoir perçu cette phrase. La cuve vibre. J'étouffe... Ma raison vacille. Une opacité interne me prend, m'emporte.

Malgré tout, sagace comme un pape, je sais ce qu'ils sont en train de maquiller. Ils placent une échelle en travers de la cuve. L'homme au ciré jaune s'avance sur cette passerelle improvisée. Il se penche, sa main s'enfonce dans l'anchois, tâtonne, m'alpague par le col.

Me hisse.

Il n'était que temps. J'aspire avec mesure l'élément indispensable à une parfaite régénération de mon sang. Tout en chiquant l'évanouissement intégral. Je me révulse les gobilles. Retrousse mes lèvres sur des dents d'agonie.

On m'arrache au cloaque pour Vendredi Saint. On m'extrait de l'infernale cuve.

Je chois sur le sol. Ou plutôt : j'enchois !

Y reste flasque comme les poissons que je viens de quitter. Cachalot de San-A. Immobile.

— Il est mort ?

— Je ne sais pas.

— Vérifiez...

— Le cœur bat.

— Il faut le réanimer.

— De l'alcool ?

— Faites-lui préalablement la respiration artificielle.

— Il a les bras liés.

— Eh bien ! détachez-le, bon Dieu !

On cisaille à l'aide d'un couteau les larges bandes sparadreuses qui m'entravent…

L'homme au ciré me saisit les poignets, m'écarte les bras, me les ramène sur la poitrine. Il me souffle dans la gueule, ce connard. Drôle de bécot. Je suis pas fana d'une pelle masculine, les seize mille gonzesses qui sont passées entre mes bras m'ont habitué à mieux.

Une, deux…

Ouf, ça me désankylose. Bon exercice…

Une… deux…

Au bout d'un instant, il me lâche les bras pour m'appliquer ses deux mains contre l'Henri II, presser, retirer… Pompe, mon pote, pompe bien ! Ça te donnera des couleurs. Ma main droite, éclafée au sol, sent un froid contact. Je devine le couteau dont on a coupé mes bandes adhésives.

Je m'en saisis avec les précautions que prend un horloger lorsqu'il répare une montre de dame en ayant la coqueluche.

Ce que je vais faire ne me botte pas. Mais que veux-tu que je fasse d'autre, Bazu ? Dans la vie il faut savoir choisir entre les autres et soi-même.

Je choisis.

Et également l'emplacement où je vais lui voter ses dix centimètres d'acier inoxydable. Juste au-dessus du bassin, à l'étranglement de la taille. C'est quoi, à cet endroit, docteur ? Le pancréas ou la rotule ?

J'assure le manche du ya dans ma dextre, la lame tournée vers l'intérieur de mon bras. Allez, au boulot, fils ! Basse z'œuvre, soit. Mais, hein ? Bon !

V'zoum ! De toute ma force. Le paquet géant. Ça rentre d'un coup. Tellement que j'ai le tranchant de ma main contre la hanche du mec. Lui, une ou deux secondes encore, il continue d'exercer sa pression.

Puis il pousse un cri et s'allonge d'une masse, comme une statue renversée.

Les deux autres n'en reviennent pas.

Moi, si.

N'oublie pas, crème de nouille, que j'ai toujours les jambes entravées. Un grand coup de lame à la volée… Crra-aaac ! Est-ce suffisant ?

Le compagnon d'Himker me plonge dessus. Pour moi, c'est une bonne indication : ça veut dire qu'il n'a pas d'arme. Je lui administre un coup du manche de mon couteau sur la tempe. Ça le fait mollir. Je le repousse. Une série de balles s'annoncent. Tirées par Himker. Pile au moment où, d'une farouche détente, je refoulais mon agresseur. Il déguste tout dans le Rasurel. Himker en est tellement sidéré que sa main qui tient le flingue se met à pendre. Faut dire que le magasin doit être aussi vide qu'une boutique de frivolités dans le désert de Gobi.

Ne perds pas de temps, mon cher San-Antonio. L'heure des méditations et des considérations ésotériques est passée. S'agit de planquer tes os avec la bidoche qui s'agrippe après.

Je file comme un perdu vers l'entrée du local. Sur le moment je boitille biscotte mes baguettes trop longtemps ligotées. Mais la peur donne des ailes. Qu'Himker ait la présence d'esprit de remplacer son chargeur vide par un plein, et ce sera la fin de mes tribulations.

Donc, puisqu'il faut courir, courons.

C'est le mieux que je puisse faire pour moi, compte tenu de la gravité de l'instant. Les vacances aux Canaries, les parties de jambonneaux, la pêche à l'espadon, ce sera pour plus tard.

J'arpente de plus en plus vite. Mais cette conserverie est immense. Une première fois je me goure, attiré par la lumière. Piégé comme un papillon de nuit. La clarté tombe d'une vaste verrière dont les vitres sont fixes. Je décris prompto une courbe savante... De nouvelles balles me cherchent. Je contourne un baril, puis un autre.

Pan, pan, pan !

Ah ! voici la porte sur la gauche. Il reste une grande étendue à traverser. J'hésite. Himker a cessé de mitrailler. Son pas se rapproche. Je m'accroupis contre un baril. Que faire ? S'il vient jusqu'ici il me farcira car je me trouve dans un cul-de-sac. Jouer ma chance en sprintant vers la sortie ?

Bon, d'accord.

Mais à la seconde précise où je m'apprête à piquer un démarrage éclair, v'là le chauffeur bulgare qui s'annonce, un fusil-mitrailleur à la main. Les détonations qui ont dû l'alerter, probable.

— Gardez l'issue ! crie Himker.

Qui est-ce qui l'a dans le prosibe ? Le brave petit San-A., mon pote. Pris entre deux feux, c'est le cas d'y dire. Alors ?

XIV

Alors, rien !

Dans ces cas précis, on maîtrise ses nerfs, on écoute son instinct et on garde confiance en son étoile. Les « bonnes étoiles » ne fonctionnent que pour ceux qui croient en elles. Elles ont horreur du doute, les garces. Les timorés les débectent.

Je me sens paisible, absolument relaxe, malgré que j'empeste l'anchois. Cette odeur-là, j'ai l'impression qu'elle va me coller après jusqu'à la fin de mes jours.

Rien de plus déshonorant pour l'homme qu'une odeur insoutenable. Puer est, de toutes ses tares, la pire.

Deux hommes pourvus d'armes à feu me coincent. Je n'ai pour me défendre qu'un couteau.

Et des barils !

Et du chou, aussi. Beaucoup de chou, mon général !

J'avise Himker qui essaie de me prendre à revers. Il élève le flingue. N'écoutant que ma présence d'esprit, je lance mon ya sur lui. Je n'ai jamais travaillé ce genre de numéro dans un cirque, mais je ne le réussis pas trop mal.

Ceux qui te disent qu'un couteau siffle pendant sa trajectoire avaient des bourdonnements d'oreille. En réalité c'est un animal des plus silencieux. La lame se fiche dans l'épaule d'Himker. Les balles arrosent le sol, en rond.

Je ne perds pas de temps à les compter. M'arc-boutant contre un tonneau de morue, je la fais basculer et, d'un magistral coup de pied, le propulse en direction de la porte dans l'encadrement de laquelle se tient Krakzecs.

Je chope mal au cœur, tellement mon shoot m'a endolori la cheville. Tu veux parier que je me la suis foulée ? Dans ma situation c'est un luxe (ou plutôt une luxation) que je ne peux m'offrir. Voilà pourquoi, ne tenant aucun compte de la douleur (je ne suis pas comptable, après tout) je fonce à la suite du baril. Le grand escogriffe (ce serait plutôt un escodent, car il a un clappoir en forme de gibus) exécute un pas de côté pour éviter le tonneau dandineur. D'accord, il va défourailler. Que veux-tu que j'y fasse ? Sinon une dinguerie qui me passe par le chignon et à laquelle je souscris d'office !

Magine-toi, mon très cher frère, que je sors mon mouchoir de ma vague et que je me mets à le brandir en hurlant :

— Camarade ! Camarade !

Tout en fonçant sur le Bulgare (à tes burnes).

Un vrai truand commencerait par m'arroser de gauche à droite, puis de bas en haut, avant de me demander à quoi rime cette pantomine. Ben lui, non, tu vois. Dans le fond, c'est p't-être un poète. Tu crois qu'il lit Apollinaire dans le texte, toi ? Il a une merveilleuse période d'indécision, regardant tantôt mon mouchoir immaculé comme la conception, tantôt mon visage hilare (car j'ai le trait de génie de rigoler tout grand en bramant mon « camarade, camarade »). Il ne sait plus, comprends-tu ? La folie déroute toujours. Elle prend au dépourvu l'homme dit raisonnable.

Moi, ça me suffit, cette légère rémission, pour me pointer à distance suffisante et lui décocher un coup de saton (le pied qui me fait mal, justement, tu vois que je ne suis pas feignant) en plein dans le siège de son amour-sale. T'entendrais ce cri de cormoran qu'il pousse. En pur bulgare ! Avec l'accent et tout. J'ignore comment on hurle « mes couilles », dans sa république boltronique, mais j'ai idée que ça ressemble un peu à chez nous. Doit comporter la même racine…

Il en prend plein les tiroirs de son kangourou. Négligeant de lui prescrire des compresses froides, je me rue à l'extérieur.

***

La première chose que je vois, c'est pas une chose, mais une personne.

Du moins ça l'a été jadis.

Un très vieillard loqué en pêcheur breton. Tellement chenu, délabré, minuscule à force de grand âge, que ses grands-parents doivent lui interdire de sortir quand il y a le vent d'ouest.

Il est assis sur la première marche de l'escalier d'un menhir. Il en a le droit car il est depuis longtemps, en même temps que dans l'enfance, tombé dans le dolmen public.

— Salut, père Mathurin, je l'aborde, pouvez-vous m'indiquer le chemin de la gendarmerie, je vous prie ?

Le vénérable masturbe le chef et me répond quelque chose dans une langue que je n'ai pas l'heur de fréquenter et qui pourrait bien être du gaélique assermenté.

J'ai beau reposer ma question en anglais et en articulant ancien, l'homme entrave que pouic.

Gâtisme ? Surdité ? La conjoncture est ouverte, fais gaffe de ne pas tomber dedans.

Renonçant à me faire comprendre, je poursuis ma route. Personne ne me suit. Il est probable que Himker et sa bande ont les jetons de mon évasion. Ils doivent mettre des anchois dans leur panier pique-nique et se tailler sous d'autres cieux.

Maintenant, que je t'affranchisse : l'endroit où je me trouve est une lande pelée et mauve, mamelonnée et agrémentée de rochers d'un blanc cru sur lesquels le soleil se casse les rayons.

Le chemin caillouteux monte. J'avise, de-ci, de-là, quelques maisons basses qui m'ont l'air aussi désertes que le salon d'un député non réélu. Les orties leur grimpent contre. Leurs volets pendent comme des envies de pisser d'académicien et la plupart des cheminées s'écroulent sur le toit qui les portait (père Noël *verboten !*).

Je me retourne fréquemment, craignant une poursuite. Mais, non, rien. Le ruban gris (de toute beauté, cette image) reste désert. Je n'aperçois que le toit en dents de scie de la conserverie. Et la tache bleue du minuscule vieillard adossé à son menhir. Sur la droite, un petit port naturel où chahutent quelques barcasses en triste état. Je m'offre un tour d'horizon. Une île, mon mec ! Même pas : un îlot. Dans le centre dudit, un groupe de maisons qui, elles, paraissent habitées vu que de la fumaga s'en échappe.

Je presse le pas.

*
* *

Le ronron d'un moteur me fait dresser tu sais quoi ? L'oreille ! Je me détourne et qu'aspers-je ? La vieille camionnette déglinguée qui m'a transporté à la conserverie. Tudieu : elle est pleine de bougres. Y en a dedans, derrière, et même sur les marchepieds. Himker a convoqué la troupe avant de me donner la chasse. Il a compris qu'il ne fallait pas trop bricoler avec moi, que j'étais un coriace avec des idées.

Alors ça radine.

Heureusement que les véhicules à essence sont rares sur cet îlot et que mes poursuivants ne disposent que de cette vénérable relique pour me courser.

Je pique un sprint en direction de la première maison du village. Joie ! Il s'agit d'une école. Modeste, mais d'autant plus émouvante. Ecole, c'est écrit dessus.

En rosbif. *School house !*

Des petites voix grêles ânonnent des trucs en anglais. Donc, je ne suis plus en France, mais dans une île dépendant du Royaume-Uni. Ici, les écoliers apprennent que Jehanne d'Arc était une cinglée et Napoléon un va-de-la-gueule.

Qu'Henry VI était indubitablement roi de France et que ça n'est pas Pasteur, mais Fleming qui a découvert le sérum antirabique.

J'escalade quatre marches. Pousse une porte… Une classe minuscule ; avec cinq élèves seulement, dont je ne perds pas de temps à soulever les blouses pour découvrir à quel sexe ils appartiennent. Une mignonne institutrice est debout à un tableau noir sur lequel est écrit, en français : « Mon tailleur est riche » (ce qui n'a rien d'étonnant quand je me réfère au prix qu'il m'applique).

Les mouflets épellent. La fille est ravissantissime. Et même davantage *again*.

Ma venue la fait tressaillir.

— Que désirez-vous ? s'enquiert la toute belle, une sorte d'espèce de rousse avec des postillons de soleil plein le minois et un regard dont le bleu n'attend qu'une promenade dans la prairie pour virer au vert.

— *Please !* lui lancé-je en restant dans le couloir.

Intrigué, elle s'avance. Mais je fouette si tellement la merluche qu'elle stope à trois pas et a un haut-le-cœur.

Je lui virgule ma brèmouze de poulardin.

— J'appartiens à la police française et des gens de mauvaise mentalité sont à mes trousses, miss, pouvez-vous me cacher et, ensuite, alerter mes confrères britanniques ?

Elle défrime ma carte ; vainc sa panique olfactive et s'empresse d'aller délourder une porte basse, au fond du couloir.

— Mettez-vous ici !

C'est le placard à : balais, seaux, combustibles, etc. J'engouffre. Elle relourde au verrou.

Il fait plus sombre dans ce cagibi que dans le prose d'un ramoneur. L'odeur du charbon se met à concurrencer celle de mes fringues, mais elle abandonne vite la partie (en *english* : *the party*) pour cause d'insuffisance. Si les gredins qui me coursent se pointent dans l'école, sûr qu'ils me retapisseront au fumet. Justement, j'entends discutailler dans le coinceteau. Pourvu que la petite maîtresse ne se trouble pas…

Au bout d'un instant, le bruit de conversation cesse. Des voix juvéniles déclament en chœur ces cinq fabuleuses syllabes qui me vont droit à l'âme :

« Maon thailleûr hé ritche. »

Ouf, sauvé ?

Un léger quart de plombe plus tard, un martèlement de galoches éveille le plancher du couloir. Bruit caractéristique d'une porte vitrée dont les carreaux commencent à se desceller. La marmaille s'égaye à l'extérieur. Le pas léger de l'institutrice vient jusqu'à moi et la serviable demoiselle me déverrouille.

— Merci, lui dis-je avec chaleur, vous m'avez probablement sauvé la vie. Mes bandits vous ont demandé après moi ?

Elle opine.

— Je leur ai dit que vous aviez traversé la cour et franchi la clôture du fond.

— Bravo. Vous connaissez ces gens-là ?

— Oui. Ils habitent le pays depuis quelque temps. Ce sont des étrangers… Ils ont racheté la conserverie abandonnée.

Des étrangers par rapport à quoi ?

— Quelle est cette île, miss ?

Elle écarte ses vasistas à franges.

— Vous ne le savez pas ?

— On m'a amené ici en hélicoptère.

— En effet, ils en ont un. Eh bien, c'est l'île de Godmichey, à seize milles du comté de Cornouailles. Un coin perdu, ajoute-t-elle en souriant.

— Il y a un shérif, ici ?

— Oh, non. A quoi bon ? Il reste tout juste deux douzaines d'habitants.

Je commence à piger que cet endroit est séduisant pour des gens désireux d'y abriter un trafic clandestin.

— Le téléphone ?

— Chez le pasteur, et à la conserverie…

— Il va falloir que je contacte le pasteur, dis-je péremptoirement.

La délicieuse petite rouquine réfléchit.

— Voulez-vous prendre un bain et changer de vêtements ? Vous êtes si plein d'écailles et si malodorant que vous ressemblez à un gros poisson.

— Volontiers, mon joli petit cœur, mais où trouverais-je d'autres fringues ?

— Il y a les habits de mon père qui est mort, je pense qu'ils seront un peu justes car vous êtes très athlétique (une connaisseuse !) mais vous pouvez toujours les essayer. Venez…

Elle me conduit à un escalier de pierre qui pue l'humidité. Je la suis jusqu'au premier. Là est un logement modeste mais relativement confortable. Je pénètre dans une grande pièce où cinq petites lits sont alignés. Je regarde la jeune fille d'un air interrogateur auquel elle ne résiste pas :

— Oui, mes élèves prennent pension ici, fait-elle, j'ai passé un accord avec leurs familles. Ici, les femmes vont pêcher l'anchois avec leurs maris et cela les arrange de se décharger tout à fait de leur progéniture… Tenez, la salle de bains est ici. Pas très luxueuse, mais il y a de l'eau chaude et une baignoire sabot. Je vais essayer de vous dénicher des vêtements.

Je lui décoche le grand merci de d'Artagnan venant de s'embroquer Mme Bonacieux et je m'enferme dans la salle d'eau. Tu ne trouves pas que ça s'appelle avoir du bol, toi ?

Mon ange gardien est capricieux, parfois, mais dans l'ensemble c'est un petit emplumé qui connaît son boulot.

Quelle délectation, mon z'ami, que de l'eau chaude dans mon cas ! Je me fourbis de partout : les entre-orteils, les entre-meules, le dessous des aumônières, là que ça fait un peu nid à poussière. Je lui carbonise sa grosse savonnette à la mimiss. Plus un demi-litron d'eau de Cologne. Je me fais les ongles, je me shampouine, me lotionne, torchonne, frictionne, décape, rince-bouche.

Quand enfin je m'hasarde hors de la salle de bains, je reluis comme une pièce frappée à l'effigie du Roi-Soleil quand elle est fleur de coin (et lui fleur de nave).

Des vêtements sont préparés sur le premier des cinq plumards. Un futal de velours, de grosses chaussettes de laine, un fort tricot de marin, des sandales de cuir.

J'arrive à m'insérer dans ces différents réceptables. Ça craque un chouille aux entournures, mais je suis relingé et c'est là l'essentiel.

— Je peux ? demande la jolie voix de mon hôtesse.

— Et comment !

Elle paraît. Elle a posé sa blouse bleue à col blanc et elle porte un pantalon de lin bis qui lui moule le tortillard comme une pelure d'oignon moule son oignon, et un sweater-polo jaune souci qui lui exalte à la fois la chevelure et les loloches.

— C'est quoi votre nom, miss ? Que je puisse réclamer la bénédiction céleste pour vous sans risquer que mes prières fassent retour pour cause d'adresse incomplète ?

— Kasleen, me répond l'adorable sauveuse.

Elle ajoute en souriant :

— Malgré l'état de ces hardes, je vous préfère ainsi.

Tu me connais ? Faut pas qu'une gonzesse me préfère trop ouvertement, moi, sinon je perds vite le contrôle de ma direction.

Si tu veux mon avis, cette jeune beauté doit se faire tarter comme mille rats morts sur son îlot à la con, en compagnie de ses petits saucissons. C'est pas humain, une vie pareille. Vaut mieux le Carmel. Au Carmel, au moins y a la télévision et des plombiers pour réparer les fuites d'eau.

A mener cette existence reculée, elle va acquérir des complexes indélébiles, Kasleen ; ultra-pernicieux. Je décide séance tenante de faire quelque chose pour elle. Si on s'entraide pas, la civilisation est compromise, tu crois pas ? Non-assistance à personne en danger d'amour, ça peut te mener loin dans les affres du remords à deux temps.

Je lui déboule ma toute grande œillade façon glauque sur fond d'azur, avec arrière-pensées sous cul tanné. On jurerait que ça la trouble (répondit cette bébête cruelle). Je propulse dans sa direction deux bras arrondis de danseur mondain sur le chantier de la guerre. Elle ne recule pas ; alors j'avance. C'est humain. Tu ferais quoi, à ma place, toi ? Pour commencer la galoche galvaudeuse, hein ? Et puis les mains au guidon, non ? Le débouchage futalien, pour continuer. Puis le dégagement de la salle des fêtes. La mise en place de ton jeu de croquet à arceaux, pas vrai ? Avec, en enchaîné direct le trombone ascendant. Exactement comme moi, mon grand. On a positivement les mêmes marottes, les deux, tu ne trouves pas ? Je lui trémulse *plantigrad's story*, contre l'évier. Un conseil que je te donne au pesage, comme dit un de mes potes jockey : quand tu télescopes une gonzesse, embourbe-la debout, façon Clemenceau. Manière de lui exhibitionner ta force et ta souplesse. Ton potentiel d'ardeurs. Tu l'équestres sur ton point d'appui, tel Atlas soulevant le monde, et ensuite tu la promènes un brin afin de lui démontrer que tu sais jouer en marchant. Elles raffolent de cette performance, les gerces. Ça les conditionne fortement pour des avenirs plus douillets. Doré de l'avant (comme exprime Béru) t'es un mâle considéré. Respecté. T'as conquis sur elle ton bâton de maréchal (des logis accueillants).

Elle est à ce point suspendue à mon cou qu'elle m'en bloque la veine jugulaire, cette petite sauvageonne.

Je lui remonte tellement la ligne Maginot à moustache et de si frénétique façon qu'elle risque une perforation des poumons. Elle gémit en anglais, ce qui fait toujours bien dans une conversation. Ses « Aoh ! Aoh ! » m'entriquent le mental. Plus elle brame, plus mon désir s'accroît et moins ses effets se reculent. On va vers des apothéoses, mon chou. Vers des triomphes rarissimes. C'est de la besogne hors catégorie. De l'art concret poussé jusqu'à l'abstraction (avant). Quand je partirai d'elle elle aura un grand vide au cœur, moi je te le dis. Faudra qu'elle le comble avec de la paille. C'est la passion farouche, trépidante, hurlante. Heureusement que les cinq mouflets font un foin de Dieu, dans la cour, sinon notre séance bloquerait l'attention du village. Je me ferais retapisser par mes poursuivants.

Jamais mon club de golf tout terrain ne s'est montré plus résistant. T'attacherais un sac de farine de cent kilos après, il pourrait le soulever, je t'assure. Kasleen, c'est écarteleen, maintenant. Elle me quitterait pour s'asseoir sur une borne kilométrique, tu ne saurais plus à quelle distance tu te trouves de Châteauroux.

Bon, j'en passe…

Et, comme dit l'autre : des meilleurs.

M'étant remis le compteur à zéro sans majoration de tarif, j'ai droit à une collation régénératrice. Thé, puddinge, cake, marmelade.

Elle me bouffe des yeux, la chérie. Faudra que je lui enseigne une autre manière. Je voudrais pas avoir l'air de me vanter, mais sache qu'elle est très reconnaissante de ma royale performance. Impressionnée, oui.

Revenue à des préoccupations moins éthérées, la v'là qui me questionne sur mon aventure. Je lui déballe grosso modo le schéma. Ensuite je la questionne sur les gens de la conserverie. Elle m'apprend que ceux-ci se tiennent à l'écart de la maigre population. La conserverie battait de l'arête depuis plusieurs années, les jeunes gens préférant partir travailler sur le continent. Un jour, l'on a appris que des Libanais avaient racheté l'affaire qu'ils se proposaient de réorganiser et de développer. En fait, ils se sont contentés de virer les derniers employés. Aucun travail n'a eu lieu.

J'achève de gloutonner ses gâteries et je dis à ma

rapide conquête que je voudrais téléphoner le plus rapidement possible à la police. La môme Kasleen me conseille d'attendre la nuit pour pouvoir circuler sans être vu. En attendant, elle va prévenir le pasteur qu'un policier étranger a besoin de son aide et qu'il viendra lui rendre visite dans la soirée.

Je lui vote un rabe de galoche sur les muqueuses et vais me pager dans sa chambre en attendant que ça se tasse.

XV

Pittoresque personnage que le révérend Mickmack.

Tu sais, ces masques qui se composent d'un nez, de grosses lunettes d'écaille et de pommettes rouge vif ?

Eh bien, c'est lui. Plus un menton en galoche et une denture qu'il n'a pas fini de se carrer dans le clappoir car on la lui a refilée trois tailles trop grande. Il a le cheveu très plaqué et en longueur, des étiquettes en vol de mouette, et un regard presbytérien dans les tons huître avariée.

Kasleen me présente. Le pasteur me sourit, me dit comment-allez-vous-très-bien-merci-et-vous-pas-mal-allons-tant-mieux-prenez-seulement-un-siège.

Ce qui est éminemment gentil, mais pourquoi « seulement un siège » ? Comme si mon cul en exigeait deux !

Après quoi, se contentant d'un minimum d'explications, il se met à actionner la manivelle d'un téléphone qui a dû être apporté dans l'île par Guillaume le Conquérant. Je regrette que l'appareil ne soit pas relié à une dynamo, car il faut tellement cigogner cette garcerie de manivelle que le digne ecclésiastique pourrait assurer sa production annuelle d'énergie électrique.

Après avoir laissé deux kilos de sueur dans l'aventure, il finit par avoir la poste de Mireyedark, de laquelle il sollicite la police de Plymouth.

Qu'il obtient par miracle, bien que sa religion ne s'intéresse à Lourdes que par le biais du rugby, et me passe. Je discutaille sobrement et on me branche sur le superintendant Fouketts à qui je décline mon blaze, ma qualité (je n'ai que l'embarras du choix) et mes coordonnées à Paris. Le digne fonctionnaire me répond que, la mer étant d'huile, il va s'embarquer *immediately* sur une vedette et qu'il sera là dans moins de deux plombes. Je lui conseille de prendre du monde avec lui et le remercie chaleureusement. On dira ce qu'on voudra « d'eux », mais question service, devoir et coopération, « ils » sont de première, non ?

L'attente serait longuette, en compagnie du pasteur, si ma ravissante Kasleen ne participait pas à la soirée. Ce qu'elle est choucarde, cette sœur. Tu l'aurais vue s'occuper de ses cinq lardons : les baigner, les alimenter, les coucher… Un vrai roman-photo de la *Veillée des Chaumières*.

Quand je mate les roberts à Kasleen, je me dis que, tant qu'à faire, elle aurait pu crécher dans l'île de Sein, cette poulette. Tu accrocherais deux chapeaux à ces patères (que je souhaite noster), sans que cela fasse surréaliste.

— Vous êtes marié, inspecteur ? me demande le révérend Mickmack, en me servant deux doigts de « brandy ».

Douche écossaise, bien que la chose ait lieu en Cornouailles.

Marié !

L'image de Zoé passe, comme un ange silencieux. Je capte son regard triste. Son air désenchanté.

— Non, réponds-je brièvement.

Ce connard d'ecclésiastique vient de me filer le

bourdon. Je patinais sur la piste impec de l'optimisme, et puis, une question idiote, passe-partout, superflue... Faut toujours que des tronches te fassent dégoder dans les instants de félicité. Le monde est plein de mecs qui pensent faire leur devoir parce qu'ils font ceux de leurs enfants.

J'ai du mal à surmonter ma déconfiture (de poire). Grâce au radieux sourire de ma petite maîtresse (d'école), j'y parviens tant bien que mal. Me promettant d'oublier dans ses bras, tout à l'heure, ma misère du moment.

Et puis le temps s'écoule et on frappe à la lourde.

Un très bel homme, aux tempes argentées, à la moustache finement retroussée, vêtu d'un complet prince of Wales et de gants de peau, se tient sur le seuil du presbytère.

— Superintendant Fouketts, se présente-t-il.

Tu le verrais, ce gus, à minuit, sur un îlot battu par les flots, tu croirais qu'il sort de chez lui. Pas du tout le genre du monsieur qui vient de se respirer une traversée chahuteuse. Rasé de près et de frais, le lobe talqué, la cravate de laine nouée avec soin, c'est le parfait gentleman, un peu rigide et infiniment courtois produit par la chère Grande-Bretagne. Une espèce de sergent Thomson.

On le fait entrer.

— Vous avez fait diligence, monsieur le superintendant, déclaré-je. Votre esprit de coopération... Nani nana nana nanère...

Je puise, de mémoire, dans l'armoire à tartines du Vieux. Un orfèvre, mon vénéré boss. Y en a pas douze sur la place de Paris qui soient capables de te remouiller la compresse avec autant d'art, de grâce dix-septième.

Il s'incline.

— Votre affaire m'intéresse d'autant plus vivement,

mon cher collègue, que l'on m'avait chargé primitivement de faire une légère enquête sur les étrangers acquéreurs de la conserverie. Le fait qu'ils possèdent un hélicoptère et se livrent à un étrange va-et-vient trouble la paisible population de l'île.

Bon, je comprends pourquoi il est si serviable. C'est bibi qui est venu apporter de l'eau à son moulin.

— Puis-je vous demander, monsieur le commissaire, de me relater l'affaire en question avec précision ? Ensuite je vous dirai, moi, ce que je sais des gens en question.

Le révérend Mickmack nous virgule une lichouille de brandy, et je plonge. Ce que je bonnis à mon confrère britiche, c'est inutile de le répercuter dans tes trompes puisqu'aussi bien, j'ai eu l'honneur et le mince avantage de te le seriner à moultes reprises sur fond musical.

L'homme de police m'écoute vachetement gravement (moi, je me confectionne des sandwiches d'adverbes et je ne m'en porte pas plus mal). Il opine d'un air fort civil (d'ailleurs il n'est pas en uniforme) lorsque je reprends ma respiration ou règle le débit de ma salive.

Bon, donc, j'y dis.

Tout.

Après quoi, je finis mon verre car ma menteuse a tendance à chauffer, son système de refroidissement par air s'annonçant insuffisant.

— C'est une très étonnante histoire, assure Fouketts.

Tu me croiras si tu voudras, mais il a conservé ses gants, le chéri. Peut-être que c'est le fin du fin de la politesse dans son patelin de Plymouth ? Des us et des coutumes, hein ? Y a des pays où il est bien de loufer à table et d'autres où t'as l'air d'un puant si tu ne brosses pas la maîtresse de maison (comme c'est l'usage en Laponie et à Paris, par exemple).

Il est précieux, le superintendant Fouketts. La pensée me traverse qu'il est peut-être de la jaquette fendue, mine de rien. Il tient son bras droit collé à lui, comme la patte au repos d'un échassier. Ça fait un peu chochotte.

— Une chose est très particulièrement stupéfiante, rêvasse-t-il, c'est la disparition de ce cadavre de l'homme au charnier. Je suppose, en fait, mon cher confrère, que c'est vous qui l'avez mis en lieu sûr, n'est-ce pas ?

Sa réflexion me choque !

Qu'est-ce qu'il s'imagine ? Que je le berlure pour le plaisir ? L'emmène en barque, ce vaillant fils d'Albion ?

— Mon Dieu, monsieur le superbe intendant, rétorqué-je, votre réflexion me déconcerte. Pour quelle raison prétendrais-je qu'on m'a volé ce cadavre si ce n'était pas vrai ?

— Peut-être parce que la carcasse de cet homme présentait un intérêt brûlant, non ? Allons, mon cher collègue, ne me faites pas de cachotteries, ce n'est guère gentil. Notre collaboration doit être empreinte de la plus totale franchise pour être efficace.

Du coup il commence à m'arpenter les boules de gomme à l'allure d'un fantassin morpion en permission, Fouketts. Je hais qu'on mette mes dires en doute. Surtout quand je ne mens pas. La plupart des gens, tu remarqueras, c'est quand on doute de leurs mensonges qu'ils se foutent en pétard. Ben, moi, Grain de Courge, c'est quand on prend mes vérités pour du toc.

— Ecoutez, Fouketts, je n'ai pas l'habitude qu'on mette ma parole en doute. Je vous affirme que ce sont les gars de la bande Himker qui m'ont barboté le corps de Merdanflak, un point c'est tout !

Le policier hoche la tête.

— Il est incorrigible, soupire-t-il.

Et sais-tu ce qu'il fait ? Non, je te laisse pas deviner : on serait encore là mardi prochain, et faut que j'aille chez le dentiste.

Il prend dans le gousset de son gilet un petit truc nickelé, ou p't-être bien chromé, et le porte à sa bouche. C'est un sifflet. Il émet un seul son, mais terriblement aigu. J'en ai les feuilles qui biscornent de l'intérieur.

Presque illico[1], la porte du révérend s'ouvre en force et trois mecs armés bondissent dans la pièce. Parmi eux, non mais tiens-toi bien, car tu te laisserais choir : le vilain Krakzecs, bulgare de son état et chauffeur-mitrailleur par amour de lard.

Ecoute, julot : je viens de potasser le Robert pour chercher des synonymes à « sidérer ». J'ai trouvé qu' « abasourdir » et « stupéfier », ce qui est d'une faiblesse crasse pour exprimer l'intensité de ce que j'éprouve. C'est de la liqueur de vocabulaire, ça. Du sirop de syllabe. Me faut donc inventer un terme susceptible de m'assouvir la sidérante et abasourdissante stupeur. Ce que je suis, à cet instant ? Eh ben, tiens, je suis « craouchte ». T'entends, Dunœud ? « Craouchte ».

Et je pèse mes mots.

*
* *

Oh, naturliche, je ne mets pas des années à piger que je suis l'objet d'une machination, comme on dit dans la prose sous cellophane.

Bité jusqu'à la garde, enviandé de première. Couillonné à toute extrémité. Niqué. Zobé. Plumé. Misé.

1. Vient du mot presqu'île. Et y retourne.

Quoi encore ? T'en veux d'autres ? Oh, et puis merde, t'as qu'à chercher toi-même avec ta cervelle en accordéon.

Le révérend a dégainé un Luger de son paletot. Kasleen se marre comme une follingue. Le superintendant conserve son bras droit contre son buste, comme s'il soutenait un portefeuille de garçon de recettes. A ce propos, tu te rends compte qu'il n'y a pas si longtemps encore, les encaisseurs se baladaient dans la rue en uniforme, leur sacoche sous le bras ? Seulement ils ont fini par comprendre que de nos jours on n'allait pas loin avec dix ou vingt briques. Alors ils se sont déguisés en parfaits anonymes, ce qui vaut mieux pour leur larfouillet et leur santé.

De cette façon, quelques-uns parviennent à atteindre la retraite.

Ou pour le moins, le coin de la rue.

Or, donc (conjonctionné-je) j'entrave le ciné de ces gens-là. Je pige une foule de choses importantes : par exemple que tout l'îlot est occupé par la bande. Je réalise aussi que ça n'est pas eux qui m'ont fauché le corps de Merdanflak. Je comprends qu'ils tiennent à le récupérer ABSOLUMENT. Ils pensent que c'est moi qui l'ai planqué et m'ont joué cette ravissante saynète bouffonne pour tenter de m'arracher la vérité par la ruse. Je me rends parfaitement compte que l'avenir qui se prépare est plus merdatoire que des chiottes de gare régulatrice en période de mobilisation générale. Car, du moment que cette idée d'un San-Antonio receleur d'adjoints défunts est ancrée dans leur bulbe, ils vont revenir aux grands moyens, comme tantôt dans la cuve à anchois.

Tu risques de la sentir passer, baby. Gare à tes plumes !

XVI

C'est pas la première fois qu'une petite poulette me double. Leçon de modestie, mon frère. D'humilité. Ça te ramène l'orgueil à zéro. Et puis, te l'avouerais-je ? Je me dis que ça m'apprendra à faire du contrecarre à Zoé. *In petto*, comme causent les anglo-italiens, je vois dans la trahison de Kasleen une espèce de rédemption. On aura un chouette avenir, Zoé et moi. On sera heureux. Avec pas beaucoup d'enfants. Bien, parfait, mettez-m'en six caisses avec robinet. Seulement, pour pouvoir déguster l'avenir, il faut se dépatouiller du présent, et ce ne sera pas commode.

Cette forêt de mitraillettes qui me cernent ne m'émeut pas outre mesure. Je pense que ces tordus sont tellement certains que je leur cache le cadavre, et ils tiennent tellement à me faire dire où je le planque, qu'ils se garderont bien de me buter pour l'instant.

Tu vois, le nœud gordien (comme on dit vulgairement) de cette affaire, c'est l'instant démentiel où j'ai eu l'idée aussi sotte que grenue d'embarquer le cadavre dans ma propre tire, l'autre noye. Suis leur raisonnement : ce cadavre leur est indispensable. Je l'enlève. Ensuite je fais semblant de les faire chanter. Tu comprends bien qu'après ça, pas un instant ils ne doutent de ma culpabilité. J'ai beau, par la suite, jurer sur mon honneur de flic-Bayard, sans peur et sans trop de reproches, que j'ai agi de la sorte pour les démasquer, tu penses qu'ils s'en tapotent la jugulaire, ces braves ! Comment leur faire admettre que j'ai agi *d'instinct*, exactement comme un homme *informé* ? Là est le prodige san-antonien. La démonstration absolue de son don de flic, par l'absurde.

J'ai cravaté un corps, et au lieu de confondre les meurtriers, moi, grand flic, j'ai amorcé une opération chantage. Elle tourne court. Là-dessus le cadavre disparaît. Je crois qu'ils l'ont récupéré, mais il paraîtrait que non. Et eux, de leur côté, ne doutent pas un instant que je l'aie mis au frais (nécessairement). Tu te rends compte d'un salmigondis !

Cela dit, il représente quoi, une fois mort, ce Merdanflak ? Il a gobé les bijoux de la couronne d'Angleterre avant de canner ? Ou bien on lui a tatoué sur la fesse gauche la formule d'un nouveau missile absolu terre-à-terre ou sol-stice ? Voilà qui serait intéressant à découvrir. Amusante, l'énigme, non ? Un bistrotier de banlieue, honorablement connu, puisqu'il est le premier adjoint de sa commune, occupe ses loisirs à faire dissoudre des cadavres d'Arabes. Les gens de son organisation (ou d'autres, après tout ?) tentent de le faire disparaître de façon détournée. Leur plan échoue. Apprenant qu'on a tenté de le liquider, le bistrotier vient au renaud auprès de la bande. On le bousille brutalement et on emporte son corps. Pourquoi prendre un tel risque ? A compter de cet instant, le San-Antonio se met à brouiller les brèmes, manière de faire joujou, et c'est l'effarement de la bande, le sauve-qui-peut, les cellules qui s'affolent... Le cadavre disparaît de l'auto du commissaire bien-aimé. Qui l'a volé ? Pour le conduire en quelle morgue ? Personne ne sait plus rien, ni d'un côté ni de l'autre, tout le monde se soupçonne. Tout le monde se tient par la barbichette ! Insensé, hein ?

Moi, ma position est ambiguë, si tu veux me permettre un terme savant. Parce que, mon bon camembert-à-pieds, mes deux choses lune : ou bien je laisse planer le doute, et ils me tortureront sans me buter ; ou bien je parviens à les persuader que je ne suis pour rien dans le second rapt du macchab, et alors ils se déferont de moi rapidos, car il n'est jamais bon de laisser respirer longtemps un officier de police judiciaire auquel on a fait subir des sévices et autres marinades dans l'anchois salé.

Voilà, voilà, ce que je veux te dire…

Là-dessus (ou là-dessous, pour les antipodistes) deux archers outillés me passent des menottes aux menottes et aux chevilles (rien qui m'agace autant que d'être entravé avec mes propres instruments de travail) et me font quitter la pièce.

On ne va pas loin.

Dans le renfoncement de l'église, à droite du chœur. Là, deux fortes cordes tombent de la voûte : ce sont celles des cloches. Leur vue, si tu me permets, me donne le bourdon ! Je pressens du machiavélique apostolique non romain dans l'aventure en gestation. En gestapo, plutôt. Car je commence à les connaître.

Je me demande ce qu'ils mijotent, ces bœufs.

Je l'apprends assez rapidement.

Tu vas voir, c'est simple mais il fallait y penser. Moi, à leur place, je ferais breveter le système, car il est mieux que « D ».

Pour commencer, on m'ôte le cabriolet de la main gauche, tu piges ? Ensuite, on passe la boucle libérée autour de la chaînette située au niveau de mes chevilles, tu suis bien ? Me voici donc penché en avant comme un monsieur auquel ses mœurs permettent d'en héberger un autre.

Après quoi, les infâmes font un nœud tout ce qu'il y a de coulant à la corde d'une des cloches et me le glissent au cou. Ils serrent, juste ce qu'il faut pour que le chanvre me cravate étroitement, mais sans m'étouffer. Un monsieur obligeant soulève ma main gauche et m'oblige à la porter au-dessus de ma tête. Il m'invite à saisir la corde. Tout semble paré. On va chercher le faux superintendant Foukett's, lequel semble assumer la direction de la bande. Aurais-je gravement blessé le sieur Himker, tantôt, en lui floquant mon cure-pipe, pour qu'il passe la paluche à un suppléant ?

Foukett's s'approche, examine l'installation, grommelle un « parfait, parfait » en bon français et me dit :

— Je suppose que vous avez compris la règle de ce petit jeu, commissaire ? Imaginez-vous que le précédent propriétaire de la conserverie a fait électrifier les cloches, conséquence d'un vœu, sans doute. Nous allons déclencher la sonnerie. Aucune importance, les rares habitants de l'île sont des nôtres et ne s'étonneront pas de ce tocsin nocturne. A chaque mouvement de la cloche, la corde qui subsiste pour pallier les nombreuses ruptures de courant remonte d'un bon mètre. Tenez-la bon de votre main libre afin d'amortir sa brusque traction, sinon vos vertèbres cervicales claqueront comme des spaghetti secs. Vous avez bien réalisé le système ?

— Très plaisant, dis-je.

Et je lâche la corde.

Que veux-tu que je fasse d'autre ? Le guignol, suspendu à son fil ? San-A. n'aime pas les rôles de polichinelles.

Foukett's a un tressaillement que je ne capte que par

son hémisphère sud, vu ma position inclinée, mais qui n'en témoigne pas moins de sa stupeur.

— Que faites-vous ! aboie-t-il.

— Le nécessaire, réponds-je. Ecoutez, mon vieux, cessons de jouer aux cons, vous et moi. Ce sont des amusettes de boy-scouts en délire, ça. Si vous avez envie que je meure, branchez votre sonnerie, j'ai affronté tellement de cloches dans ma vie que périr par l'une d'elles sera une fin quasi logique. Si vous avez au contraire envie qu'on discute, déliez-moi et offrez-moi un scotch et un cigare. Vous me prenez pour un quart de Brie gâté, ma parole ! Vous croyez que je me fais des illusions ? Que je ne sais pas pertinemment qu'après avoir parlé je serai nettoyé ? Si vous pensez vraiment cela, c'est que c'est vous le connard, mon vieux.

Et je ris.

Pas un rire méphistomeschoses, non. Rien de réellement provocant. Simplement le rire badin du type qui s'amuse d'une idée folle.

Prend le temps de s'en esbaudir, malgré la gravité de l'instant.

Je remarque la petite rouquine instituteuse, qui, à quelques mètres, pardon : à quelques pieds de là, observe la scène avec intérêt. Quelques pieds, tu parles ! Elle en cramponne un tout beau quand on l'entreprend. Comme disait un pote à moi : « Les fenêtres de sa maison étaient en saillie, ça voulait tout dire ! » Marrant comme les gonzesses ont la faculté d'oubli, de reniement. Un mec, quoi qu'il advienne (même si c'est Quepourra), il garde en mémoire les moments de bonheur que lui a dispensés une gerce. Lui subsiste dans le bas-ventre une émotion indélébile. Mais les polkas : tiens, smoke ! Autant en emporte le bidet ! Les hommes sont cons à ne plus pouvoir se tenir debout. Un jour, ils remarcheront à quatre pattes, je promets. Redeviendront poissons, dans les abysses féminins. Trop grands, trop généreux… Ils savent qu'il ne suffit pas de faire le bien, mais qu'il faut surtout bien le faire. Le mal idem, d'ailleurs. Tout cela est question de conscience…

Le grand cœur qui paraît, aux discours que je lui tiens, n'entame pas la philosophie du pseudo Foukett's. Tu crois qu'il me dit : « Vous parlez comme un sage, mon cher, venez qu'on se fasse cuire une soupe à l'oignon » ? Des clous, oui. Des clous de girafes ! Ou de girofle, voire de giroflée à cinq feuilles. Il pince ses lèvres et dit simplement ceci, qui est de toute beauté, t'en conviendras :

— A votre guise, commissaire. Je vais déclencher le contacteur qui se trouve fixé à ce tableau de bois, contre le mur. La première cloche qui va se mettre en mouvement, c'est l'autre, car les deux sont jumelées pour le carillon. Je pense qu'à partir de l'instant où elle résonnera, vous disposerez de quelques secondes pour saisir la corde de la vôtre et ne pas être étranglé. Si vous vous décidez à parler, dites-le vite, car la cloche continue sur sa lancée un certain temps après l'interruption du courant électrique. Cela étant dit, je vous affirme que si vous nous révélez ce qu'il est advenu du cadavre de Merdanflak, nous vous laisserons la vie sauve.

Il s'approche du tableau fatal (bien dit, hein ?) et place son index toujours ganté sur un bitougnot gros comme un caramel.

— Prêt, commissaire ?

Prêt à lui défoncer le portrait, pour peu qu'il veuille bien me faire démenotter, mouais ! Prêt à leur cracher ma façon de penser, à tous ces malfrats en armes.

Clic !

Déclic !

Et c'est parti. Une profonde vibration tombe des hauteurs… Un ronron d'orgues gonflant ses tuyaux… Je sens trembler le nœud dégoulinant à mon cou. La corde voisine s'abaisse, s'abaisse, serpente sur le vieux dallage, puis, brutalement aspirée, se déroule et jaillit en l'air, rectiligne, comme le serpent qui voudrait attraper le sein d'Eve sur le conseil de la pomme (de Georges Magritte, bien sûr).

Gaffe ! Ça va être à moi.

Il est pas dingue, Foukett's. Il sait que l'instinct de conservation, chez un homme, c'est plus fort que, chez une femme, celui de la conversation. Ma main s'élance à la désespérée au-dessus de ma tronche. Du premier coup se saisit de la corde dure et lisse, assouplie malgré son fort diamètre par des générations de carillonneurs.

« Ding… dong… Dreling… Drelong… Drelong… Dreling… Dong… ding. » Pour commencer, je me retrouve à plat ventre sur le sol glacial.

Une force vigoureuse me ramasse, me refout debout, m'arrache à la pesanteur. Me v'là en valdoche dans l'air. Je domine l'aimable assistance (coupable de non-assistance à personne en danger de morse : ding, dong dong dong, ding !). La paume de ma main est illico en feu. Mes doigts suent comme Eugène.

Je ressens une espèce de dislocation au niveau de l'épaule.

Et puis je descensionne. Brutal contact sur la froide pierre qui pue le sépulcre mal entretenu ! J'en ai de l'incandescence dans les rotules. Plaouf ! Un temps d'arrêt. Espoir. Est-ce fini ? Que non pas. On repart. Le chanvre lisse cisaille ma main.

La douleur me fait geindre. Musique de chanvre !

Mon énergie est bandée (tu penses !). Je m'accroche à cette ficelle désespérément. Ma vie ne tient qu'à un fil : celui-ci. Des froidures me parcourent le fondement, comme lorsque tu vas aux tartisses en chemin de fer. Je monte, je m'écrase, je remonte. Je m'arrache. L'écartèlement. Pauvre Damiens ! Des visages me cernent. Hilares. Pourquoi la souffrance d'un homme réjouit-elle ceux qui la provoquent ? Il n'est pas de plus beau spectacle, ni de plus fort.

Une colère démente me parcourt tout, depuis la pointe du A jusqu'à la semelle du Z. Je voudrais pouvoir massacrer ces gens qui se délectent de mes douleurs, s'en repaissent et gavent. Les écraser, les énucléer, les écouiller. Les manger, tiens, si je te disais…

Je monte de plus en plus haut, donc chois de plus en plus durement.

Une cloche en clocherie, en tocsin, en branle-bas, branle-haut, ça remue ferme. Elle me happe, me recrache. Yo-yo vivant. Parfois, je reste en l'air un temps interminable, par terre également, y a des temps morts qui chaque fois me couillonnent en me laissant espérer que c'est enfin finito. Combien de temps encore vais-je pouvoir tenir ? Dingggggg dongggg ! Je me disloque. Et ces vilains ricanements, ces rires de masques cruels ! Salauds d'hommes !

Ma pensée se refroidit. Ma colère me tombe de l'âme. Un instant d'extrême lucidité endort mon mal. Je me convoque pour une réunion de la plus haute importance.

M'y rends.

Ouvre la séance, propose une décision que je vote à l'unanimité plus ma voix.

Le va-tout. Ma vie à qui perd-gagne. A piloufesse. A la mords-moi le compucteur.

Je calcule que la période que je passe au sol est d'environ trois ou quatre secondes. C'est peu, si tu veux bien comprendre qu'à chaque impact je subis un léger coup de flou. Ma jambe gauche (la plus belle) me fait un mal affreux. Un mal semblable à une rage de dents. Ça me donne mal au cœur. Tant pis, je surmonterai. Il faut agir. Seulement agir, oublier toutes les tracasseries physiques pendant trois secondes.

« Dingggggg donggggg ». Je gigote au-dessus de l'assemblée. Je les mate tous. Ils sont cinq en tout. Krakzecs est le plus près, peut-être parce que le plus myope. Il tient sa mitraillette dans ses bras, comme un enfant endormi. Les autres ont posé leurs armes contre le mur, ou remisé leurs pistolets dans leur ceinture. Oui, c'est le moment.

Le moment ou jamais.

Je dévale au bout de mon fil, pataude araignée dont la bobine folle se déroulerait brutalement. Flac, sur les pierres dures. Les méchantes pierres qui sentent les siècles moisis.

Je lâche ma corde. Si je ne réussis pas à desserrer le nœud coulant passé à mon cou et à le retirer, la corde repartira dans les cintres et je serai mort. Il ne me reste plus, peut-être, que trois secondes de vie. Couic !

Bon Dieu, je fonctionne au ralenti. Mais un ralenti relatif. Je vois défiler toute ma vie : m'man, mon enfance, les promenades à la campagne, les souris que j'ai tringlées…

Comme mes doigts sont lents, mais comme ils sont précis. Je chope la corde à l'endroit du nœud. Je tire posément. Ça s'écarte. J'ôte le nœud comme on pose un pull-over. C'est-à-dire que je le quitte. J'ai encore le temps de rattraper la corde. Et il me reste du rabe d'attente, tu imagines ? L'opération qui m'a paru interminable n'a pas duré plus de deux broquillettes. Relativité étonnante du temps. Combien auront vécu leur vie en une pincée de minutes ? Tout le reste étant de l'inutile ? Du superflu. Un informe brouillon.

Je repars au valdingue. Le plus hallucinant, mon

vieux bout de machin, c'est que les autres n'ont encore pas réagi, tant ma fulgurance a trompé leur acuité visuelle. Tu comprends : ils me regardent monter, descendre, gigoter… un spectacle rythmé, ça monotonise l'entendement du spectateur. J'ai seulement fait un geste de trop dans un rituel bien réglé. Il leur faut du temps pour l'enregistrer et l'admettre. Mais San-Antonio, le vaillant, le fort, l'invincible, ne leur laisse pas le temps d'avoir le temps.

A peine parvenu à la hauteur maximale, il se laisse choir de tout son poids sur le camarade Krakzecs. Qui craque sec. Au bruit, répercuté par les voûtes de l'église, je sais que ses vertèbres cervicales ont cédé. On s'aide comme on peut, pas vrai ?

Mais je ne perds pas de temps à réclamer un stéthoscope pour l'ausculter. Avec une rapidité toujours aussi soutenue, je cramponne sa mitraillette. Vois-tu, mon vieux clystère, ce qui différencie les héros des autres hommes, c'est qu'ils parviennent à faire des choses plus rapidement que les autres ne les pensent. Ils ont *l'action naturelle*, comme certains ont l'orthographe naturelle.

En un tourne-bras j'assure l'arme contre ma hanche. Pas besoin de réfléchir, je te dis. Mon index est déjà dans la boucle d'acier qui protège la détente. Il presse. Le potage s'en va en trombe de la seringue. Et j'arrose, j'arrose ! Une folie de tir. La rafale balaie tout, fracasse tout. Des statues de l'église en perdent leur piédestal, les pieds des stalles volent en éclats. Et je te parle pas des gus que je plombe à tout-va. Que ces navetons m'en meurent devant le nez, avec des frimes stupéfaites. La grande liquidation de juillet, camarade. Je me sens en rut de mort, si tu vois ? La bandaison trucidante. J'hécatombe à tombeau ouvert. Tac tac tac tac

tac… Les premiers arrivés (au ciel) seront les premiers servis (en auréoles).

Je relève mon arme, juste à l'extrême seconde que ma bonne marchandise va bigorner la frénétique Kasleen. Une aussi jolie rouquine, ce serait dommage malgré qu'elle soit la pire des pires garces. Où la galanterie va-t-elle se loger, Vatel ?

Bon, donc, je saute l'institutrice (pour la seconde fois) et je volte pour face à facer avec Foukett's. Le faux superintendant a une vision complète et panoramique de mon état d'âme. Il sait que je te vais le plomber d'importance. Lui en mettre pour deux cents grammes dans les centres vitaux. Lui perforer le battant, le foie, quelques poumons et lui hacher, sans majoration du devis, dix mètres de boyasse.

Alors il hurle :

— Non, arrêtez !

Et j'arrête.

Non pas que j'aie coutume d'obéir à l'injonction d'un malfrat, tu parles que ô que non !

Mais c'est sa voix, le son de sa voix, qui me bloque. Car il n'est plus pareil. Foukett's vient de me causer avec une voix de femme.

Avant que je sois revenu de ma stupeur (j'y séjourne quelque temps) il porte ses deux mains à son visage.

Tu ne peux pas savoir l'effet que ça fait, un tour pareil. C'est prestidigieux. Prestigieux. Inhumainement réussi. On dirait qu'elle s'arrache la figure. Ses deux mains retombent. Bonjour, Dora !

Pour une grande artiste, vous êtes une grande artiste.

XVII

Dans la vie, faut toujours se montrer fair-play. Applaudir les performances. Ovationner les exploits. Les jaloux sont perdants, l'oublie pas. C'est en vantant tes confrères que tu t'affirmes, pas en les dénigrant. Exemple moi, fils de Félicie la bien-aimée, tu m'entendras jamais dauber sur les petits collègues. Au contraire, je les prône si vivement que ce sont mes interlocuteurs qui se chargent de la démolition. J'ai plus qu'à perdre pied, retenir la nappe, dire des « Je vous accorde qu'il n'a pas un talent fou, mais… » ou bien « Sur le plan humain, c'est en effet un pas grand-chose, pourtant il a sorti des trucs valables, *au début.* » Je plaisante : c'est pas vrai, je défends la corporation, moi. Mordicus. Je mens trop peu dans la vie pour ne pas mettre mes mensonges au service du bien. J'ai des dons d'embaumeur. Je sais oindre. D'abord c'est voluptueux, et puis c'est utile. La lubrification, c'est la clé du fonctionnement. Sans huile, tout rouage grippe.

Là, je salue chapeau d'autant plus bas qu'avec ces putains de cabriolets je me tiens en position de Charles Dullin jouant *l'Avare*. Bravo. Bravissimo. Je l'avais pas vu, j'en avais pas entendu causer, mais je l'avais lu. Le most célébrous numéro à transformation *in the* monde.

Tu crois que c'est moi, c'est plus moi, c'est Machin. Non, c'est pas Machin, c'est Truc. Trucage ! Troudutruc. Epoustouflant. Bye, bye, le superintendant Foukett's. V'là Dora ! Coucou, Dora ! Et si Dora n'était pas Dora ? Et si rien n'était personne ? Cache-cache néant. Illuse. Et cette psychologie, pardon ! Elle a compris que pour m'empêcher de défourailler, il fallait frapper un grand coup à l'intellect. Ailleurs, elle n'avait plus le temps.

— Eh ben, vous m'en direz tant ! que je fais comme ça, d'un ton guilleret pour masquer un peu mon époustouflance. Je n'ai encore jamais assisté à une pareille performance.

Elle répond :

— Dans un autre genre, la vôtre n'est pas mal non plus...

— Vous voulez bien me délivrer avant que des malheurs irréparables s'abattent sur vous ?

— Bien sûr.

Elle s'avance.

— Stop ! intimé-je. Pas vous ! Jetez la clé de ces accessoires à mes pieds, la gentille Kasleen va s'occuper du verrouillage. Et surtout, belle Frigolienne, ne remuez pas un cil, sinon j'assurerai votre ultime transformation en vous déguisant en jeune femme défunte.

Elle obéit.

Elles obéissent.

Me voici libéré. Endolori, fortement contusionné de partout, mais disponible pour la suite des événements. Les vilains messieurs assaisonnés au poivre nickelé sont admirablement morts. Donc d'une tranquillité rigoureuse. Je m'empare de leurs armes appuyées au mur. « Pour ma collection privée », annoncé-je à ces dames. Maintenant que nous avons terminé nos dévotions dans cette église, si on allait boire un café fort dans un endroit moins austère ?

Là-dessus, je stoppe le carillon des deux cloches en délire, mes tympans étant plus fatigués que les leurs.

***

La maison est rude. Apre comme le reste du patelin. En granit sombre, si tu veux tout savoir. Edifiée sur une éminence de lande, elle surplombe la conserverie. Elle part un peu en quenouille, comme on disait chez les Boussac du siècle dernier, mais elle a cette noblesse des altières demeures qui ne se résignent pas au confort. Leur plus sûr titre de gloire est d'assurer le froid et la pénombre aux téméraires qui les occupent.

On entre.

Un domestique arabe somnole devant un feu de cheminée point inutile malgré que nous soyons en été. Il est enroulé sur lui-même dans les longs poils d'un tapis et ressemble au fossile géant d'un mollusque de l'ère Métique. Il se dresse à notre venue, comme le ferait un serpent éveillé par des crampes d'estomac. J'ignore à quoi rêvassait mister Ali, mais il est fléché de première. Son futal est pareil au chapiteau du cirque Jean Richard qu'on aurait dressé sur les pentes du Ventoux.

L'homme a l'air d'un crétin ou d'un hépatique mal réveillé.

Il nous regarde, enregistre mon arsenal, ne s'en émeut pas.

— Ce beau sultan pourrait-il nous préparer du caoua ? m'enquiers-je.

Dora répercute mon vœu à son gode-boy.

— Du café, Moktar !

L'autre a un petit hochement de tête et se dirige vers la porte.

— Minute ! On l'accompagne. C'est l'heure où l'on est bien dans une cuisine pour bavasser, mes poulettes.

On y est d'autant mieux à son aise, dans la cuisine, qu'elle est grande comme le palais de la Mutualité. Je la trouve sacrément délabrée, mais comme je ne viens pas pour louer la baraque, je ne me formalise pas de l'état des lieux.

Je m'assieds en tailleur sur la table monumentale. J'ordonne aux deux filles de s'installer par terre, le dos contre la porte et je laisse l'Arabe s'activer devant un réchaud genre campinge, tout neuf.

— Les bras en l'air, Dora, et vite !

J'ai aboyé, littéralement. Imagines-tu pas que, pour s'asseoir, elle fait tout un cirque, commençant à s'agenouiller, dos à moi, pour ensuite se laisser pivoter sur les talons.

La belle créature se fige.

Lève un bras. Un seul !

— L'autre ! enjoins-je.

Elle murmure, penaude :

— Je ne peux pas, je me suis brisé la clavicule.

Tiens donc, ce serait pourquoi, sous les apparences de Foukett's, elle gardait constamment son bras pressé contre sa hanche ? Et puis, tu sais comme ça s'opère, de fil en aiguille (sous roche) ? La pensée décrit une trajectoire. Arc de cercle somptueux. Tourbille, monte, s'épanouit.

Je m'approche de la môme, écarte du canon de ma sulfateuse les revers de sa veste d'homme. Elle porte effectivement un pansement à l'épaule ; mais ce pansement s'adorne d'une tache de sang.

— Fracture ouverte ? interroge le brillant commissaire.

Elle a un imperceptible sourire.

Le sourire-aveu, tu connais ? Non ? Eh ben il est commak : léger, coquin. Il se produit par les yeux plus que par les lèvres.

— De Dieu, bredouillé-je, le diable est votre frère jumeau !

— Vous croyez ?

— Ainsi, vous étiez le vieux Himker ?

Elle répète, même ton :

— Vous croyez ?

Himker… Dora a joué Himker. Ou plus exactement, elle nous a joués dans ce rôle insensé. Tous : le Vieux, Pinuche, Lhuilier et moi. Dora vieillarde impotente. Dora entre ses cannes chromées, ses cannes truquées… Dora la fabuleuse.

— Je pige tout : le cadavre du chenil, c'est celui de Himker ?

— Gagné ! répond la douce enfant.

Magistral. Je la vois, la contemple, l'admire et la convoite sous ses ravissants traits, à la brasserie *Lipp*. Elle court se travestir et radine à la Maison Poupoule où elle nous interprète son vieil époux, digne et courroucé, avec une maestria que je te dis que ça.

— Ti jette le mitraillette ou je ti file ci chargeur dans l' cabèche ! me fait la voix du domestique nord-africain.

Eclat de rire prolongé des deux filles. Voilà pourquoi Dora souriait, mutine. Je me suis laissé fabriquer par l'Arabe. Endormir par sa somnolence vaseuse. Et Césarin en a profité pour cramponner un feu dont il appuie le canon au creux de ma jolie nuque, réceptacle de tant et tant de baisers fiévreux, humides, pâmés, rouge sang, énamourés, prometteurs.

Sans grand contentement, je largue mon escopette.

— Très bien, Moktar, fait sa maîtresse.

— Qu'est-ce que ji fais de lui ? questionna ce zélé.

— Tu commences par l'éloigner de nous !

— Ricule ! ordonne mon braqueur. Je recule de deux pas.

— Encore ! exige Moktar.

Je lui consens deux autres pas arrière. Ce qui me place au niveau du réchaud où la flotte qu'il a mise à chauffer commence de bouillir dans sa casserole.

Dont je saisis prestement la queue et virgule le contenu par-dessus mon épaule.

Hurlement.

Prolongé.

Me voici déjà retourné. L'autre branque a tout largué et se tient le visage à deux pognes. Ce qui me laisse toute latitude et même entière longitude, pour lui tirer mon péno favori dans les roustons. Tu ne peux pas savoir l'efficacité d'un shoot pareil. Je n'ai jamais connu d'insuccès, en j' sais plus combien de carrière. Magique ! Personne, pour peu (voire pour beaucoup) qu'il soit doté d'un sexe masculin ne peut y résister. Il s'asphyxie par les burnes. Crache son pancréas. Tire-bouchonne du foie et se met l'estomac en portefeuille. Mon coup a été plus appuyé que pour le regretté Krakzecs, t't à l'heure. Ce gnon, mon bon seigneur ! Pas besoin de lui octroyer un doublé. Ce serait une dépense musculaire superflue.

Je ramasse mon arme.

Braque les filles. Le tout en pas tout à fait deux secondes dix.

— Qu'est-ce qu'on se disait, déjà ? leur fais-je angéliquement.

Alors elles commencent à vraiment comprendre qu'à côté de moi, Ivan le Terrible, c'était le canard Donald.

*
* *

Inventaire accompli, il est avéré que cette maison n'est qu'une base opérationnelle pour la bande.

Seulement voilà : de quelles opérations s'agite-t-il ?

Quelques chambres rudimentaires. Un bureau comportant un poste de radio de marque T.S.F. (c'est te dire) à empafeur de prolongation sustentoire permettant un véry beaucoup vaste rayon d'action. Près du poste un carnet à messages dont les fausses souches gardent le double des émissions. On est organisé, ici. Et on comptabilise les communications. Je feuillette le carnet, et tombe (sans me faire mal) sur les textes suivants qui remontent à plus de trois semaines :

« *Projet approuvé.* »

T'en veux encore, ça te fait jouir ?

« *Arrivage par Dublin nouveau pensionnaire.* »

Je t'en refile *again*, mecton ?

Alors, plus que celui-ci :

« *Renvoyer par canal B le pensionnaire 3.* »

Un vrai nectar, ce cahier, mon pote. Probable que ces bonnes gens turbinaient sur le poste, dans la soirée, à mon sujet ; voilà pourquoi ils ont laissé le matériel en état de fonctionnement.

D'ailleurs, comme preuve de ce que j'avance, l'ultime feuillet daté de ce jour porte la mention suivante :

« *Sommes à pied d'œuvre. Espérons obtenir rapidement documentation.* » Ce qui doit signifier : « On a le San-A. bien en main et on va lui faire cracher le morcif au sujet du cadavre. »

Je retourne dans la cuisine auprès de ces dames, lesquelles sont dûment ficelées et muselées, ainsi que leur domestique.

La nuit s'avance. C'est dire qu'elle recule. Des projets de jour mettent un début de scintillement dans les carreaux de la fenêtre. A moins de deux cent douze mètres cinquante, l'océan moutonne en écumant.

Je claque des ratiches. Me faudrait un café. Mais ai-je le temps de m'en accommoder un ? Cette fin de nuit doit être décisive. C'est dans l'antichambre de l'aube que les volontés craquent et que, conscients enfin de leur immense fragilité, les êtres les plus endurcis se soumettent à des volontés plus impérieuses que la leur. Donc, San-Antonio doit agir. Bien et vite. Plumer la vérité au dos de ces volailles. Tout à l'heure, il fera grand jour, soleil ; il fera espoir. Tout se rendurcira.

Triple interrogatoire.

Interrogatoire gigogne.

D'abord l'Arbi.

Ce que j'apprendrai par lui me permettra de coincer Kasleen. Ensuite, grâce à ce que me dira Kasleen, je pourrai sans doute confondre la belle Mlle Himker. Gentil programme. Il est d'un homme énergique, pétri d'optimisme, ayant foi en sa force et en la faiblesse de ses contemporains. Alors, à l'œuvre, mon fils. Taïaut ! Taïaut ! Et je dirais même plus : ta-ïaut !

Moktar (à son propos je vais tout de suite me dégager les membranes en te faisant « mieux vaut Moktar que jamais », et ensuite, l'esprit de l'escalier étant au repos, on pourra l'entreprendre sérieusement).

Donc, Moktar il y a.

Encore verdâtre du coup de raton aux pendeloques. L'air de s'ennuyer ferme et de se demander ce qu'il est venu branler en cette inhospitalière contrée, si différente de sa terre d'agrumes.

Pour ce qui le concerne, la salle de *bath* suffira. Au cours de mes tribulations tribulantes, j'ai observé, car rien ne m'échappe, que nos amis arabes ne sont pas fanas de la flotte. A preuve : ils se lavent le scoubidou au moyen d'une simple bouilloire, et ils changent de slip à la lampe à souder.

J'emplis donc tout sottement la baignoire d'eau froide et j'y laisse tomber mon naguèragresseur. Il file droit au fond, étant ligoté. Et aussitôt semble se convertir à la religion catholique romaine puisqu'il se met à faire des bulles. Je compte lentement jusqu'à soixante, ce qui est un laps de temps raisonnable, puis je l'extrais du récipient. Il suffolk (n'oublie pas qu'on est dans le Royaume-Uni), crache, s'ébroue (ahah !) et ses poumons surmenés produisent le bruit d'une vieille motocyclette qu'on ne parvient pas à mettre en route.

Assis sur un tabouret métallique, les jambes croisées, je me recoiffe à l'aide d'une brosse découverte sur le terrain.

Trouvant ma chevelure au point, je me penche sur le brave Moktoche.

— Pas fameux, hein ? je lui dis comme ça. Tiens, je vais te faire une propose, mon lapin ! Ou bien tu réponds à mes questions avec la plus grande franchise, ou bien pas.

« Si tu y réponds, tu deviens par priorité mon ami d'enfance. Si tu n'y réponds pas, je te refous dans cette baignoire et au lieu de t'y faire mariner une minute, je t'y laisse quatre-vingt-dix secondes. Fais ton calcul et avertis-moi de tes intentions. »

Le pauvre chou a des yeux de lapin russe. Injectés de sang, ils sont. Montés sur roulement à bille.

— Qu'i-ce ti veux je dise ? cloaque-t-il.

De quoi je conclus qu'il vient d'opter pour la première solution et va m'apporter une coopération franche et machive.

— D'où es-tu originaire, Moktar ?

— Maroc. Casablanca.

— Que fais-tu ici ?

Il hoche la tête, devient vaguement perplexe. Il ne rechigne pas, simplement il se collette avec le vocabulaire. Il voudrait trouver des mots à la fois expressifs et minimisants. Craignant qu'une hésitation trop prolongée soit interprétée comme un refus, il plonge :

— Un peu de tout, assure l'aimable Magrébien.

— C'est-à-dire ?

— Ji fis le cuisine.

— Et puis ?

— Le minage.

— Et encore ?

Il respire grand, expectore une dernière bulle qui gonfle et va crever au loin de Brest dont il ne reste rien.

— Je li z'aide.

— Qui ça ?

— Li z'ôtres.

— Tu les aides à quoi faire, grand lapin ?

— Di trucs, comme ci, comme ça, par-li, par-là…

— Quels trucs ? Dis-les vite avant que je te remette à l'eau.

— Li z'emballages, quoi.

Sa voix a dérapé. Je flaire du chouette.

— Les emballages de quoi, ma belle rose des sables ?

Il renifle dénifle. Une bulle nasale se forme à l'extrémité de son tarin et éclate à la fleur de l'âge.

— Dis z'anchois, patron.

Un bref temps mort est accordé au génial San-A. pour lui permettre d'effectuer un changement d'idée dans sa gamelle à phosphore.

Cette courte opération accomplie, le jeu reprend, plus intense.

— Et quoi donc, avec les anchois, mon beau fennec (plus ultra) ?

C'est pas le mauvais bourrin, Moktar. Il s'est fourvoyé, certes, mais il a gardé une âme d'enfant. Et tu sais que c'est cela qu'importe dans la vie : son âme d'enfant.

Le v'là qui sourit. Qui rit grand, qui rit blanc. Il

cligne de l'œil et demande, d'une voix aimablement canaille :

— Ti sais, ou ti sais pas, patron ?

Je m'enveloppe dans le nuage artificiel de la prudence :

— On fait comme si je ne savais pas, Moktar, alors tu dis.

— Bon, alors ji dis…

Ça l'emmaverdave un peu, mais quoi…

— On li met li macchabes, patron.

— Quels macchabes ?

Et cette explication désarmante :

— Ben, ceux qu'on *fait* ici !

La conserverie serait en fait une succursale de la Villette (ex-formule ?). *Ceux qu'on fait ici !* L'équarrissage industriel. Expéditions pour tout pays, y compris le Monténégro et le Cantal.

— Vous en faites beaucoup ?

Il hoche la tête :

— Comme ici, comme iça, patron. Mais c'est pas moi qui li fais.

« J'ide seulement à li mettre dans li tonneaux de z'anchois. »

— Et ensuite, les tonneaux, qu'en fait-on ?

— On li porte au bateau, chaque mois.

Drôle de cargaison, tu ne trouves pas ?

— Et dis-moi, ces gens qu'on anchoite, quand ils arrivent ici, ils y viennent comment ?

— Li yache di la Société…

— Ils sont nombreux ?

— Hé, li vient un, li vient un autre… Comme ceci, comme ceça…

— Jamais plus d'un à la fois ?

— Jamais de jamais, patron.

— On les garde longtemps avant de les bousiller ?

— Ci dépend, deux trois jours…

— Et de quelle façon les… supprime-t-on ?

— J' si pas, mais j'y crois pilule. Ci sûrement pilule. Ti li retrouves dans leur lit, tout kaput.

— Et le bateau les emmène où ?

— Hé, j'y peux pas ti dire, patron. Li bateau, li vient, li s'en va, par ici, par par là. Si ti crois quelqu'un me tient le courant !

— Ils ressemblent à quoi, les pensionnaires ?

— Di z'hommes, ci toujours di z'hommes, patron.

— De quelle nationalité ?

— Qu'i-ce ti veux je ti dise ? J'y cause pas la langue…

— Des blancs, des noirs, des gris, des jaunes ?

— Oh, di blancs. Blancs blancs. Avec li cheveux jaunes souvent.

— Le yacht de la société, dont tu parles, il bat pavillon français ou anglais ?

Ma question le déroute. Il esquisse une moue indécise.

— Y bat pas, y nage, répond ce subalterne à tout faire.

— Je veux dire : son drapeau, il est de quelle nationalité ?

— Et ji sais rien. Di drapeaux, y en a par-devant, par-derrière.

— Quel est son nom ?

— Hé, j'si pas lire, patron.

M'est sensiblement avis qu'on dérape dans le sketch de cabaret. On aurait aussi bon compte de jouer le reste sur la scène du Don Camillo.

J'essaie d'en apprendre davantage, mais on patine. Il m'a appris l'essentiel de ce qu'il avait à dire. Tu peux l'opérer aux forceps ou au sérum de vérité, macache ! Il a usé son capital d'inflammation comme une allumette frottée, ne lui reste plus que du bois mort, incapable de mettre le feu aux poudres d'escopette.

— Ils sont nombreux, les gens de l'île ?

— Pas très bien, patron. Ji vais t' dire : y a juste quelques vieux vieux. Et pis nous autres, di la Société.

— Combien êtes-vous ?

Il se perd dans des calculs que je suppose simples, mais qui, cependant, encombrent ses méninges démantelées.

— Y a moi, patron, et pis miss Kasleen, et pis le Grand Jo, et pis Mister Robson, et pis Jef...

(Je suppose qu'il s'agit là des julots que j'ai alignés dans la chapelle.)

Mon aimable camarade continue :

— Sauf quand y vient le yache ou le coloptère.

— M. Himker, tu connais ?

— J' si pas. J' si pas les noms di z'ôtres. J' si rien, patron. Un jour li viennent beaucoup, n'autre jour li partent beaucoup. Et Moktar, qu'i-ce qu'y fait ? La popote, patron.

— Et la mise en bière ?

— Ji sers la bière, ji sers li vin, ji sers tout, patron...

D'une pichenette, j'actionne la bonde d'évacuation de la baignoire. L'eau se barre en gargouillant. J'attends un instant que la cataracte cesse, après quoi je flanque le brave copain dans la baignoire vide.

— Reste ici et sois sage en attendant des jours meilleurs, p'tit pote. C'est pas très moelleux, mais ça vaut mieux qu'un cercueil ou un baril d'anchois.

« Allez, *ciao*, maintenant faut que j'aille m'occuper du rayon féminin. »

Sur ces fortes paroles, San-Antonio regagne la cuisine. Où un singulier spectacle l'attend. Tu vas voir.

XVIII

T'as déjà vu des dames qui s'étreignent ?

C'est un charmant spectacle, très gracieux, très lascif, auquel un homme normalement conspué (dirait Béru) ne saurait rester indifférent.

Aussi, quelle n'est pas ma surprise un tant soit peu stupéfaite, de découvrir, en pénétrant dans la cuisine, ces charmantes jeunes femmes l'une sur l'autre.

Que je te raconte, histoire qu'on se marre un peu. La roussillante Kasleen est étendue sur le carrelage (et sur le dos, ce qui n'est pas en contradiction), cependant que ce phénomène de Dora est couchée à plat ventre sur elle. Pas dans le sens de la longueur, qui est aussi celui de la langueur, mais dans le sens de la largeur.

Etrange position, ou superposition.

Elle a le ventre sur le visage de sa potesse. N'oublie pas que ces dames sont toujours ficelées. Y a donc fallu que dame Himker rampe et se contorsionne pour parvenir à escalader la jeune institutrice.

Je contemple la scène sans trop piger. A priori c'est lubrique, mais a posteriori, c'est plutôt sinistre. On comprend qu'il ne s'agit pas d'un accouplement hors nature, mais en fait, d'un combat hors série. Combat d'insectes, maladroit, impitoyable, cruel jusqu'aux limites du tolérable.

Elles ne bougent ni l'une ni l'autre.

Je me précipite, fais basculer Dora.

Kasleen est morte.

Etouffée.

Dora l'a supprimée pour la faire taire. Grand remède pour un mal qui devait paraître plus grand encore.

Je détourne les yeux de ce beau visage tuméfié, violacé, enlaidi par la mort. Un déprimant sentiment d'impuissance me donne envie de m'asseoir. De m'asseoir n'importe où, sur n'importe quoi : une bitte d'amarrage, les convenances, les genoux de Manouche, un râteau à la renverse…

Tu parles que si Dora a supprimé la vie de Kasleen pour la réduire au silence, elle-même ne causera jamais. J'ai fière mine sur mon îlot, pauvre Robinson Crusoë, à enjamber des cadavres.

Mon regard charmeur va à l'assassine. Elle paraît tranquille. Rassurée. Jamais elle n'a été aussi jolie. Les liens dont je l'ai entravée soulignent ses formes. Sa vêture masculine m'énerve. Je me sens tout bizarroïde. En état second et de siège. En état c'est toi ! En état frère, en « et ta sœur ? »

Automate concentré, S'nant'nio. Très centré sur une idée fixe, donc lancinante.

Je me penche, bande comme un cerf mes forces estimables, soulève l'étouffeuse, la charge sur mon épaule et quitte la pièce.

Direction : une chambre.

A coucher. Ou à dormir debout.

M'y voici, je file la gerce sur un pucier de fer aussi peu confortable qu'un champ de pommes de terre. Je lourde à clé, mets la chiave dans ma *pocket*.

La suite ?

Ben j'en sais trop rien, fiston. On va voir.

Pour commencer je m'installe au pied du lit, en tailleur.

Tailleur de calumet ou de pierre de cinq points ?

Je regarde cette femme incroyable. Qui sait se transformer en son propre mari, en flic anglais, ou en n'importe qui de n'importe quel âge, de n'importe quel sexe. Capable de tout et de tuer.

Voilà qu'elle m'inspire un désir d'une qualité nouvelle. Un désir aussi cérébral que physique. Attends un désir machiavélique. Tu sais combien une nuit blanche, une nuit épuisante aiguise notre sexualité ? La fatigue porte à la jouissance comme une nuit de repos porte conseil.

Je me fais languir.

M'attise. Je souffle sur mon envie comme sur une bûche pour en exalter les flammes.

Dis, c'est ma voix, ce bruit pâteux, rauque, haletant qui soudain s'élève dans le silence ? Ma voix, tu es sûr ?

— Vous êtes une garce, Dora. Une criminelle. Une magistrale salope, mais je crois n'avoir jamais autant désiré une femme que vous en ce moment.

Son œil est grave. Elle semble m'écouter assez complaisamment. Bien sûr, on décèle de la surprise dans son regard, mais plus encore de l'intérêt.

C'est pas la première gueuse que je me surprends à convoiter au moment le plus épineux de nos relations. Mais c'est la première qui me chamboule à ce point. Quelque chose d'une rare bestialité souffle sous ma peau. Ça doit ressembler à ça, le sadisme. Et d'abord c'est quoi, sinon un désir incongru ? Un désir mal venu, d'autant plus impétueux qu'il se sait inopportun ?

Naguère, dans son complet masculin, elle avait l'air d'un bonhomme ; à présent qu'elle s'est démasquée d'elle-même, elle ressemble à une fille mal travestie, qui a voulu faire joujou en se déguisant et que sa beauté, seule, sauve du grotesque.

— Tu me plais, Dora... Quel merveilleux fauve !

Mes mains s'avancent. La lame de mon couteau jaillit. Je tranche les entraves de ses jambes. Puis je referme le ya. Elle est déçue car elle s'imaginait que j'allais la délier entièrement, la débâillonner, bref, la libérer...

Mes doigts s'affolent sur le pantalon d'homme. J'ai la vague impression de m'abandonner à des amours contre nature. Dora se laisse faire, passive à fond. Je lui dépiaute le falzuche. En dessous, elle porte un collant qui ne suffit pas à freiner mes ardeurs.

Et que j'arrache avec ivresse.

Au tour du slip à présent. Tu sais que je vais exploser si je ne m'assouvis pas dans l'instant ! Un vrai bestiau, ton Sana ! Le taureau fougueux. L'étalon maître. La lance de Montgomery crevant le loto d'Henri II.

A moi, gentil slip, couvercle du plus mystérieux, du plus émouvant des écrins !

Par ici, rideau arachnéen, qui voile de sa dentelle la plus sublime des visions. Passez muscade, voilà la rhubarbe ! J'ôte à Dora son système anti-viol.

Frouttt !

L'élastique brutalisé cède.

Le slip devient lâche.

Mon ogive à tête chercheuse également. Et presque aussi vite.

Figure-toi que Dora possède entre les jambes une excellente raison de réussir ses rôles d'hommes. C'en est un !

*
* *

Bon, détends-toi. Respire. Fait quelques mouvements assouplisseurs, histoire de te détartrer les durites, de te chouchouter la musculance. Ne pas se crisper dans ces cas-là. Un maximum de souplesse est recommandé. Qu'autrement sinon tu risques de te péter une charnière.

Dora est un homme.

T'as compris ? Alors romps !

J'y mate à une deuxième reprise pour des fois « qu'elle » aurait poussé jusque-là sa transformation en superintendant, cette nuit. Aucune erreur n'est possible ; bien que le rossignolet dont je mentionne soit des plus modestes, il est sincère, en peau de zob véritable, et il tient solidement au reste de l'individu, comme la France à son glorieux passé.

Pour un coup rentré, c'est un coup rentré, tu n'oseras prétendre le contraire !

Et pas fourré !

« Elle » rigole des yeux, Dora.

A prunelles que vois-tu !

Sans piper (tu penses) mot, je lui remets un lien aux guibolles. Puis, d'un geste dont t'apprécieras la pudeur, je dépose le pantalon sur le siège de ma déCONvenue.

— T'es vraiment un personnage ! lui dis-je.

Le questionner ?

A quoi bon. Je serais obligé d'y aller à fond dans les sévices. Dans ces cas-là tu te piques au jeu. L'escalade est rapide, dégradante pour tout le monde. Le tonneau d'anchois, la cloche électrique, c'est pas mon blaud. Je préfère les pressions morales, moi.

— Tu es trop fort pour moi, camarade, je lâche prise, dis-je simplement. Je préfère me consacrer au cabotage car j'en ai ma claque de ton île. Salut !

Et je me carajambe.

J'espère que tu ne crois pas à un abandon définitif de ma part ?

T'as compris qu'il s'agissait d'une ruse ? Bien vrai, tu jures ? Bon.

Eh ben oui, effectivement, je pars en claquant la porte. Mais au lieu de me tailler dans les fraîchures de l'aube, je me faufile dans la pièce où se trouve le poste émetteur de radio. Elle est, entre autres, cette pièce, meublée d'un canapé ravagé et d'une vaste penderie vide. J'hésite sur le choix de ma planque. La penderie est plus confortable, mais je serai mieux à l'abri sous le canapé.

Attendre et voir, comme disent les Espagnols parlant anglais. Attendre quoi ?

Pas quoi, mec : qui. Attendre le faux Dora, comme tu le penses bien. Pourquoi l'attendre ? Mais parce qu'il va venir glagnouter à ses chefs, cette bêtise. Que pourrait-il fiche de mieux, à présent que tout le monde est dessoudé dans l'île ?

Comment il peut venir, étant attaché ? C'est ça qui te tracasse ? Alors, camarade, sache qu'intentionnellement j'ai laissé dans un pli du couvre-lit le couteau dont je me suis servi pour cisailler les ficelles qu'il avait aux pattes.

Tu parles qu'il va s'en servir pour se libérer.

Donc, il se pointera et me filera des tuyaux à son insu.

Tu trouves pas que j'ai le génie à fleur de peau et de nave, par instants ?

Je poireaute donc dans l'obscurité relative, car le jour pointe et sème déjà une grisaille sépulcrale autour de moi.

Mon attention est tendue comme un arc.

Sera-t-il de triomphe, cet arc ?

J'écoute âprement. Avec une telle acuité que je sens s'élargir mes oreilles. D'ici une plombe je vais ressembler à Babar, déjà que j'ai un certain point commun avec lui…

Un grincement, au-dessus de ma boule.

Des marches craquent sous des pieds prudents. Mon plan paraît se dérouler normalement. Un pas furtif dans le couloir. Il s'arrête. Je perçois un effleurement de main sur le loquet. La porte s'écarte doucement. Je vois entrer deux souliers. Ils traversent le local avec précaution, comme on traverse une rue inondée. S'arrêtent non pas devant le poste, mais à quelques centimètres de la penderie. Et alors la chose se produit, fulgurante, fracassante, inattendue.

Une salve éclate. L'air se met à puer la poudre. Des éclats de bois haché giclent. Des douilles vides tombent comme les perlouzes d'un collier au fil rompu.

Je me dis très succinctement ceci : « Mon cher San-Antonio, tu t'es cru très marte, mais le camarade Dora l'est autant que toi puisqu'il a flairé le piège. Il a profité de ton astuce pour se délier (non sans bourses) et à présent, il te liquide. Il a commencé par la penderie, parce que, effectivement, c'était la cachette la mieux apte à t'héberger, mais dans une très faible quantité de secondes, il va diriger sa moulinette farceuse sur le canapé, et alors on pourra jouer de la flûte avec ta zézette (beaucoup de dames s'y sont essayées du reste, mais elles n'en ont jamais tiré un seul son).

Alors moi, devant l'imminence grise du danger, je joue le grand jeu, tu penses. Rassemblant : toute mon énergie, toutes mes forces, tout mon courage, plus deux ou trois autres babioles de ce genre, j'arc-boute et je boute. La tortue fantôme ! C'est du vieux mobilier de famille, ce canapé. De famille anglaise, pour comble. S'il pèse pas deux cents livres, pardon : deux cents pounds, moi, je suis le patriarche d'Antioche. Mais en pèserait-il mille, mon cher ami, que, l'instinct de conservation jouant, je le coltinerais tout aussi vite dans le dossard de la fausse pin-up.

Dora (je continue sur ce blaze, n'en ayant pas de nouveau à disposition pour qualifier l'individu auquel il correspond), a commis la sottise de se placer trop près de la penderie. Il a défouraillé presque à bout portant. Quand il se retourne, ben que veux-tu, c'est trop tard pour lui. Tout ce qu'il réussit, c'est à déguster l'accoudoir de bois du canapé dans l'estomac. Du bois massif acajou, mon pote, taillé dans la masse. Cela produit un sale bruit, t' sais. Idem chez le louchébem lorsque d'un coup de hachoir d'acier il t'aplatit une escalope (lope toi-même !). Mon petit camarade n'a même pas l'opportunité d'émettre un cri. Te lui ai cisaillé la respirante net. Le voici qui bascule en avant et pique du buste sur le canapé. Son poids me fait ployer l'échine. Je reste un instant affalé au parquet, terrassé par l'effort. Puis je repte hors de ma carapace et me relève.

L'ami Dora (et si je l'appelais Doro, pour faire masculin ?) vient de la sentir passer, crois-me. Dieu de Dieu, tu parles d'une calamité. S'il reprend connaissance, il sera hémiplégique au moins, vu que, très visiblement, son arête centrale a cédé. Rien que la manière qu'il se tient, on pige le désastre du garçon. Je recule le canapé. Dora coule au sol comme le fourreau d'un pébroque lorsqu'on retire icelui d'icelui-là. Vaseline ! Mec en tube. Je touche sa poitrine. Ça cognote encore, mais c'est pas le pied. Jamais Eddy Merckx ne gagnerait le Tour de France avec un guignol dans cet état.

Eh bé, voilà qui ne m'arrange point trop. Enfin, il vaut mieux que Doro ait les reins brisés plutôt que moi une certaine quantité de pralines dans le bidule, non ?

Le jour s'installe délibérément. Je peux même t'annoncer qu'il y aura encore du soleil aujourd'hui.

Je m'offre une tournée générale de réflexions. Je suis

venu, j'ai vaincu. Décimé la bande, certes, mais sans parvenir à percer son mystère. J'ignore toujours la raison de ses activités meurtrières. Pourquoi amenait-on des gens ici ? Les tuait-on ? Les réexpédiait-on dans des tonneaux d'anchois ? Pourquoi le cadavre de Merdanflak a-t-il disparu ? Et pourquoi ces gens tenaient-ils si fort à le récupérer ? Note qu'on finira par découvrir le pot aux roses. Toutes les rousses de France, d'Angleterre et d'ailleurs vont entrer dans la danse et elles arracheront la vérité, brin par brin. Seulement, j'aurais aimé amener la solution sur un plateau, moi, San-A. Mon côté superman. Big crack. Flic d'exception.

L'île… Plus personne ? Si : des vieillards, paraît-il, dans le genre du fossile aperçu la veille. Vétustes mouettes demeurées sur leur rocher parce que leurs ailes fatiguées ne leur permettent pas de s'envoler… Mais que me diront-ils ? Qu'ils ont vu des gens inconnus les investir. Aller, venir. Circuler en hélicoptère, en yacht… Tiens, à propos : l'hélicoptère a disparu. La lande est vide, d'un vert vert-de-gris. Pelée, galeuse.

Je n'ai même pas la ressource d'identifier l'appareil.

Personne.

Je réagis. Au moment que je bute de la gamberge au fond d'une impasse, toujours une porte dérobée s'ouvre. Me v'là parti en courant.

Brrr. Dehors il fait beau mais froid. Un vrai temps d'automne grincheux. Le vent du large (le large est partout autour d'une île) souffle rageusement. Je m'engage dans une ruelle dépavée où un chat étique dévore un poisson gâté. Je prends à droite (ou à gauche si tes opinions t'y inclinent), fonce. La porte n'est pas fermée à clé. Je traverse le couloir qui pue le vieux bois. Gravis l'escalier sonore.

Tout le monde roupille dans le dortoir des mouflets. Les cinq enfants sont là, chérubins roses à mèches blondes, nids d'âme, comme disait Hugo. Je leur passe la revue, attendri par leurs souffles paisibles. L'un d'eux doit avoir des végétations parce qu'il respire par la bouche. Je cherche le plus grand. C'est une fille. Elle peut avoir six ans. Sa blondeur est nordique. Presque blanche. Je lui caresse la joue et elle ouvre les yeux. De la porcelaine, mon fils. Elle sursaute, une vague frayeur crispe son adorable frimousse.

— Bonjour, chérie, j'y fais en anglais, tu me reconnais ? Je suis le monsieur qui est venu voir miss Kasleen, hier.

La poupoute achève son réveil et opine.

— Miss Kasleen a dû s'absenter pour aller voir sa vieille tante qui a mal aux dents. C'est moi qui vais préparer le breakfast, tu veux bien me montrer où se tiennent les assiettes et les casseroles ?

Elle est ravie. La v'là tout en sourire. Fière comme une puce. Je lui passe sa robe de chambre posée au pied de son petit pageot.

Nous gagnons la cuisine proche en nous tenant par la main. Elle se prénomme Cathy. Une gentille pie borgne, dans son genre, bavarde comme une fille. On commence par faire chauffer l'eau pour le thé.

— Tu n'es pas de l'île Godmichey ? je demande.

Elle secoue la tête.

— Oh, non.

— D'où es-tu ?

— London.

— Qu'est-ce qu'il fait, ton papa ?

Elle réfléchit. Son papa… Elle doit produire un effort cérébral pour se le replacer dans le viseur.

— Il travaille à son usine.

— Quelle usine ?

— J' sais pas.

— Il est ouvrier ?

— J' sais pas.

— Il a une auto ?

— Oh oui, et maman aussi, et le chauffeur aussi en a une, et Mary aussi.

— Qui est Mary ?

— La cuisinière.

— Il y a longtemps que tu as quitté ta maman ?

— J sais pas.

— Ce sont tes parents qui t'ont amenée ici ?

— Non, une dame.

— Gentille ?

— Non, elle m'avait mis la main sur la bouche dans le jardin parce que je criais pour appeler mademoiselle.

Dis donc, Poilau, s'agirait pas d'une sorte d'espèce de kidnappinge, des fois ?

L'idée m'en a pris dans la maison de Doro. Je songeais aux habitants de l'île. Alors j'ai pensé à ces moutards, soi-disant enfants de pêcheurs... Et j'ai fait tilt.

V'là que ça continue de se corser, hein ?

Pour les rebondissements, je ferais la pige à une balle de tennis, moi, quand je m'y mets.

— Et tes petits camarades, ils sont de London aussi ?

— Non, ils viennent de la campagne.

— Quelle campagne ?

— J sais pas. Jérémy est de Boston, Phili de New York, Dorothy de Johannesburg et pour Michel je me rappelle plus...

— C'est quoi, ton nom ?

— Cathy.

— Mais Cathy comment ?

— Baum.

— Cathy Baum ?

— Oui.

— Et ton papa, il s'appelle comment ?

— Comme moi.

— Je veux dire, son prénom ?

— Adrian.

Je répète : Adrian Baum.

Et tu peux croire que je m'offre un seau de carpes, mon minus. Un plein saut de carpes ! Parce que Adrian Baum, je te le signale, vu que tu ramollis de la coiffe, c'est ni plus ni moins (et véry plus que moins) que le chimiste britannique *number one*. Et tu sais quelle chimie il pratique ?

Allez, devine, pour une fois. Montre-toi un peu, quoi ! Quel œuf ! Eh bien, sache donc, ô mon andouille confirmée, que ce savant est le grand spécialiste européen de la pétrochimie. Quand je te disais que cette affaire-là puait le pétrolium jusque dans le jerricane du voisin !

— Qu'est-ce que vous mangez au breakfast, mes petits anges ? Des cornes flasques, des œufs au bacon, de la marmelade ?

Papa-nourricier (comme dirait François).

Plein d'entrain, voilà que je me mets à préparer un déjeuner substantiel à ma marmaille. Quand les loupiots auront clappé, je retournerai au presbytère m'assurer si le téléphone du faux pasteur, chargé d'appeler les faux super-intendants, est lui aussi un faux bigophone.

Ou un vrai ?

XIX

Je mouline à tout crin. Autant pédaler dans la cage d'un écureuil. Pas la moindre sonorité. Tourne, tourne. Orgue de barbarie. Moulin des amours. Rien.

Je m'énerve comme papa, dans tes jadis, quand il démarrait sa vieille Citron à la manivelle. Seulement, lui finissait par obtenir un résultat. Quand il avait maigri d'un bon kilo, sa chignole éternuait. L'espoir naissait. Il s'escrimait de plus belle, remettait la gomme à s'en faire éclater les veines et puis enfin se produisait le vrai miracle : le moteur trépidait, pire que celui du vieux « pointu », son ronron devenait à peu près régulier.

— « En voiture ! » écriait papa.

Exténué, je raccroche. A cet instant, ô merveille, la sonnerie file un « fiiiiüiit » aigu dont je tressaille. Vitos, je reprends le combinoche.

— Qui appelle ? demande une voix d'homme.

— Le presbytère de l'île Godmichey.

— Qui êtes-vous ?

— Police !

C'est bathouze que ce mot soit pratiquement international, tout comme hôtel, taxi et caviar, non ?

— Que désirez-vous ?

— Le poste de police le plus proche.

— Un instant.

Je perçois une espèce de tic-tac.

— Allô, fait la même voix du postier, je vais vous rappeler, la ligne du poste de police est occupée.

— Cela urge ! avertis-je.

— Sir, je ne puis forcer une ligne occupée, rétorque le préposé. Dès qu'elle sera libérée, je vous la passerai.

Je repose l'appareil à son crochet.

Y a toujours moyen de réfléchir en attendant. Ça ne coûte rien et ça nécessite un minimum de matériel. Le nombre de chefs-d'œuvre qui ont été créés de la sorte, tu peux pas savoir…

Je vais filer un œil à l'église. Les corps gisent toujours sur les dalles, près des cordes à cloches. Bien raides, bien abominables. Confits dans le trépas.

Pétrole ! Pétrole ! Que de meurtres auront été commis en ton nom !

Ces gosses, enlevés à des pétrochimistes, monnaie d'échange, probablement.

Elle marchait à l'essence, cette affaire. Je l'ai senti tout de suite, si je puis dire (plus exactement : si je puits dire). Himker : pétrole ! Krakzecs : pétrole ! Les Arabes : pétrole ! Vivement qu'on énergise à l'eau de robinet, mon frère. Peut-être connaîtrons-nous alors quelques années d'accalmie. Le téléphone ne retentit toujours pas. Exaspéré, je me paie une seconde séance de manivelle en folie. Rien ! Je réitère. Re-rien.

Et puis v'là que j'entends des clochettes, une musique céleste. Je lâche le combiné et tombe à genoux. Dans le bol j'ai ce fameux ventilateur au moteur détraqué qui se déclenche automatiquement lorsque je viens de morfler un coup de goumi sur la noix.

Je bascule en avant. Le mur arrête mon épaule. Je regarde tant bien que mal de côté. Je vois, à travers une brumasse vineuse, la frime hilare du camarade Moktar.

Il a je ne sais quoi de mahousse et de contondant à la main.

— J'ti fis mal, patron ? jubile-t-il.

Il rigole à gorge d'employé, comme dit Bérurier.

Près de lui, se tient un grand mec blond et sévère, l'air pas gai. Sitôt que ma vision se clarifiera, je suis certain que je le trouverai antipathique, cézigue. Il ressemble à quelqu'un que j'ai rencontré y a pas longtemps. Ça, je me le dis très confusément, depuis la basse fosse de mon obscurité cérébrale.

Moktar continue de se cintrer comme un arc en érection[1].

— Tu li le roi di con, patron ! C' tiliphone, li branché sur la mison. Ci M'sié Schuppen qui te l'a ripondi tit à l'heure.

M. Schuppen. Attends que j'émerge de ma crème fouettée (ou plutôt battue). Ce nom remue quelque chose dans la soute à bagages de ma mémoire. Schuppen… Von Schuppen ! Ah oui, ah, ça y est ! Von Schuppen, ne coupez pas, je crois me souvenir, donc, je me souviens : le secrétaire. Il ne ressemble pas à quelqu'un que j'ai vu : il est quelqu'un que j'ai vu. Je l'ai vu, le soir où il venait de se payer Merdanflak. Très peu, très mal, très sommairement, mais quand on a l'œil de chose d'un Santantonio, hein ? L'œil de vrai faucon, l'œil de faux vrai con…

— Allez, on part ! dit ce monsieur.

On m'attache. Sauce ligote, toujours…

Ainsi, quand on te déplace, on est obligé de te porter. C'est tout bénéfice pour ta pomme. Economie d'énergie. Energie pétrolière. Je suis pris par l'essence ! Les sens

1. Je me comprends, c'est déjà ça.

s'emparent de moi. Houille (blanche) ma tête ! Corneville, à moi ! Dreling, drelong ! Sonnez les mâtines !

Le balancement de notre déambulation accentue l'impression de toscin qui m'habite. M'habite ? Et la tienne, gros dégueulasse ? Dreling, drelong.

Maigre procession. Défilé sur la lande. Les Hauts (et les bas) de Hurlevent. Waterplaine, morne lot ! Où qu'on va ? Le vent du large se rétrécit. Des mouettes voltigent en poussant des cris de petit commerçant venant de recevoir sa feuille d'impôt.

V'là que ces pommes me chargent sur la *very old* camionnette ayant servi déjà à me transbahuter au moment de notre arrivée. Je n'y suis pas seul : déjà Doro est là, étendu sur un matelas. Il a sa connaissance et en profite pour beaucoup souffrir.

En m'apercevant, il parvient à articuler très exactement ceci :

— Tu m'as brisé les reins, salaud, mais j'aurai ta peau.

La sueur emperle sa figure ravagée par la douleur.

— A petit feu, promet-il. Je veux qu'on t'arrache la chair morceau par morceau, ensuite la langue, ensuite les yeux…

Il précise encore ce dont il tient à me voir démuni et, crois-moi, mon follet, mais c'est pas réjouissant. Oh, que non !

La voiture cahote.

Moktar chante à tue-tête un air de son pays qui fait comme ça : « Aaaaaahr Aaaaaaahr Ménnnhhaaaaa ». Ce mec, il a beau me frictionner la nuque avec du cœur de chêne, je te jure qu'il me botte vachetement.

Je suis placé de profil sur le plateau de la camionnette, ce qui me permet un visionnement de la fausse dadame.

— Navré de t'avoir brisé la colonne vertébrale, mon

ami, lui dis-je, alors qu'il cesse de me vitupérer contre pour gémir plus à son aise. Ça n'a été qu'un geste de self-défense, comme disent les éléphants. Je te prie de remarquer que toi, au moment de l'accident, tu pensais me vider un chargeur dans les tripes… Mais t'inquiète pas, tout beau, on va te faire la greffe sur le tas et tu seras pimpant tout plein dans ton beau corset d'acier des dimanches. Evidemment, t'auras moins l'occasion de te transformer en n'importe qui. Pour changer, tu te déguiseras en quelque chose : en machine à laver, en poste à essence, en distributeur de café, en juke-box. T'as une seconde carrière à faire, mon pote.

Mes sarcasmes le survoltent.

— On t'ouvrira le ventre, on te le remplira de poivre et on t'arrachera le foie, promet-il, Prométhée.

C'est sur ces bonnes paroles altruistes que nous atteignons l'embarcadère de Godmichey.

Von Schuppen s'amène, suivi du féal Moktar (le participant type). Alors, brusquement, mon esprit se trouvant ranimé par le grand air marin plus que par la douceur angevine, je pige un truc.

Effectivement, le secrétaire d'Himker ressemble bien à quelqu'un. Mais alors, à s'y fourvoyer.

Et je vais te dire à qui.

Qu'est-ce que tu dis ? T'as pas d'argent sur toi ? Ça ne fait rien, tu me paieras plus tard, je te le vas bonnir tout de même. Von Schuppen ressemble à Dora. Pardon : à Doro.

Tu sais comme quoi ?

Comme un frère, mon mignon. Je ne peux pas te dire mieux. Comme un frère.

Sauf qu'il est blond, et « elle » brune. Mais est-il vraiment blond, Doro ? Si je te disais que tout à l'heure je n'y ai pas pris garde, tellement fut vive ma surprise.

*
* *

Une vedette tangue sur la houle.

Blanche, pimpante, battant pavillon français, ce qui ne gâte rien.

Pendant que mes ravisseurs (c'est pas que je sois ravi, mais faut appeler les gens par leur fonction quand on n'est pas certain de leur nom) transfèrent Doro à bord, j'examine le barlu. Deux marins en maillot rayé composent l'équipage. L'un est grand, basané, avec des épaules d'athlète. L'autre est énorme et porte une barbe patriarcale. Sa casquette frappée d'une ancre est coquinement inclinée sur le côté et son brûle-gueule pollue l'atmosphère plus fortement qu'une rentrée de vacances sur une autoroute.

Schuppen et Moktar reviennent m'emparer.

— Je croyais que c'était votre maîtresse, mais en réalité c'est votre frangin ? demandé-je du plus aimablement de mon mieux à von Truc.

Son œil glacial me décoche des promesses aussi nocives que celles que vient de me faire sa fausse frelote. Très sincèrement, je crois que ça va barder pour mon ventricule. Quant à mon matricule, n'en parlons pas !

*
* *

Je gis sur le plancher de la vedette.

Doro continue de geindre et de suer son martyre dans le rouf. Moktar mange des bonbons, près de moi, en regardant s'éloigner l'île de Godmichey.

Le camarade von Schuppen parlemente avec le grand marin basané, lequel est à la barre. Il fait un temps de grandes vacances, bien superbe, onctueux, tout bleu. Les mouettes nous font un brin d'escorte.

Je te jure que si je ne me trouvais pas dans cette fâcheuse situation, je me croirais en croisière. Ça doit venir des skis nautiques entassés dans le rouf. Sur la porte d'icelui, un écriteau de bois annonce : « *Tarif des leçons* ». Un haut-parleur est fixé au-dessus du gouvernail. Tu veux parier que von Machin a frété un barlu de ski-école pour rallier l'îlot ?

Le voici qui revient vers moi, précisément. Il prend place sur la banquette tendue de toile verte et se penche :

— Moktar ! appelle-t-il.

— Qu'i-ce qui c'est, patron ? demande le versatile employé, la bouche pleine et les lèvres sucrées.

— Amène les deux grosses pièces de fonte qu'on a descendues de la camionnette et attache-les aux jambes de monsieur le commissaire !

— Ti d'suite, patron !

Un flot de vilaine bile m'emplit la bouche. Pourquoi ai-je la certitude que ça n'est pas du bluff ? Mais de l'extrait de tout ce qu'il y a de plus sérieux.

Le méchant frangin veut se débarrasser de moi. En pleine mer. Dix kilos de ferraille à chaque peton, et bonsoir, commissaire, allez voir dans les profondeurs océanes si le commandant Cousteau y est ! Le Cousteau des Epinettes, ce sera moi. Pauvre loque aquatique, vite dépecée par les poissons. Moi qui les aime tant, ces chéris, avec un filet de citron après celui du pêcheur. Il me l'a promis, Doro, que je serai morcelé complètement, de bien partout, du dehors, du dedans, du pourtour…

Non, mais je m'insurge, moi.

Ça va où, ça !

Et Félicie, dis ? Tu l'imagines, attendant son fils, jusqu'à la fin de ses jours, se demandant ce qu'il lui est advenu ? Et la tendre Zoé ? Elle serait obligée d'épouser un autre julot ?

— Dites, Schuppen, on devrait bavarder un peu avant de commettre l'irréparable.

— Je n'ai rien à vous dire, riposte le digne homme d'un thon sans réplique.

Je suis persuadé du contraire, comme de bien tu te doutes, mais n'ai pas loisir d'entamer une polémique (Victor).

— Peut-être que moi, si, réponds-je. Tous les braves gens de l'île, ton frère-sœur en tête, voulaient absolument me faire dire ce que j'avais fait du cadavre d'un dénommé Merdanflak. Jusqu'ici j'ai su tenir ma langue, mais peut-être bien qu'en échange de ma peau je parlerai…

On a des surprises dans ce métier, mon plouc. Des sévérissimes.

Ainsi moi, belle âme, candide et généreuse, je crois qu'il va mordre à l'hameçon, changer d'attitude, du moins pour un instant.

Eh ben que tchi ! L'appât des passions ? Tiens, fume comme dit le petit Manneken Piss. Schuppen me vote un sourire qui fluctuate nettement dans la mergiture.

— Ne bluffez pas, mon vieux, *c'est moi qui ai récupéré Merdanflak dans la malle arrière de votre auto et j'ai fait le nécessaire à son sujet !*

Paf ! En pleine bouille. Descente en piqué de ce qui me subsistait de moral. Mon tonus tombe comme la feuille de vigne en marbre du scoubidou d'une statue grecque. Mais alors exactement. A s'y méprendre ! Finita la commedia ! Seule ma mort sans trace intéresse ce vilain croquant. Je pourrais lui proposer : mes économies, ma brosse à dents, ma raquette de tennis, ma braguette de pénis, un racket d'alpiniste, une craquette de Venise ou de lui apprendre un tour de cartes en échange de ma vie sauve, tout ce que j'obtiendrais, en guise de réponse, c'est son sourire calamiteux.

Je suis foutu.

Et je dirais même mieux : perdu !

Ma carcasse va se changer en algues ondulatoires. Je vais servir de dessert aux poissons carnivores. Car c'est ça, le drame : les poissons maigres du vendredi sont carnivores, mon bel ami. Alors que l'éléphant, lui, est herbivore.

Moktar est en train de m'attacher ses gueuses aux pinceaux, le gueux, à l'aide de fil de fer, à cause que des cordes pourraient se détendre.

Le barlu file bon train, si tu me permets cette image plus hardie que Laurel. Il bondit sur le flot qu'aurait besoin d'être écumé et dans lequel je m'en vas court-bouillonner d'ici quelques minutes.

Quelques mignons nuages filent dans l'azur dont se goinfre le soleil. Adieu, beau ciel, adieu, m'man, Zoé, Toinet, amis, vaux[1], lâches, torchons, cuvées. Adieu, volage coche enc… ! Adieu, vos larges cruchons trouvés. Adieu !

— Prends-le par les pieds, Moktar !

Tu penses : pas folle la guêpe. Le plus pesant c'est toujours pour le manar. Tu te figures, toi, que M. Obrecht assemble la guillotine ? Des clous : il appuie sur le bouton, un point c'est tout. C'est un homme qui s'est mis à l'index par vocation.

Me voici soulevé, Moktar s'adosse au plat-bord, comme ils disent dans la marine. S'arc-boute. Il geint sous l'effort. Et puis une détonation retentit et il pousse un cri. Bascule *out*, tandis que je m'écroule *in*.

— Z'avez assez suffisamment joués z'aux cons

1. Car je sais plus d'un val.

comme ça ! tonitrue une voix aimée, aussi tonique que truante. Les pattes en l'air, toi, le blondinet. Et tézigue qu'est au gouvernement, coupe la sauce qu'on s'écoute causer !

Je tourne la tête vers le noble organe.

J'avise le gros marin barbu, une pétoire monumentale en main. Elle fumasse encore comme un colombin fraîchement lâché dans la rosée du matin. De sa paluche libre, il arrache sa barbouze. Béru !

Tu l'as reconnu à sa voix, à sa voix expresse.

Il a un bide de neuf mois, le Mastar, sous son maillot rayé qui le fait ressembler à un tonneau. Il a une tête d'hilare. Content de lui. Et moi donc !

— Fais gaffe, lui crié-je.

Car faut te dire qu'il occupe une fausse position. Se trouvant entre le pilote et Schuppen, il lui est impossible de les « couvrir » l'un et l'autre simultanément. Il donne la préférence à mon tortionnaire. Et mal lui en prend car je vois le grand basané qui extirpe un revolver à barillet de sa fouille, en loucedé, tout en amorçant un brutal changement de cap pour essayer de déséquilibrer mon pote.

J'ai tout vu, tout pigé dans un éclair.

C'est une grave erreur de croire que les gros gros sont empotés. Regarde Jean Constantin, par exemple. Sur scène, une vraie gazelle. Il est tellement aérien, qu'en comparaison, Yvette Chauviré a l'air, quand elle danse, de jouer la grande scène du *Salaire de la Peur*, dans la boue.

Eh ben, le Gravos, c'est le Jean Constantin de l'action.

Pile comme le barlu embarde, il virgule sa purée au grand dur, lequel lâche tout : sa pétoire et le gouvernail et s'écroule. Manque de bol (pour nous) il tombe sur la manette des gaz. La vedette se paie une ruée affolante et commence à tourner en rond. Un hurlement. Bérurier a basculé. Non ! Il se redresse. Il recule vers le gouvernail en braquant toujours le copain von Monzob. Du pied, il refoule le cadavre, de l'autre mataf, repousse le levier commandant l'admission du jus. Le barlu se calme. Son moteur râle un grand coup, lâche trois ou quatre pets et s'arrête. L'embarcation se met alors à tanguer sur l'eau bleue. Les vagues floquent contre ses flancs. On prendrait vite mal au cœur à ce tarif-là.

Malgré le bruit de la mer et l'impact du flot sur la coque, j'ai l'impression de baigner dans un bienfaisant silence.

— Vous ici, baron ! lancé-je au Gravos, par quel miraculeux hasard ?

— Le hasard de mes dons de poulet, hé, saucisse.

La démarche mal assurée, il s'approche.

— Mets tes mains dans ton dos, von Soupe ! enjoint-il à mon presque assassin, et n'essaie pas de jouer les Tarzan, qu'autrement, moi, je te jouerais les artilleurs de Metz.

Ayant compris que le Gravos n'est pas un plaisantin, le ci-devant secrétaire obéit. Béru lui passe prestement les cadennes, puis l'étend sur la banquette d'une baffe qui écornerait un bison.

— C'est pas la première fois que je t'arrive à temps dans le destin, hein ? exulte mon ami.

— Je reconnais, Alexandre-Benoît. Je reconnais… Comment donc as-tu appliqué tes dons inestimables pour te trouver là, mon vaillant camarade ? Là où il fallait, à l'instant qu'il le fallait ?

Tout en se mettant en devoir de me déligoter, il bonnit :

— Tu sais ce que furent ma première impression, hier matin, à la grande volière, quand t'est-ce tu m'as raconté l'histoire du cadavre disparu de ta chignole ?

— Tu estimais que mes adversaires avaient dû me suivre, depuis *Lipp*, et opérer dans le parking de l'hôpital.

Il se racle la gargante.

— T'as pas beaucoup de chou, mais t'as au moins de la mémoire, mec. Fectivement, voilà ce qu'ont été mon sentiment espontané. Aussi, t'ayant quitté, j'sus été à l'hosto. Une fois au pied de l'œuvre, je m'ai mis à entreprendre les zigotos du coin : concierge, ambulanciers, jardiniers, et t'essaieras, et t'essaieras. Un vrai acharneux, mistère Béru, quand il s'y colle. Je m'ai tellement décarcassé le tempérament, que je sus arrivé à découvrir que mon pressentiment ils étaient justes. Une pompe américaine noire est venue estationner derrière ta tire juste immédiatement aussitôt après que tu l'eusses quittée. Et elle a manœuvré de manière à se placer cul à cul avec la tienne, tu piges ?

— Bravo.

— C'est le jardinier qui m'a affranchi. Le bol, le tout grand bol, c'est qu'il se souvient de s'être rappelé le numéro métallurgique de la voiture en question. Sais-tu pourquoi ? Tu me croiras à peine. Sans ce grand hasard, jamais le vieux jardinoche aurait pris garde à l'auto.

— Son numéro de tiercé ? suggéré-je.

— Non, primo, l'âge de sa femme : 72 ; puis ses initiales Y L (il s'appelle Yves Le Troupassec) ; enfin son âge à lui : 75. Un vrai véritable miracle, hein ?

— Et comment ! réponds-je assez piètrement, mais quoi, on ne peut pas toujours s'exprimer en alexandrins de douze pieds, il faut bien, de temps à autre, puiser dans le mobilier national.

— Moi, du coup, je recherche à la Préfecture à quoi correspond ce numéro. Illico je frétille en apprenant que la pompe est une bagnole de location appartenant à la société Avis. Je fonce au siège sociable de ladite agence où on m' dit que la voiture en question a été louée seulement pour la journée, à la succursale d'Orly par un dénommé von Schuppen. T'es content, gars ?

— Le pied, mon Béru. Le super-panard. Ensuite ?

— Immédiatement, je lance à toutes les agences Avis de France l'avis suivant. Dès que la personne ayant loué la voiture 72 YL 75 la ramènera, prévenir l'O.P. Bérurier, et retenir ladite personne avec un prétesque de vérification du véhicule jusqu'à tant que l'O.P. Bérurier arrive. Ce qui fut fait. Sur les burnes de seize plombes, hier, l'agence Avis du quartier Saint-Lazare m'informait que la pompe louée à Orly venait de leur être ramenée. J'ai bondi. Cette crapule s'impatientait dans le bureau, comme quoi il avait un train à prendre. Et il l'a pris du reste, moi dans le compartiment voisin. Destination Dieppe. Je l'ai filé dans les rues du port, une fois arrivé. Il avait rancard dans un bar avec le pilote dont voici la carcasse ici présente. Je m'ai installé à une table voisine. Le pilote disait qu'il s'était arrangé pour se faire prêter une vedette par un pote à lui et qu'on devait, au crépuscule, lui envoyer un mataf, au bout du môle, pour le seconder. Un barbu, lui avait-on précisé. Le reste, tu le devines ? J'ai mis à profit du lapsus de temps qui restait pour me munir une barbe et une tenue de loup de mer. Assisté par des inspecteurs du commissariat de Dieppe, j'ai guetté l'arrivée du marin de secours attendu. Mes collègues l'ont embarqué gentiment tandis que Bibi prenait sa place. J'étais loin de me gaffer qu'on allait se cogner de l'haute mer toute la noye. Et plus encore, mon grand chéri, que je devais te trouver ici et te sauver la mise…

Me voici libre de mes mouvements.

J'emploie les premiers à étreindre fougueusement ce grand, ce beau, ce noble, cet indéfectible compagnon.

Mon acolyte subit mon accolade. L'embrun de ses larmes atténue un moment le rubis éclatant de son regard.

— C'est pas le tout, me dit-il. Y a une chose dont j'aimerais que tu vérifias, c'est le contenu de la petite mallette de croco que trimbalait von Soupe. Pendant son séjour dans l'île, profitant de ce que le pilote faisait le plein, j'y ai jeté un coup de périscope, franchement, ça vaut dix. Et quand je te dis que ça vaut dix, c'est pas uniquement manière de causer.

Il me montre un attaché-case posé dans un angle du rouf.

— Que contient-elle, cette valise, Bibendum ?

— Je t'en laisse la surprise.

Soumis, j'enjambe Doro (il s'est évanoui à cause de remuage de la vedette) et chope la plate mallette.

Laquelle me paraît assez lourde.

J'actionne les somptueux fermoirs façon sellier.

Je lâche tout dès que le couvercle est relevé.

Le contenu vaut dix, en effet.

Les dix doigts des deux mains coupées qui se trouvent à l'intérieur !

XX

— T'es sûr que c'est le cap sud-est, mec ? s'inquiète le commandant Bérurier, debout à la barre.

— Certain, Gros.

— On n'aurait pas intérêt à se rabattre sur l'Amérique ou l'Inde, dis-moi ? Ce serait pas plus près ? La France, ça fait une chiée, tu sais.

Je gamberge un tantinet. Rallier la côte britannique ? Oui, bien sûr, mais ça provoquerait des giries à n'en plus finir. Enquête, re-enquête, échec et Yard ! J'aime autant jouer les Tabarly, ramener notre linge sale en famille pour en faire la lessive.

— Tiens sud-est, Gros, et garde confiance.

Il ronchonne qu'il a faim, n'ayant pas clappé de petit déjeuner. Il aurait su, il se serait muni d'un en-cas, Alexandrovitch-Bénito. N'importe quoi : un poulet froid, du lard et deux ou trois calandos, le tout arrosé de gros rouge. L'air de l'océan, ça fait plus que creuser l'estomac, ça l'excavationne. Pour peu qu'on dévie chouchouille, on va se retrouver en panne de gazoline, en pleine mer. *Happy birthday to you !* Il est pas bonnard pour briffer du plancton, le Dodu. Ça manque trop de vraies protéines.

Je le laisse épancher ses sargasses sur la mer des

Sarcasmes pour m'occuper de von Schuppen. Parce que, pour te dire tout, pour te dire vrai, je viens de prendre une décision formelle, mon âne bleu : celle de connaître le fin mot de cette abracadabrante histoire avant de toucher terre. Je veux radiner en complet triomphateur : Colomb ramenant la Sud-Amérique à Isabelle dans la soute de sa caravelle !

Pour parvenir à ce succès, un seul chemin est possible : von Schuppen.

Il doit parler.

Il est l'ultime maillon de la chaîne.

Je le couvasse du coin de l'œil. Son attitude ne me dit rien qui vaille. On le sent buté, résigné au pire sort. Des farouches de ce tonneau, tu peux leur exercer le régime massue ou le régime Massu, ils ne bronchent pas. Leur obstination va plus loin que la douleur.

Pourtant, toute cuirasse a son chmouillard, non ? Tout Achille son tendon, vrai ou pas ? Comme le disait si justement Claudel à sa concierge : « Il reste toujours une place assise dans l'autobus pour qui n'a pas de jambes. »

Faut savoir par quel bout le prendre.

Mais surtout, trouver la fente dans laquelle on enfoncera le coin.

Si tu veux d'autres métaphores, commande la boîte de rechange chez mon éditeur, tu penses bien qu'avec l'augmentation du papier et des tarifs d'imprimerie on est obligé de rogner dans la tartine.

— Ainsi, ton frère avait épousé Himker ? dis-je, en m'installant à son côté. Voilà qui est singulier. Fausse identité, soit. Mais tout impotent qu'il eût été, Himker devait bien… A moins qu'il fusse pédoque ? Il était de la flottante, Léopold Himker ?

Nothing !

Il ne me regarde même pas. Quand je te dis que je tirerai rien de lui.

La vedette bondit sur la crête des vagues. On est en plein océan, maintenant. On a beau se détroncher, on n'aperçoit plus la moindre bulle d'air au bout des horizons.

Je ressens un coup d'égarement dans la caberlure. Une bouffée brûlante. Rouge vif.

— Tu sais que si tu ne parles pas je vire ton frangin à la flotte ?

Il murmure :

— Vous lui rendriez service, car il est fini maintenant.

Tu juges d'une réaction ?

Un calme souverain. Il est aussi dur à cuire que son frelot. Quel tandem !

— Tu veux parier que je le fous à l'eau, Schuppen ?

— Faites au lieu de fanfaronner !

Bon. V'là qui dérape au départ. Je me lève pour présenter mon visage fatigué au vent de notre course bondissante. Quel voyage : les anchois, les cloches, les sévices. Et je ligote, et je me délivre, et on remet la sauce.

Ma pensée va aux cinq petits enfants kidnappés et ça me remonte la mécanique à en bousiller le ressort. Je peux pas supporter l'idée du rapt de mouflets, moi. Dès qu'on touche à un chiare, il me pousse des crocs de loup et des griffes de tigre, pis qu'à Dracula.

Je m'approche de Béru.

Le capitaine au court cours me flanque une œillade caustique.

— T'as la poire comme une calandre de voiture sans frein, mec ? observe mon émérite compagnon. Tu devrais être joyce, pourtant.

C'est vrai, je devrais. Je m'en suis bien sorti. Nous

avons neutralisé le plus gros (du moins j'espère) de la bande, découvert des enfants enlevés, anéanti propable un trafic illicite de macchabées. Je pourrais pavoiser haut. Hisser mes couleurs au mât de cocagne. Eh ben non, au contraire, j'enrogne, je rageasse, je peste bubonique. J'en veux davantage *always*. Toujours *more !* Vaincre en apothéose.

Vive San-A. !

J'explique mon désarroi à Béru, par manque d'absolue vérité. Désespérance par points d'interrogation inexpugnables.

— Prends le gouvernement, je vais m'en occuper, dit-il.

— Non, Gros, je ne veux pas que tu le massacres. Nous n'avons plus que lui à disposition.

Il pousse un grand rire plus silencieux que le bâillement d'un crocodile lisant le *Journal Officiel*.

— J'y filerais pas la moindre calotte. Ces durs de durs, le secret, pour les mettre au pas, c'est qu'y s'fassent leur cinoche tout seuls. J'ai un moyen de lui donner à réfléchir sans qu'on se fatigue.

— Lequel ?

— Chope le volant et laisse-moi agir.

Je lui prends la barre. Il pénètre dans le rouf. S'y active en produisant autant de bruit qu'un hôtel de passe près d'une caserne. Je l'entends qui farfouille, grommelle, jure, rigole.

Des choses valdinguent hors de l'habitacle : une paire de skis, des cordes, une ceinture de sécurité, un câble…

Il réapparaît, tenant un micro rond, comme en ont les marchands forains pour haranguer la populace.

On dirait Sosthène D, le petit inventeur, venant de découvrir le robinet à eau chaude.

Il exulte, Béruroche. Gloussaille de joie…

Il s'agenouille dans le fond du barlu et se met en

devoir de dessaper von Schuppen. Il a les mêmes gestes brusques que moi, cette nuit, avec la personne que je croyais être une veuve, mais qui n'était que le veuf de son mari assassiné ! Ce qui ne vient pas assez vite, il l'arrache. Ses mains de tamanoir (breton) déchirent à pleins ongles les fringues du secrétaire.

Je fonce plein sud-est. La mer, le soleil, la mer… Le ciel bleu, la mer bleue et blanche, le ciel avec des nuages blancs…

— Hé, San-A. !

Je me détourne :

— Vise un peu ce que je viens de trouver !

Tu sais ce qu'il me tend ? Le bas-ventre de Von Stuppen. Un bas-ventre bien plat, très lisse, garni d'un adorable triangle sombre.

— C'est pas un vrai blond, mais une vraie brune ! égosille mon fabuleux ami.

Et de toute beauté, encore !

Ah, mon ami, mon cher et noble et tendre ami, que de coups de théâtre inCONgrus et saugrenus dans cette effarante aventure. Y a des moments, tu vois, je me dis intégralement et en aparté ceci : « Jamais ce con-là ne va me croire ! Il va prétendre que j'en rajoute. Que je délire, dérape, invraisemble. » Et pourtant, qui de plus fidèle et scrupuleux que moi, Sant-Antonio ? Quel auteur possédant un sens plus rigoureux de son devoir, de sa mission ?

C'est pourquoi, doux connard, il faut accepter pour bonnes mes affirmations. Tu sais bien que je ne saurais te mentir. Quand je te dis que von Schuppen est une femme de la plus belle venue, tu dois accepter la chose, tout comme j'ai accepté que son frère, Dora, soit un homme au lieu de la gonzesse que je convoitais et m'apprêtais à fourbir.

J'émets un sifflement de toute beauté, captable par

des oreilles humaines, malgré le ronron du moteur, et plus durable – en fait d'émission – que la rente Pinay.

— De mieux en mieux, fais-je. *Joli chat s'est croisé !* Ton frère n'est pas ton frère et ton frère est ta sœur.

Mais Bérurier est un gars vigileur qui ne se laisse pas stopper dans ses desseins les plus sombres par des considérations futiles.

— Gonzesse ou pas gonzesse, elle va nous dire ce qu'elle sait, promet-il.

Et d'effectuer certains préparatifs dont je te donne le résumé, en vrac, sans cesser de piloter ni de loucher sur les appas (feutrés) de von Chagatte.

Il lui fait chausser des skis. Lui fixe la ceinture de sécurité, lui remenotte les mains sur le devant du corps. Fixe le micro au gilet orange dit de sauvetage. Y connexe un câble électrique. Entortille celui-ci après la corde de traction prévue pour le skiage nautique. Branche l'autre extrémité à une espèce de baffle déniché dans le rouf. Il souffle dans le micro, y rote, le baffle restitue ces différents bruits en les amplifiant.

— Ça sert d'avoir des notations d'électricité, assure-t-il fièrement. Chez mécolle, c'est moi que je répare les loupiotes, les courts-jus, la téloche et même le bigophone. De nos jours, si t'es pas doué pour le bricolage, t'es un homme foutu, vu que les services de dépannage se pointent après que ton immeuble aye été démoli.

Je me retiens de lui demander ce qu'il va fiche. Ces préparatifs me troublent beaucoup.

Le Gravos retourne dans l'habitacle. Et cette fois, sais-tu avec quoi t'est-ce qu'il en ressort ?

Eh bien oui, mon pote : avec le frangin aux reins brisés.

— Ma chérie, dit-il à miss von Schuppen, j'espère

que vous savez skinautiquer, qu'autrement vous risquez de vous raboter les nichemards sur la vague.

Et sais-tu ce qu'il maquille, à ce moment-là très précis, notre Alexandre-Benoît ? Il lui attache le frère blessé, le frère geignant dans le dos.

— Vous êtes un monstre ! balbutie la fille.

— Après toi, chérie ! Quand on a découvert le carnier que j'ai découvert, on se prend un battant en nickel chrome surtrempé. Bon, v'là l'opération. Je te vous vas foutre à la flotte, les deux. Si t'arrives à eskier avec Dudule sur les endosses, tant mieux pour toi. Sinon, tant pis pour les deux. M'sieur le commissaire San-Antonio, ici présent, qu'est tout pâlot comme une femmelette, biscotte il a l'âme en cristal, va poser les questions qu'il voudra par l'haut-parleur qui sert à donner des indications aux apprentis skieurs. Toi, tu répondras bien comme y faut. Quand t'auras bien dit, on vous remontera à bord. Si t'ostines à la boucler, eh ben, ma pauv' poule, t'en seras quitte pour rentrer en France à pied derrière nous.

Malgré les imprécations de la jeune femme et les cris de souffrance de son frelot, il met le couple à l'eau, après m'avoir enjoint de stopper.

— Ecoute, Béru, dis-je soudain, on ne peut pas s'abaisser à une pareille chose.

— Ta gueule ! aboie mon indiscipliné collaborateur. Y t'ont qu'à causer, non ? V'là des mecs qu'ont autant de morts sur la conscience qu'un général d'armée et tu voudrais faire du sentiment ? Alors, merde, quitte la Rousse et lance-toi dans la layette, mon pote !

Il claque des doigts.

— Allez, embraye et vas-y doucement jusqu'à ce que la corde soye tendue. T'as déjà skinautiqué, je suppose, un esportif comme toi ?

Je me file en marche avant, au ralenti. La corde et le

câble électrique se déroulent à la surface de l'onde comme deux serpents qui se désenlacent. D'emblée, je comprends que la fille sait skier, à la manière dont elle écarte ses skis et parvient à conserver son équilibre dans l'eau, malgré la charge.

— C'est bonnard, vas-y de la saucière, mec ! brame mon chef des *sévices de renseignements*.

J'envoie la manette à fond sur l'avant. La vedette bondit. Elle est si puissante qu'on arrache la charge sans coup férir. Là-bas, von Schuppen et son pauvre frangin sont sortis de l'océan. Ils nous suivent, dans un impeccable sillage argenté. Le baffle me restitue le souffle oppressé de la skieuse. Elle halète sous l'effort. Je perçois les cris affreux du frangin. Je réduis un brin les gaz de manière à ne pas accroître démesurément la difficulté de la fille. Tu verrais ce spectacle ! Unique au *world*, camarade. Cette fille nue, avec un blessé attaché dans son dos, arc-boutée sur ses skis, fendant l'onde bleue… Le plus hallucinant, c'est le bruit de cataracte de sa respiration, si présente, alors qu'elle-même se situe à vingt mètres de nous…

— Elle se défend bien, note calmement l'Enfoirure. On sent la gonzesse brisée à tous les sports, hein ? Je craignais qu'elle ne susse pas s'en tirer. Tu devrais démarrer ton questionnaire, petit gars, car si elle gourde dans la tisane, elle pourra plus causer.

Son assurance tranquille me dope. Il a raison, le Gros. Ce qui compte, c'est le résultat final. N'empêche : quel métier, hein ? Je devrais tout plaquer et, avec mes éconocroques, acheter une librairie.

— Madame Himker, êtes-vous disposée à répondre ?

— Non !

La grosse papatte velue de mister Mastar vient recouvrir ma main gauche, celle qui tient la manette des gaz, et lui imprime une poussée. La vedette bondit. Un cri étouffé retentit dans le baffle. Je me retourne.

Ce brusque accroissement de la vitesse a failli déséquilibrer la skieuse. Elle pleure. T'entends ? Elle pleure.

— C'est bon signe, avertit le Gros. Enfin une rédaction féminine ! Tu ne remarques rien ? On n'entend plus le frangin. Tu veux parier qu'il est clamsé ? Faut qu'elle s'en rendisse compte. C'est ça qui va lui réduire le mental à disposition. De se sentir un macchabée dans le dos, elle pourra pas supporter, ses nerfs feront relâche.

Et, joignant le cri à la parole, Bérurier embouche le parlophone pour tonner dans les confins océaniques :

— Je crois que ton frangin est scrafé, fillette. J'espère pour toi qu'il est pas plus lourd mort que vivant.

Un silence relatif, seule la respiration de la femme… Et puis une plainte :

— Oui, oui, arrêtez, je vous en supplie, il est mort. Mort, je le sens tout flasque… Il ne respire plus. Vous l'avez tué. Arrêtez !

Elle se met à hurler, démente, ivre de peur et de peine :

— Arrêtez ! Arrêteeeeeez !

— Du calme, môme ! intime Bérurier. Tu vas répondre à ce qu'on te cause et on te repêchera. La parole est au commissaire. Joue pas à la connasse, quand tout est fichu, faut savoir met' les pouces.

— Madame Himker, appelé-je. Votre fameux numéro de music-hall, d'avant votre mariage, vous l'exécutiez avec votre frère, n'est-ce pas ? Votre frère jumeau ?

— Oui !

Bérurier me flanque un coup de coude dans les cerceaux :

— La pompe est engrenée, maintenant le reste va suivre.

XXI

Le Vieux rabat précipitamment le couvercle de l'attaché-case.

Le regard qu'il a coulé à l'intérieur de la mallette a été ponctué d'un haut-le-cœur si prononcé que sa dignité a bien failli se répandre sur son bureau.

— Enlevez ça, enlevez ça ! murmure-t-il, ces reliefs sont effroyables.

— Les deux mains du sieur Merdanflak, dis-je.

— Mais pourquoi cette mutilation post-mortem ?

Faut toujours qu'il emploie les grands termes, Pépère. Dans le fond, il aurait dû se faire notaire.

— Parce que, monsieur le directeur, Dora Himker voulait être en mesure de prouver la véritable identité de cet homme.

— Il ne s'appelait donc point Merdanflak ?

— Pas plus qu'il n'était blond, patron. Vous avez entendu parler de l'émirat de Kivivrâvérâh ?

— Naturellement ! proteste cet érudit, mal content qu'on mette en doute ses connaissances géographiques.

— En ce cas, vous devez vous souvenir qu'une révolution y a éclaté voici dix-huit ans ? Révolution au cours de laquelle le monarque régnant, l'émir Ben Baaskulante a disparu au cours du massacre du palais ?

— Ces faits sont encore gravés dans ma mémoire, assure le Dabuche. Et c'est son cousin, l'émir Mithôn qui monta sur le trône, n'est-ce pas ?

— Vingt sur vingt, monsieur le directeur. Or, figurez-vous que, contrairement à ce qu'on supposa alors, Ben Baaskulante ne fut pas tué et qu'il put s'enfuir par une porte dérobée (je ne sais trop à qui) du palais. Il gagna l'Europe où un ami sûr l'aida, le cacha et lui permit de refaire sa vie. Cet ami, c'était Léopold Himker, l'une des plus grandes autorités mondiales pour les questions pétrolières.

Le Vieux lisse ses tempes nues comme un bébé masse ses fesses roses.

— Attendez, San-Antonio. Vous n'allez pas me dire que cet émir, ce serait Merdanflak ?

— Je ne vais pas vous le dire, puisque vous l'avez deviné, monsieur le directeur, le pourléché-je. Il faut dire que l'émir Ben Baaskulante connaissait parfaitement notre pays où il avait fait ses études et où il séjournait une grande partie de l'année ! Le surprenant, je vous l'accorde, c'est qu'il se soit reconverti dans l'hostellerie de banlieue, mais peut-être rêvait-il de cela quand il était monarque ? Il se piqua tellement au jeu qu'il s'intéressa aux affaires de sa commune et devint conseiller municipal.

J'éclate d'un franc rire :

— Le seul émir, à ma connaissance, qui soit adjoint à un maire de l'Ile-de-France !

Le Dabe fait chorus, ce qui n'engage que lui.

— La suite, mon petit, implore-t-il.

J'adore quand il est tout mutin, le Vioque. Tout tendre, d'une gentillesse guillerette. Je suis son « petit », son chouchou, son préféré. Il me couve du regard, comme une maman qui voit pour la première fois son grand garçon en tenue de saint-cyrien.

— Himker et l'émir fondèrent alors une espèce d'association qui devait par la suite prendre un grand développement.

— Quelle genre d'association ? mélodie le Vénérable (de lièvre).

— Elle concernait le pétrole. Vous n'ignorez pas que l'émirat (des champs) de Kivivrâvérâh est un des plus gros producteurs du Moyen-Orient ?

— Certes !

Jolie tournure de phrase, que « Certes ». C'est bref, distingué comme un rond de jambe, ou deux ronds de flan, et ça évite des commentaires fastidieux. Je devrais l'utiliser plus souvent.

— Ben Baaskulante, en sa qualité d'ancien monarque d'un pays possédant d'immenses gisements, était initié à tous les secrets concernant le pétrole arabe. Il connaissait les tenants et aboutissants des marchés les plus occultes, des tractations les mieux cachées, de tous les accords effectifs ou en devenir. Vous le savez mieux que quiconque, monsieur le directeur, mais les secrets sont des armes redoutables pour qui sait les manier. Et Himker sut admirablement utiliser ceux de l'émir Ben Baaskulante.

— Chantage ?

— Cela le devint progressivement, surtout quand un étrange couple entra dans la vie du vieux bougre : Dora et Aldo von Schuppen, tes jumeaux du diable qui avaient mis au point un numéro de music-hall étonnant. Himker tomba amoureux de Dora qui se fit promptement épouser. Elle intrigua bientôt pour que son riche mari fasse une situation au frère en chômage. Himker consentit à prendre Aldo avec lui. Ce dernier devint son secrétaire particulier, très particulier, et déploya une grande compétence dans les missions dont son beau-frère le chargea. Au point qu'une fois initié à ses affaires, il prit barre sur le vieux avec l'aide de Dora. En quelques années, Léopold Himker, bien « conditionné et médicamenté » par les jumeaux, ne fut plus qu'un nom, une raison sociale sous le couvert de laquelle Dora et Aldo donnèrent libre cours à leur formidable appétit de fric. Il fut relégué dans sa chambre jusqu'à l'autre nuit où on l'y assassina proprement, en forçant les doses de calmants que ses « proches » lui administraient quotidiennement.

— Je vois, dit le Vieux.

Ça aussi, c'est de la fine expression de belle qualité. Délicatement posée dans le monologue d'un quidam, elle lui donne du rythme, de l'impulsion. Du moment « qu'il voit », je peux poursuivre. Mais il ne m'en laisse pas le temps. La faim de savoir vite, de tout savoir, l'empare :

— Le charnier, le charnier, San-Antonio ?

— Des organisations secrètes arabes, ayant eu vent que l'émir Ben Baaskulante n'était point mort, le firent rechercher. Le sieur Merdanflak, qui tenait farouchement à sa tranquillité et aussi à sa peau, n'ayons pas peur des mots, l'apprit et supprima purement et simplement tous les Arabes venus draguer dans son espace vital. Une espèce de maladie de la persécution. Dès qu'un Arabe débarquait chez lui et lui semblait suspect, il le trucidait et le jetait dans son puits. Procédé un peu sommaire, j'en conviens, ces mœurs barbares étaient héritées de sa dynastie, sans doute. Il constitua donc, au fil des ans, ce gentil charnier dont peut-être aucun des « membres passifs » ne lui voulait le moindre mal.

— Seigneur ! exclame élégamment le Tondu.

Et, goulu toujours, il passe d'un charnier à l'autre :

— L'île de Godmichey. San-Antonio, l'île de Godmichey ?

— Ceci est une autre histoire, monsieur le directeur

(de l'île de Sein) ; je vous ai dit plus haut, si vous voulez bien vous donner la peine de me relire à partir du chapitre vingt et un, que l'association Himker-Merdanflak allait connaître par la suite un grand développement. Ce furent les jumeaux qui le lui apportèrent en devenant des membres influents du B.I.T.A.U.C.U.L., cette association secrète, sorte de remake de la Mafia, qui groupe ce que l'on pourrait appeler les rois du pétrole. Une franc-maçonnerie surpuissante, monsieur le directeur. Qui eut à faire face, dernièrement, à un grave problème dont les conséquences pouvaient être dramatiques pour elle.

— Vraiment ! interjecte mister Dirluche.

— Jugez-en, monsieur le directeur : une découverte a été faite, d'une importance mondiale : il est possible de fabriquer du pétrole synthétique à partir de l'eau de mer !

— Quoi !

— Parfaitement.

— Non ?

— Si !

— Sûr ?

— Certain.

— C'est impossible !

— Ça l'est !

— Ça alors !

— N'est-ce pas ?

— On croit rêver !

— Eh bien non !

— J'en suis…

— Je l'ai été aussi.

— Mais alors ?

— C'est exact !

— L'avenir…

— Oui.

— Tout…

— Tout !
— C'est dingue !
— Dingue !
— Je…
— Pareillement !
— Bon, alors ?
— Alors, voilà…

Alors, tu vois, là je lui raconte que le B.I.T.A.U.C.U.L. ayant été informé de cette découverte a immédiatement pris les grandes mesures qui s'imposaient. Car, tu penses que si on se met à confectionner du pétrole avec de la flotte, c'est plus la peine de se casser l'oigne à creuser des puits et à bâtir des derricks.

Surtout au moment où « l'or noir » vaut plus cher que l'or jaune !

Finito le joyeux commerce des barils, le ballet marin des pétroliers, les pipes de Line, les actions en bourse. C'est la ruine, nette, sans bavures, instantanée.

Pas de ça, ma Lisette ! Oh que non ! Oh que non non non ! Mobilisation générale ! *Achtung !* Tout le monde sur le bridge ! Feu à volonté !

Avant tout, s'assurer un endroit perdu, désert, propre aux plus louches perpétrations : l'îlot de Godmichey ! Un vrai beurre ! On y rabat tout ce qu'on parvient à déplacer de gré chez l'ennemi, sous des prétextes variés ou avariés. Une fois insulaire, le tueur de vrai pétrole est un homme mort. Sa carcasse est ensuite emballée et expédiée à d'autres chercheurs, pour l'exemple. Car rien n'est plus déprimant que de recevoir le cadavre d'un confrère lorsqu'on te demande de changer de métier. Ceux dont on n'a pas pu se saisir ont leur môme enlevé pour qu'ils se tiennent tranquilles. Du travail sérieux, ainsi que tu peux le constater. Radical. D'envergure. Le B.I.T.A.U.C.U.L. procède à un monumental nettoyage. Il neutralise les chercheurs, leurs commanditaires, s'empare des formules, fait sauter les laboratoires.

— Vous avez des noms ? demande le Vieux.

— J'en ai, patron. Ils vous surprendront. Vous n'en croirez pas vos yeux lorsque vous verrez qui appartient au B.I.T.A.U.C.U.L.

J'attrape son bloc, son beau porte-mine si majestueux qu'on dirait un bâton de m'sieur-l'agent. J'écris des blazes. Je préfère. Tellement ils sont énormes, j'ai peur de les prononcer, tu te rends compte ?

Le big boss lit, au fur, et même à mesure.

— Non !

— Si !

— Impossible !

— Mais vrai !

— Pas lui !

— Lui !

— Là vous vous trompez !

— Hélas non !

— Mais alors ?

— Hélas !

— C'est fou !

— Hélas !

— On ne pourra rien faire.

— Hélas !

Un silence suit. Tellement lourd de réflexions amères qu'il va falloir se mettre à deux pour le soulever et l'emporter ailleurs.

Enfin, mon très honorable (de lapin) chef se racle la gorge. Il déchire le papier sur un ultime regard. Se remet à parler.

D'autre chose.

Avec la voix qu'on a au cours d'une veillée funèbre pour se demander des nouvelles de l'oncle Gaston ou de ses hémorroïdes.

— Dites-moi, mon cher…

— Oui ?

— Qu'est-ce que je voulais dire ? Voyons ? Ah ! oui… Pourquoi ces gens vous torturaient-ils pour vous faire dire ce que vous aviez fait du cadavre ? Puisqu'en définitive ils l'avaient ?

— Ceux de l'île ignoraient que Dora l'avait récupéré. Reprenons la chronologie des événements de l'autre matin, monsieur le directeur. Très tôt, Aldo s'en va à Orly pour y prendre l'avion selon le programme établi, mais en fait, sa sœur et lui ont modifié leur plan en fonction de mon coup de fil de la nuit. Parvenu à l'aéroport, Aldo dit au revoir à Crakzecs (autre membre du B.I.T.A.U.C.U.L. qui, loin d'être un transfuge, représentait son pays au sein de l'organisation) et va louer une voiture chez Avis.

Il revient à Paris et se gare près de chez *Lipp*. Il a donné rendez-vous à sa frangine après notre entretien afin de savoir de quoi il retourne. Elle arrive, lui fait part de mes paroles et ils décident d'agir. Elle va me suivre, histoire d'y voir plus clair dans mon micmac, cependant que lui se fera la gueule d'Himker (dont ils se sont débarrassés dans la nuit) et jouera son numéro de vieil honnête homme indigné. Aldo laisse sa voiture à Dora pour qu'elle me file.

A partir de là, tout se précipite.

A l'hôpital, pendant que je rends visite à Zoé, Dora regarde dans mon coffre à tout hasard. Découvre le cadavre. S'en saisit avec l'avidité que vous pensez. Où l'a-t-elle embarqué ? Mystère, j'ai omis de lui poser la question. Je suppose qu'elle devait (elle ou son frère) avoir quelque pied à terre discret à Paris. Il a bien fallu puisqu'elle avait une apparence masculine en arrivant dans l'île. Cette mise lui conférait sans doute plus d'autorité pour agir. Pendant qu'elle s'occupait de feu Merdanflak, le faux Himker, coincé à cause de la découverte du vrai, me piégeait et se rabattait dare-dare dans l'île après avoir laissé un message à sa sœur pour l'informer des événements.

« Tout cela, nous le préciserons par la suite, car Dora est à notre disposition, fort heureusement... »

Nouveau silence.

— Pourquoi voulaient-ils la mort de Merdanflak ? laisse tomber (sans heureusement le briser) le boboss.

Je souris finement (n'essaie pas, tu ne pourrais pas y parvenir).

— Ils n'étaient pour rien dans l'attentat. Ce sont des agents secrets de l'émirat de Kivivrâvérâh qui, sur ordre du monarque actuel, ont agi après qu'ils eussent fini par retrouver l'ancien émir et démasquer Merdanflak. En somme, c'est ce qui a mis le feu aux poudres. Merdanflak, après que je lui eusse parlé, a pris peur. Il a demandé du secours à von Schuppen. C'est pourquoi il l'a suivi de bonne grâce. Il savait d'où venait l'attentat et croyait qu'il ne craignait rien. Seulement Schuppen n'a pas aimé que la police s'intéresse à l'ancien émir. Peut-être a-t-il pris conseil de ses supérieurs entre son rendez-vous des *Coccinelles* et l'arrivée de Merdanflak à sa voiture. Toujours est-il qu'il l'a tué.

— Pourquoi ces mains ? questionne encore le Vioque en montrant l'attaché-case.

— Ordre de l'Organisation. Les maîtres du B.I.T.A.U.C.U.L. voulaient se concilier les bonnes grâces de l'émir régnant en lui prouvant la mort de son prédécesseur.

Le téléphone du Dabuche flonflonne doucement.

Vachement harmonieux comme sonnerie. Ça te

dérange pas le tympan. C'est discret, cérémonieux, quoi. Une sonnerie pour P.-D.G.

Il décroche. Dit « oui ». Ecoute. Me tend le combiné d'un geste mécontent.

— Pour vous, San-Antonio.

Il a horreur que ses subordonnés reçoivent des communications dans son burlingue.

Embarrassé, je me saisis de l'appareil.

— Antoine ?

C'est m'man. Elle a une drôle de voix. Et la v'là qui fond en larmes.

— Antoine, mon grand, si tu savais…

Ses sanglots l'étouffent. Me v'là dans les alarmes !

— Maman, ma vieille chérie, mais que t'arrive-t-il ?

— Zoé ! hoquette ma Félicie d'amour.

— Quoi, Zoé ? Son état s'est aggravé ? Elle… elle… ?

— Non. Figure-toi qu'elle a quitté l'hôpital.

— Elle s'est enfuie ?

— Oui. Et elle m'a téléphoné pour me dire…

— Pour te dire quoi, m'man ?

— Qu'elle partait à l'étranger et qu'on n'entendrait plus jamais parler d'elle car elle avait compris que tu ne l'aimais pas vraiment et que votre mariage serait une folie. Tu te rends compte, Antoine ? Elle doit faire une dépression, non ?

— Pas obligatoirement, m'man. Sèche tes larmes et prépare-moi une blanquette de veau, j'arrive.

Je fais miauler une bisouille dans l'appareil avant de raccrocher.

— Un ennui ? demande le Raclé du promontoire, d'un ton faussement apitoyé.

— Oui, monsieur le directeur.

— Grave ?

Je réfléchis à sa question.

Branle le chef.

— A la réflexion, pas tellement, monsieur le directeur.

Ainsi se termine la longue et véridique histoire de *Un os dans la noce*, ce conte oriental que je te conseille vivement de mettre de côté, à l'abri de l'humidité, afin que tes arrière-petits-enfants apprennent un jour combien un auteur pouvait être con en l'an de grâce mil neuf cent septante-quatre.

FIN

Un guide de lecture inédit élaboré
par Raymond Milési

REMONTEZ LE FLEUVE AVEC LE COMMISSAIRE SAN-ANTONIO

La première aventure du commissaire San-Antonio est parue en 1949. Peu à peu, ce personnage au punch et à la sincérité extraordinaires a pris dans le cœur des lecteurs de tous âges une place si importante qu'on peut parler à son sujet de véritable *phénomène*. Qu'il s'agisse de son exceptionnel succès dans l'édition ou de l'enthousiasme qu'il provoque, on est en droit de le situer — et de loin — au premier rang des « héros littéraires » de notre pays.

1. Bibliographie des aventures de San-Antonio

A) La série

Jusqu'en 2002, la série était disponible dans une collection appelée « *San-Antonio* », abrégée en « **S-A** », **avec une numérotation qui ne tenait pas compte – pour une bonne partie – de l'ordre originel des parutions.**

La collection garde le même nom mais, à partir de 2003, **sa numérotation va respecter l'ordre chronologique.**

Dès lors, la bibliographie ci-après se consulte de la façon suivante :

- En tête apparaît le numéro « chronologique », celui qui figure sur chaque roman réimprimé *à partir de 2003.*
- Après le titre vient, entre parenthèses, la date de première publication.
- Puis est indiquée la collection d'origine (Spécial Police de 1950 à 1972 et **S-A avec l'ancienne numérotation** : reprises et originaux de 1973 à 2002).
- O.C. signale que le titre a été réédité dans les Œuvres Complètes, le numéro du tome étant précisé en chiffres romains.

■■■■■■■■■■■■■■

1. **RÉGLEZ-LUI SON COMPTE** (1949)
(S-A 107) – O.C. XXIV

2. **LAISSEZ TOMBER LA FILLE** (1950)
Spécial-Police 11 – **(S-A 43)** – O.C. III

3. **LES SOURIS ONT LA PEAU TENDRE** (1951)
Spécial-Police 19 – **(S-A 44)** – O.C. II

4. **MES HOMMAGES À LA DONZELLE** (1952)
Spécial-Police 30 – **(S-A 45)** – O.C. X

5. **DU PLOMB DANS LES TRIPES** (1953)
Spécial-Police 35 – **(S-A 47)** – O.C. XII

6. **DES DRAGÉES SANS BAPTÊME** (1953)
Spécial-Police 38 – **(S-A 48)** – O.C. IV

7. **DES CLIENTES POUR LA MORGUE** (1953)
Spécial-Police 40 – **(S-A 49)** – O.C. VI

8. **DESCENDEZ-LE À LA PROCHAINE** (1953)
Spécial-Police 43 – **(S-A 50)** – O.C. VII

9. **PASSEZ-MOI LA JOCONDE** (1954)
Spécial-Police 48 – **(S-A 2)** – O.C. I

10. **SÉRÉNADE POUR UNE SOURIS DÉFUNTE** (1954)
Spécial-Police 52 – **(S-A 3)** – O.C. VIII

11. **RUE DES MACCHABÉES** (1954)
Spécial-Police 57 – **(S-A 4)** – O.C. VIII

12. **BAS LES PATTES !** (1954)
Spécial-Police 59 – **(S-A 51)** – O.C. XI

13. **DEUIL EXPRESS** (1954)
Spécial-Police 63 – **(S-A 53)** – O.C. IV

14. **J'AI BIEN L'HONNEUR DE VOUS BUTER** (1955)
Spécial-Police 67 – **(S-A 54)** – O.C. VIII

15. **C'EST MORT ET ÇA NE SAIT PAS** (1955)
Spécial-Police 71 – **(S-A 55)** – O.C. XIII

16. **MESSIEURS LES HOMMES** (1955)
Spécial-Police 76 – **(S-A 56)** – O.C. II

17. **DU MOURON À SE FAIRE** (1955)
Spécial-Police 81 – **(S-A 57)** – O.C. XV

18. **LE FIL À COUPER LE BEURRE** (1955)
Spécial-Police 85 – **(S-A 58)** – O.C. XI

19. **FAIS GAFFE À TES OS** (1956)
Spécial-Police 90 – **(S-A 59)** – O.C. III

20. **À TUE... ET À TOI** (1956)
Spécial-Police 93 – **(S-A 61)** – O.C. VI

21. **ÇA TOURNE AU VINAIGRE** (1956)
Spécial-Police 101 – **(S-A 62)** – O.C. IV

22. **LES DOIGTS DANS LE NEZ** (1956)
Spécial-Police 108 – **(S-A 63)** – O.C. VII

23. **AU SUIVANT DE CES MESSIEURS** (1957)
Spécial-Police 111 – **(S-A 65)** – O.C. IX

24. **DES GUEULES D'ENTERREMENT** (1957)
Spécial-Police 117 – **(S-A 66)** – O.C. IX

25. **LES ANGES SE FONT PLUMER** (1957)
Spécial-Police 123 – **(S-A 67)** – O.C. XII

26. **LA TOMBOLA DES VOYOUS** (1957)
Spécial-Police 129 – **(S-A 68)** – O.C. IV

27. **J'AI PEUR DES MOUCHES** (1957)
Spécial-Police 141 – **(S-A 70)** – O.C. I

28. **LE SECRET DE POLICHINELLE** (1958)
Spécial-Police 145 – **(S-A 71)** – O.C. III

29. **DU POULET AU MENU** (1958)
Spécial-Police 151 – **(S-A 72)** – O.C. V

30. **TU VAS TRINQUER, SAN-ANTONIO** (1958)
Spécial-Police 157 – **(S-A 40)** – O.C. V
(tout en pouvant se lire séparément, ces deux derniers romans constituent une même histoire en deux parties)

31. **EN LONG, EN LARGE ET EN TRAVERS** (1958)
Spécial-Police 163 – **(S-A 7)** – O.C. XIII

32. **LA VÉRITÉ EN SALADE** (1958)
Spécial-Police 173 – **(S-A 8)** – O.C. VI

33. **PRENEZ-EN DE LA GRAINE** (1959)
Spécial-Police 179 – **(S-A 73)** – O.C. II

34. **ON T'ENVERRA DU MONDE** (1959)
Spécial-Police 188 – **(S-A 74)** – O.C. VII

35. **SAN-ANTONIO MET LE PAQUET** (1959)
Spécial-Police 194 – **(S-A 76)** – O.C. IX

36. **ENTRE LA VIE ET LA MORGUE** (1959)
Spécial-Police 201 – **(S-A 77)** – O.C. IX

37. **TOUT LE PLAISIR EST POUR MOI** (1959)
Spécial-Police 207 – **(S-A 9)** – O.C. XIII

38. **DU SIROP POUR LES GUÊPES** (1960)
Spécial-Police 216 – **(S-A 5)** – O.C. II

39. **DU BRUT POUR LES BRUTES** (1960)
Spécial-Police 225 – **(S-A 15)** – O.C. IX

40. **J'SUIS COMME ÇA** (1960)
Spécial-Police 233 – **(S-A 16)** – O.C. VI

41. **SAN-ANTONIO RENVOIE LA BALLE** (1960)
Spécial-Police 238 – **(S-A 78)** – O.C. VII

42. **BERCEUSE POUR BÉRURIER** (1960)
Spécial-Police 244 – **(S-A 80)** – O.C. IV

43. **NE MANGEZ PAS LA CONSIGNE** (1961)
Spécial-Police 250 – **(S-A 81)** – O.C. XI

44. **LA FIN DES HARICOTS** (1961)
Spécial-Police 259 – **(S-A 83)** – O.C. X

45. **Y A BON, SAN-ANTONIO** (1961)
Spécial-Police 265 – **(S-A 84)** – O.C. VIII

46. **DE « A » JUSQU'À « Z »** (1961)
Spécial-Police 273 – **(S-A 86)** – O.C. XII

47. **SAN-ANTONIO CHEZ LES MAC** (1961)
Spécial-Police 281 – **(S-A 18)** – O.C. VII

48. **FLEUR DE NAVE VINAIGRETTE** (1962)
Spécial-Police 293 – **(S-A 10)** – O.C. I

49. **MÉNAGE TES MÉNINGES** (1962)
Spécial-Police 305 – **(S-A 11)** – O.C. IX

50. **LE LOUP HABILLÉ EN GRAND-MÈRE** (1962)
Spécial-Police 317 – **(S-A 12)** – O.C. X

51. **SAN-ANTONIO CHEZ LES « GONES »** (1962)
Spécial-Police 321 – **(S-A 13)** – O.C. V

52. **SAN-ANTONIO POLKA** (1963)
Spécial-Police 333 – **(S-A 19)** – O.C. V

53. **EN PEIGNANT LA GIRAFE** (1963)
Spécial-Police 343 – **(S-A 14)** – O.C. II

54. **LE COUP DU PÈRE FRANÇOIS** (1963)
Spécial-Police 358 – **(S-A 21)** – O.C. XI

55. **LE GALA DES EMPLUMÉS** (1963)
Spécial-Police 385 – **(S-A 41)** – O.C. V

56. **VOTEZ BÉRURIER** (1964)
Spécial-Police 391 – **(S-A 22)** – O.C. I

57. **BÉRURIER AU SÉRAIL** (1964)
Spécial-Police 427 – **(S-A 87)** – O.C. III

58. **LA RATE AU COURT-BOUILLON** (1965)
Spécial-Police 443 – **(S-A 88)** – O.C. I

59. **VAS-Y BÉRU** (1965)
Spécial-Police 485 – **(S-A 23)** – O.C. VIII

60. **TANGO CHINETOQUE** (1966)
Spécial-Police 511 – **(S-A 24)** – O.C. VI

61. **SALUT, MON POPE !** (1966)
Spécial-Police 523 – **(S-A 25)** – O.C. X

62. **MANGE, ET TAIS-TOI !** (1966)
Spécial-Police 565 – **(S-A 27)** – O.C. XII

63. **FAUT ÊTRE LOGIQUE** (1967)
Spécial-Police 577 – **(S-A 28)** – O.C. X

64. **Y'A DE L'ACTION !** (1967)
Spécial-Police 589 – **(S-A 29)** – O.C. XIII

65. **BÉRU CONTRE SAN-ANTONIO** (1967)
Spécial-Police 613 – **(S-A 31)** – O.C. XII

66. **L'ARCHIPEL DES MALOTRUS** (1967)
Spécial-Police 631 – **(S-A 32)** – O.C. XI

67. **ZÉRO POUR LA QUESTION** (1968)
Spécial-Police 643 – **(S-A 34)** – O.C. XIII

68. **BRAVO, DOCTEUR BÉRU** (1968)
Spécial-Police 661 – **(S-A 35)** – O.C. XIV

69. **VIVA BERTAGA** (1968)
Spécial-Police 679 – **(S-A 37)** – O.C. XIV

70. **UN ÉLÉPHANT, ÇA TROMPE** (1968)
Spécial-Police 697 – **(S-A 38)** – O.C. XIV

71. **FAUT-IL VOUS L'ENVELOPPER ?** (1969)
Spécial-Police 709 – **(S-A 39)** – O.C. XIV

72. **EN AVANT LA MOUJIK** (1969)
Spécial-Police 766 – **(S-A 89)** – O.C. XIV

73. **MA LANGUE AU CHAH** (1970)
Spécial-Police 780 – **(S-A 90)** – O.C. XV

74. **ÇA MANGE PAS DE PAIN** (1970)
Spécial-Police 829 – **(S-A 92)** – O.C. XV

75. **N'EN JETEZ PLUS !** (1971)
Spécial-Police 864 – **(S-A 93)** – O.C. XV

76. **MOI, VOUS ME CONNAISSEZ ?** (1971)
Spécial-Police 893 – **(S-A 94)** – O.C. XV

77. **EMBALLAGE CADEAU** (1972)
Spécial-Police 936 – **(S-A 96)** – O.C. XVI

78. **APPELEZ-MOI CHÉRIE** (1972)
Spécial-Police 965 – **(S-A 97)** – O.C. XVI

79. **T'ES BEAU, TU SAIS !** (1972)
Spécial-Police 980 – **(S-A 99)** – O.C. XVI

80. **ÇA NE S'INVENTE PAS** (1973)
(S-A 1) – O.C. XVI

81. **J'AI ESSAYÉ, ON PEUT** (1973)
(S-A 6) – O.C. XVII

82. **UN OS DANS LA NOCE** (1974)
(S-A 17) – O.C. XVII

83. **LES PRÉDICTIONS DE NOSTRABÉRUS** (1874)
(S-A 20) – O.C. XVII

84. **METS TON DOIGT OÙ J'AI MON DOIGT** (1974)
(S-A 26) – O.C. XVII

85. **SI, SIGNORE** (1974)
(S-A 30) – O.C. XVIII

86. **MAMAN, LES PETITS BATEAUX** (1975)
(S-A 33) – O.C. XVIII

87. **LA VIE PRIVÉE DE WALTER KLOZETT** (1975)
(S-A 36) – O.C. XVIII

88. **DIS BONJOUR À LA DAME** (1975)
(S-A 42) – O.C. XVIII

89. **CERTAINES L'AIMENT CHAUVE** (1975)
(S-A 46) – O.C. XIX

90. **CONCERTO POUR PORTE-JARRETELLES** (1976)
(S-A 52) – O.C. XIX

91. **SUCETTE BOULEVARD** (1976)
(S-A 60) – O.C. XIX

92. **REMETS TON SLIP, GONDOLIER** (1977)
(S-A 64) – O.C. XIX

93. **CHÉRIE, PASSE-MOI TES MICROBES !** (1977)
(S-A 69) – O.C. XX

94. **UNE BANANE DANS L'OREILLE** (1977)
(S-A 75) – O.C. XX

95. **HUE, DADA !** (1977)
(S-A 79) – O.C. XX

96. **VOL AU-DESSUS D'UN LIT DE COCU** (1978)
(S-A 82) – O.C. XX

97. **SI MA TANTE EN AVAIT** (1978)
(S-A 85) – O.C. XXI

98. **FAIS-MOI DES CHOSES** (1978)
(S-A 91) – O.C. XXI

99. **VIENS AVEC TON CIERGE** (1978)
(S-A 95) – O.C. XXI

100. **MON CULTE SUR LA COMMODE** (1979)
(S-A 98) – O.C. XXI

101. **TIRE-M'EN DEUX, C'EST POUR OFFRIR** (1979)
(S-A 100) – O.C. XXII

102. **À PRENDRE OU À LÉCHER** (1980)
(S-A 101) – O.C. XXII

103. **BAISE-BALL À LA BAULE** (1980)
(S-A 102) – O.C. XXII

104. **MEURS PAS, ON A DU MONDE** (1980)
(S-A 103) – O.C. XXII

105. **TARTE À LA CRÈME STORY** (1980)
(S-A 104) – O.C. XXIII

106. **ON LIQUIDE ET ON S'EN VA** (1981)
(S-A 105) – O.C. XXIII

107. **CHAMPAGNE POUR TOUT LE MONDE !** (1981)
(S-A 106) – O.C. XXIII

→ À partir du 108e roman ci-dessous, la numérotation affichée auparavant sur les ouvrages de la collection *« San-Antonio »* correspond à l'ordre chronologique. Le numéro actuel et le précédent sont donc identiques. Mais, pour éviter toute équivoque, nous continuons tout de même à les mentionner l'un et l'autre jusqu'au bout.

108. **LA PUTE ENCHANTÉE** (1982)
(S-A 108) – O.C. XXIII

109. **BOUGE TON PIED QUE JE VOIE LA MER** (1982)
(S-A 109) – O.C. XXIV

110. **L'ANNÉE DE LA MOULE** (1982)
(S-A 110) – O.C. XXIV

111. **DU BOIS DONT ON FAIT LES PIPES** (1982)
(S-A 111) – O.C. XXIV

112. **VA DONC M'ATTENDRE CHEZ PLUMEAU** (1983)
(S-A 112) – O.C. XXV

113. **MORPION CIRCUS** (1983)
(S-A 113) – O.C. XXV

114. **REMOUILLE-MOI LA COMPRESSE** (1983)
(S-A 114) – O.C. XXV

115. **SI MAMAN ME VOYAIT !** (1983)
(S-A 115) – O.C. XXV

116. **DES GONZESSES COMME S'IL EN PLEUVAIT** (1984)
(S-A 116) – O.C. XXVI

117. **LES DEUX OREILLES ET LA QUEUE** (1984)
(S-A 117) – O.C. XXVI

118. **PLEINS FEUX SUR LE TUTU** (1984)
(S-A 118) – O.C. XXVI

119. **LAISSEZ POUSSER LES ASPERGES** (1984)
(S-A 119) – O.C. XXVI

120. **POISON D'AVRIL ou la vie sexuelle de Lili Pute** (1985)
(S-A 120) – O.C. XXVII

121. **BACCHANALE CHEZ LA MÈRE TATZI** (1985)
(S-A 121) – O.C. XXVII

122. **DÉGUSTEZ, GOURMANDES !** (1985)
(S-A 122) – O.C. XXVII

123. **PLEIN LES MOUSTACHES** (1985)
(S-A 123) – O.C. XXVII

124. **APRÈS VOUS S'IL EN RESTE, MONSIEUR LE PRÉSIDENT** (1986)
(S-A 124) – O.C. XXVIII

125. **CHAUDS, LES LAPINS !** (1986)
(S-A 125) – O.C. XXVIII

126. **ALICE AU PAYS DES MERGUEZ** (1986)
(S-A 126) – O.C. XXVIII

127. **FAIS PAS DANS LE PORNO...** (1986)
(S-A 127) – O.C. XXVIII

128. **LA FÊTE DES PAIRES** (1986)
(S-A 128) – O.C. XXIX

129. **LE CASSE DE L'ONCLE TOM** (1987)
(S-A 129) – O.C. XXIX

130. **BONS BAISERS OÙ TU SAIS** (1987)
(S-A 130) – O.C. XXIX

131. **LE TROUILLOMÈTRE À ZÉRO** (1987)
(S-A 131) – O.C. XXIX

132. **CIRCULEZ ! Y A RIEN À VOIR** (1987)
(S-A 132)

133. **GALANTINE DE VOLAILLE POUR DAMES FRIVOLES** (1987)
(S-A 133)

134. **LES MORUES SE DESSALENT** (1988)
(S-A 134)

135. **ÇA BAIGNE DANS LE BÉTON** (1988)
(S-A 135)

136. **BAISSE LA PRESSION, TU ME LES GONFLES !** (1988)
(S-A 136)

137. **RENIFLE, C'EST DE LA VRAIE** (1988)
(S-A 137)

138. **LE CRI DU MORPION** (1989)
(S-A 138)

139. **PAPA, ACHÈTE-MOI UNE PUTE** (1989)
(S-A 139)

140. **MA CAVALE AU CANADA** (1989)
(S-A 140)

141. **VALSEZ, POUFFIASSES** (1989)
(S-A 141)

142. **TARTE AUX POILS SUR COMMANDE** (1989)
(S-A 142)

143. **COCOTTES-MINUTE** (1990)
(S-A 143)

144. **PRINCESSE PATTE-EN-L'AIR** (1990)
(S-A 144)

145. **AU BAL DES ROMBIÈRES** (1990)
(S-A 145)

146. **BUFFALO BIDE** (1991)
(S-A 146)

147. **BOSPHORE ET FAIS RELUIRE** (1991)
(S-A 147)

148. **LES COCHONS SONT LÂCHÉS** (1991)
(S-A 148)

149. **LE HARENG PERD SES PLUMES** (1991)
(S-A 149)

150. **TÊTES ET SACS DE NŒUDS** (1991)
(S-A 150)

151. **LE SILENCE DES HOMARDS** (1992)
(S-A 151)

152. **Y EN AVAIT DANS LES PÂTES** (1992)
(S-A 152)

153. **AL CAPOTE** (1992)
(S-A 153)

154. **FAITES CHAUFFER LA COLLE** (1993)
(S-A 154)

155. **LA MATRONE DES SLEEPINGES** (1993)
(S-A 155)

156. **FOIRIDON À MORBAC CITY** (1993)
(S-A 156)

157. **ALLEZ DONC FAIRE ÇA PLUS LOIN** (1993)
(S-A 157)

158. **AUX FRAIS DE LA PRINCESSE** (1993)
(S-A 158)

159. **SAUCE TOMATE SUR CANAPÉ** (1994)
(S-A 159)

160. **MESDAMES VOUS AIMEZ « ÇA »** (1994)
(S-A 160)

161. **MAMAN, LA DAME FAIT RIEN QU'À ME FAIRE DES CHOSES** (1994)
(S-A 161)

162. **LES HUÎTRES ME FONT BÂILLER** (1995)
(S-A 162)

163. **TURLUTE GRATOS LES JOURS FÉRIÉS** (1995)
(S-A 163)

164. **LES EUNUQUES NE SONT JAMAIS CHAUVES** (1996)
(S-A 164)

165. **LE PÉTOMANE NE RÉPOND PLUS** (1995)
(S-A 165)

166. **T'ASSIEDS PAS SUR LE COMPTE-GOUTTES** (1996)
(S-A 166)

167. **DE L'ANTIGEL DANS LE CALBUTE** (1996)
(S-A 167)

168. **LA QUEUE EN TROMPETTE** (1997)
(S-A 168)

169. **GRIMPE-LA EN DANSEUSE** (1997)
(S-A 169)

170. **NE SOLDEZ PAS GRAND-MÈRE, ELLE BROSSE ENCORE** (1997)
(S-A 170)

171. **DU SABLE DANS LA VASELINE** (1998)
(S-A 171)

172. **CECI EST BIEN UNE PIPE** (1999)
(S-A 172)

173. **TREMPE TON PAIN DANS LA SOUPE** (1999)
(S-A 173)

174. **LÂCHE-LE, IL TIENDRA TOUT SEUL** (1999)
(S-A 174)
(ces deux derniers romans sont à lire à la suite car ils constituent une seule histoire répartie en deux tomes)

175. **CÉRÉALES KILLER** (2001) – parution posthume
(original non numéroté : v. ci-dessous)

B) Les Hors-Collection

Neuf romans, de format plus imposant que ceux de la « série », sont parus depuis 1964. Tous les originaux aux éditions FLEUVE NOIR, forts volumes cartonnés jusqu'en 1971, puis brochés. Ces ouvrages sont de véritables feux d'artifice allumés par la verve de leur auteur. L'humour atteint souvent ici son paroxysme. Bérurier y tient une place « énorme », au point d'en être parfois la vedette !

Remarque importante : outre ces neuf volumes, de nombreux autres « Hors-Collection » – originaux ou rééditions de *Frédéric Dard* – signés **San-Antonio** ont été publiés depuis 1979. Ces livres remarquables, souvent bouleversants *(Faut-il tuer les petits garçons qui ont les mains sur les hanches ?, La vieille qui marchait dans la mer, Le dragon de Cracovie...)* ne concernent pas notre policier de choc et de charme. Sont mentionnés dans les « Hors-Collection » ci-dessous uniquement les romans dans lesquels figure le *Commissaire San-Antonio !*

- **L'HISTOIRE DE FRANCE VUE PAR SAN-ANTONIO**, 1964 – réédité en 1997 sous le titre **HISTOIRE DE FRANCE**
- **LE STANDINGE SELON BÉRURIER**, 1965 – réédité en 1999 sous le titre **LE STANDINGE**
- **BÉRU ET CES DAMES**, 1967 – réédité en 2000
- **LES VACANCES DE BÉRURIER**, 1969 – réédité en 2001
- **BÉRU-BÉRU**, 1970 – réédité en 2002
- **LA SEXUALITÉ**, 1971 – réédité en 2003
- **LES CON**, 1973
- **SI QUEUE-D'ÂNE M'ÉTAIT CONTÉ**, 1976 (aventure entièrement vécue et racontée par Bérurier) – réédité en 1998 sous le titre ***QUEUE D'ÂNE***
- **NAPOLÉON POMMIER**, 2000

→ Paru en 2001 dans un format « moyen » non numéroté, **CÉRÉALES KILLER** est bien le 175e roman de la série *San-Antonio*. Réédité en poche en 2003.

2. Guide thématique de la série « San-Antonio »

Les aventures de San-Antonio sont d'une telle richesse que toute tentative pour les classifier ne prêterait – au mieux – qu'à sourire si l'on devait s'en tenir là. Une mise en schéma d'une telle œuvre n'a d'intérêt que comme jalon, à dépasser d'urgence pour aller voir « sur place ». Comment rendre compte d'une explosion permanente ? Ce petit guide thématique n'est donc qu'une « approche », partielle, réductrice, observation d'une constellation par le tout petit bout de la lorgnette. San-Antonio, on ne peut le connaître qu'en le lisant, tout entier, en allant se regarder soi-même dans le miroir que nous tend cet auteur de génie, le cœur et les yeux grands ouverts.

Dans les 175 romans numérotés parus au Fleuve Noir, on peut dénombrer, en simplifiant à l'extrême, 10 types de récits différents. Bien entendu, les sujets annexes abondent ! C'est pourquoi seul a été relevé ce qu'on peut estimer comme le thème « principal » de chaque livre.

Le procédé vaut ce qu'il vaut, n'oublions pas que « simplifier c'est fausser ». Mais il permet – en gros, en très gros ! – de savoir de quoi parlent les *San-Antonio,* sur le plan « polar ». J'insiste : gardons à l'esprit que là n'est pas le plus important. *Le plus important, c'est ce qui se passe entre le lecteur et l'auteur, et qu'on ne pourra jamais classer dans telle ou telle catégorie.*

Avertissement

Comme il serait beaucoup trop long de reprendre tous les titres, seuls leurs *numéros* sont indiqués sous chaque rubrique. ATTENTION : ce sont les numéros de la collection *« San-Antonio »* référencée **S-A** dans la bibliographie ! En effet, les ouvrages de cette collection sont et seront encore disponibles pendant longtemps.

Néanmoins, ces numéros sont chaque fois rangés dans l'ordre chronologique des parutions, du plus ancien roman au plus récent.

A. Aventures de Guerre, ou faisant suite à la Guerre.

Pendant le conflit 39-45, San-Antonio est l'as des *Services Secrets.* Résistance, sabotages, chasse aux espions avec actions d'éclat. On plonge ici dans la « guerre secrète ».

→ S-A **107** (reprise du tout premier roman de 1949) • S-A **43** • S-A **44** • S-A **47**

Dans les années d'après-guerre, le commissaire poursuit un temps son activité au parfum de contre-espionnage (espions à identifier, anciens collabos, règlements de comptes, criminels de guerre, trésors de guerre). Ce thème connaît certains prolongements, bien des années plus tard.

→ S-A **45** • S-A **50** • S-A **63** • S-A **68** • S-A **78**

B. Lutte acharnée contre anciens (ou néo-)nazis

La Guerre n'est plus du tout le « motif » de ces aventures, même si l'enquête oppose en général San-

Antonio à d'anciens nazis, avec un fréquent *mystère à élucider.* C'est pourquoi il était plus clair d'ouvrir une nouvelle rubrique. Les ennemis ont changé d'identité et refont surface, animés de noires intentions ; à moins qu'il s'agisse de néo-nazis, tout aussi malfaisants.

→ S-A **54** • S-A **58** • S-A **59** • S-A **38** • S-A **92** • S-A **93** • S-A **42** • S-A **123** • S-A **151**

C. San-Antonio opposé à de dangereux trafiquants

Le plus souvent en mission à l'étranger, San-Antonio risque sa vie pour venir à bout d'individus ou réseaux qui s'enrichissent dans le trafic de la drogue, des armes, des diamants… Les aventures démarrent pour une autre raison puis le trafic est découvert et San-Antonio se lance dans la bagarre.

→ S-A **3** • S-A **65** • S-A **67** • S-A **18** • S-A **14** • S-A **110** • S-A **159**

D. San-Antonio contre Sociétés Secrètes : un homme traqué !

De puissantes organisations ne reculent devant rien pour conquérir pouvoir et richesse : *Mafia* (affrontée par ailleurs de manière « secondaire ») ou *sociétés secrètes* asiatiques. Elles feront de notre héros un homme traqué, seul contre tous. Il ne s'en sortira qu'en déployant des trésors d'ingéniosité et de courage.

→ S-A **51** • S-A **138** • S-A **144** • S-A **160** • S-A **170** • S-A **171** • S-A **172** • S-A **173**

Certains réseaux internationaux visent moins le profit que le chaos universel. San-Antonio doit alors défier lors d'aventures échevelées des groupes *terroristes* qui cherchent à dominer le monde. Frissons garantis !

→ S-A **34** • S-A **85** • S-A **103** • S-A **108**

E. Aventures *personnelles :* épreuves physiques et morales

Meurtri dans sa chair et ses sentiments, San-Antonio doit *s'arracher à des pièges mortels.* Sa « personne » – sa famille, ses amis – est ici directement visée par des individus pervers et obstinés. Jeté aux enfers, il remonte la pente et nous partageons ses tourments. C'est sans doute la raison pour laquelle plusieurs de ces romans prennent rang de *chefs-d'œuvre.* Bien souvent, le lecteur en sort laminé par les émotions éprouvées, ayant tout vécu de l'intérieur !

→ S-A **61** • S-A **70** • S-A **86** • S-A **27** • S-A **97** • S-A **36** • S-A **111** • S-A **122** • S-A **131** • S-A **132** • S-A **139** • S-A **140** • S-A **174** • **175**

F. À la poursuite de voleurs ou de meurtriers

Pour autant, on peut rarement parler de polars « classiques ». Ce sont clairement des *enquêtes,* mais à la manière (forte) de San-Antonio !

• Enquêtes « centrées » sur le vol ou l'escroquerie

Les meurtres n'y manquent pas, mais l'affaire tourne toujours autour d'un vol (parfois chantage, ou fausse monnaie...). Peu à peu, l'étau se resserre autour des malfaiteurs, que San-Antonio, aux méthodes « risquées », finit par ramener dans ses filets grâce à son cerveau, ses poings et ses adjoints.

→ S-A **2** • S-A **62** • S-A **73** • S-A **80** • S-A **10** • S-A **25** • S-A **90** • S-A **113** • S-A **149**

- **Enquêtes « centrées » sur le meurtre**

À l'inverse, ces aventures ont le meurtre pour fil conducteur. San-Antonio doit démêler l'écheveau et mettre la main sur le coupable, en échappant bien des fois à la mort. Vol et chantage sont encore d'actualité, mais au second plan.

→ S-A **55** • S-A **8** • S-A **76** • S-A **9** • S-A **5** • S-A **81** • S-A **83** • S-A **84** • S-A **41** • S-A **22** • S-A **23** • S-A **28** • S-A **35** • S-A **94** • S-A **17** • S-A **26** • S-A **60** • S-A **100** • S-A **116** • S-A **127** • S-A **128** • S-A **129** • S-A **133** • S-A **135** • S-A **137** • S-A **143** • S-A **145** • S-A **152** • S-A **161** • S-A **163**

- (Variante) **Vols ou meurtres *dans le cadre d'une même famille***

→ S-A **4** • S-A **7** • S-A **74** • S-A **46** • S-A **91** • S-A **114** • S-A **141** • S-A **148** • S-A **154** • S-A **165**

G. Affaires d'enlèvements

Double but à cette *poursuite impitoyable* : retrouver les ravisseurs et préserver les victimes !

→ S-A **56** (porté à l'écran sous le titre *Sale temps pour les mouches*) • S-A **16** • S-A **13** • S-A **19** • S-A **39** • S-A **52** • S-A **118** • S-A **125** • S-A **126** • S-A **136** • S-A **158**

H. Attentats ou complots contre hauts personnages

Chaque récit tourne autour d'un attentat – visant souvent la sécurité d'un état – que San-Antonio doit à tout prix empêcher, à moins qu'il n'ait pour mission de… l'organiser au service de la France !

→ • S-A **48** • S-A **77** • S-A **11** • S-A **21** • S-A **88** • S-A **96** • S-A **33** • S-A **95** • S-A **98** • S-A **102** • S-A **106** • S-A **109** • S-A **120** • S-A **124** • S-A **130**

I. Une aiguille dans une botte de foin !

À partir d'indices minuscules, San-Antonio doit *mettre la main sur un individu, une invention, un document* d'un intérêt capital. Chien de chasse infatigable, héroïque, il ira parfois au bout du monde pour dénicher sa proie.

→ S-A **49** • S-A **53** • S-A **57** • S-A **66** • S-A **71** • S-A **72** • S-A **40** • S-A **15** • S-A **12** • S-A **87** • S-A **24** • S-A **29** • S-A **31** • S-A **37** • S-A **89** • S-A **20** • S-A **30** • S-A **69** • S-A **75** • S-A **79** • S-A **82** • S-A **101** • S-A **104** • S-A **105** • S-A **112** • S-A **115** • S-A **117** • S-A **119** • S-A **121** • S-A **134** • S-A **142** • S-A **146** • S-A **147** • S-A **150** • S-A **153** • S-A **156** • S-A **157** • S-A **164** • S-A **166** • S-A **167**

J. Aventures aux thèmes entremêlés

Quelques récits n'ont pris place – en priorité du moins – dans aucune des rubriques précédentes. Pour ceux-là, le choix aurait été artificiel car aucun des motifs ne se détache du lot : ils s'ajoutent ou s'insèrent l'un dans l'autre. La caractéristique est donc ici *l'accumulation des thèmes.*

→ S-A **32** • S-A **99** • S-A **1** • S-A **6** • S-A **64** • S-A **155** • S-A **162** • S-A **168** • S-A **169**

SANS OUBLIER...

Voilà donc répartis en thèmes simplistes *tous* les ouvrages de la série. Mais les préférences de chacun sont multiples. Plus d'un lecteur choisira de s'embarquer dans un « San-Antonio » pour des raisons fort éloignées de la thématique du polar. Encore heureux ! On dépassera alors le point de vue du spécialiste, pour ranger de nombreux titres sous des bannières différentes. Avec un regard de plus en plus coloré par l'affection.

Note

Contrairement à ce qui précède, certains numéros vont apparaître ici à plusieurs reprises. C'est normal : on peut tout à la fois éclater de rire, pleurer, s'émerveiller, frissonner, s'émouvoir... dans un même *San-Antonio !*

• ***Incursions soudaines dans le fantastique***

Au cours de certaines affaires, on bascule tout à coup dans une ambiance mystérieuse, avec irruption du « fantastique ». San-Antonio se heurte à des faits *étranges :* sorcellerie, paranormal, envoûtement…

→ S-A **28** • S-A **20** • S-A **129** • S-A **135** • S-A **139** • S-A **140** • S-A **152** • S-A **172** • S-A **174**

• ***Inventions redoutables et matériaux extraordinaires***

Dans plusieurs romans, le recours à un attirail futuriste entraîne une irruption soudaine de la *science-fiction.* Il arrive même qu'il serve de motif au récit. Voici un échantillon de ces découvertes fabuleuses pour lesquelles on s'entretue :

Objectif fractal (un grain de beauté photographié par satellite !), réduction d'un homme à 25 cm, armée tenue en réserve par cryogénisation, échangeur de personnalité, modificateur de climats, neutraliseur de volonté, lunettes de télépathie, forteresse scientifique édifiée sous la Méditerranée, fragment d'une météorite transformant la matière en glace, appareil à ôter la mémoire, microprocesseur réactivant des cerveaux morts, et j'en passe… !

→ S-A **57** • S-A **12** • S-A **41** • S-A **23** • S-A **34** • S-A **35** • S-A **37** • S-A **89** • S-A **17** • S-A **20** • S-A **30** • S-A **64** • S-A **69** • S-A **75** • S-A **105** • S-A **123** • S-A **129** • S-A **146**

• ***Savants fous et terrifiantes expériences humaines***

→ S-A **30** • S-A **52** • S-A **116** • S-A **127** • S-A **163**

• ***Romans « charnière »***

Sont ainsi désignés les romans où apparaît pour la première fois un nouveau personnage, qui prend définitivement place aux côtés de San-Antonio.

S-A **43** : Félicie (sa mère), *en 1950.*
S-A **45** : Le Vieux (Achille), *en 1952.*
S-A **49** : Bérurier, *en 1953.*
S-A **53** : Pinaud, *en 1954.*
S-A **66** : Berthe (première apparition physique), *en 1957.*
S-A **37** : Marie-Marie, *en 1968.*
S-A **94** : Toinet (ou Antoine, le fils adoptif de San-Antonio), *en 1971.*
S-A **128** : Jérémie Blanc, *en 1986.*
S-A **168** : Salami, en *1997.*
S-A **173** : Antoinette (fille de San-Antonio et Marie-Marie), en *1999.*

Mathias, le technicien rouquin, est apparu peu à peu, sous d'autres noms.

• ***Bérurier et Pinaud superstars !***

Le Gros, l'Inénarrable, Béru ! est sans conteste le plus brillant « second » du commissaire San-Antonio. Présent dans la majorité des romans, il y déploie souvent une activité débordante. Sans se hisser au même niveau, le doux et subtil Pinaud tient aussi une place de choix…

· *participation* importante *de Bérurier*

→ S-A **18** • S-A **10** • S-A **11** • S-A **14** • S-A **22** • S-A **88** • S-A **23** • S-A **24** • S-A **27** • S-A **28** • S-A **32** • S-A **34** • S-A **37** • S-A **89** • S-A **90** • S-A **93** • S-A

97 • S-A **1** • S-A **20** • S-A **30** • S-A **33** • S-A **46** • S-A **52** • S-A **75** • S-A **101** • S-A **104** • S-A **109** • S-A **116** • S-A **126** • S-A **145** • S-A **163** • S-A **166**

N'oublions pas les « Hors-Collection », avec notamment *Queue d'âne* où Bérurier est seul présent de bout en bout !

· *participation* importante *de Bérurier* et *Pinaud* → S-A **12** • S-A **87** • S-A **25** • S-A **35** • S-A **96** • S-A **105** • S-A **111** • S-A **148** (fait exceptionnel : San-Antonio ne figure pas dans ce roman !) • S-A **156**

• ***Marie-Marie, de l'enfant espiègle à la femme mûre***

Dès son apparition, Marie-Marie a conquis les lecteurs. La fillette malicieuse, la « Musaraigne » éblouissante de *Viva Bertaga* qui devient femme au fil des romans est intervenue dans plusieurs aventures de San-Antonio.

· *Fillette espiègle et débrouillarde :*
→ S-A **37** • S-A **38** • S-A **39** • S-A **92** • S-A **99**

· *Adolescente indépendante et pleine de charme :*
→ S-A **60** • S-A **69** • S-A **85**

· *Belle jeune femme, intelligente et profonde :*
Il ne s'agit parfois que d'apparitions intermittentes.
→ S-A **103** • S-A **111** • S-A **119** • S-A **120** • S-A **131** (où Marie-Marie devient veuve !) • S-A **139** • S-A **140** • S-A **152**

· *Femme mûre, mère d'Antoinette (fille de San-Antonio) :*
→ S-A **173** • S-A **174** • **175**

• ***Le rire***

Passé la première trentaine de romans (et encore !), le *rire* a sa place dans toutes les aventures de San-Antonio, si l'humour, lui, est *partout,* y compris au cœur de la colère, de l'amour et de la dérision. Mais plusieurs aventures atteignent au délire et nous transportent vraiment d'hilarité par endroits. Dans cette catégorie décapante, on conseillera vivement :

→ S-A **10** • S-A **14** • S-A **87** • S-A **88** • S-A **23** • S-A **25** • S-A **2** • S-A **35**

Y ajouter, là encore, tous les « Hors-Collection ». Qui n'a pas lu *Le Standinge, Béru-Béru* ou *Les vacances de Bérurier* n'a pas encore exploité son capital rire. Des romans souverains contre la morosité, qui devraient être remboursés par la Sécurité Sociale !

• ***Grandes épopées planétaires***

San-Antonio – le plus souvent accompagné de Bérurier – nous entraîne aux quatre coins de la planète dans des aventures épiques et « colossales ». Humour, périls mortels, action, rebondissements.

→ S-A **10** • S-A **87** • S-A **88** • S-A **24** • S-A **37** • S-A **89**

• ***Les « inoubliables »***

Je rangerais sous ce titre quelques romans-choc (dont certains ont déjà été cités plusieurs fois, notamment dans les épopées ci-dessus). On tient là des *chefs-d'œuvre,* où l'émotion du lecteur est à son comble. Bien sûr, c'est subjectif, mais quel autre critère adopter pour ce qui relève du coup de cœur ? Lisez-les : vous serez vite convaincus !

→ S-A **61** • S-A **70** • S-A **83** • S-A **10** • S-A **87** • S-A **88** • S-A **24** • S-A **25** • S-A **37** • S-A **111** • S-A **132** • S-A **140**

POUR FINIR...

Il ne me reste plus qu'à souhaiter à tous ceux qui découvrent les aventures de San-Antonio (comme je les envie !) des voyages colorés, passionnants, émouvants, trépidants, surprenants, pathétiques, burlesques, magiques, étranges, inattendus ; des séjours enfiévrés ; des rencontres mémorables ; des confidences où l'intime se mêle à l'épopée.

Quant aux autres, ils savent déjà tout ça, n'est-ce pas ?

Ce qui ne les empêche pas de revisiter à tout instant la série *San-Antonio,* monument de la littérature d'évasion, pour toujours inscrit à notre patrimoine.

Raymond Milési

Correspondance entre l'ancienne numérotation de la collection « San-Antonio » et la nouvelle numérotation chronologique *portée sur chaque roman réimprimé à partir de 2003.*

S-A	→	*chrono*	S-A	→	*chrono*
S-A 1	→	***80***	**S-A 29**	→	***64***
S-A 2	→	***9***	**S-A 30**	→	***85***
S-A 3	→	***10***	**S-A 31**	→	***65***
S-A 4	→	***11***	**S-A 32**	→	***66***
S-A 5	→	***38***	**S-A 33**	→	***86***
S-A 6	→	***81***	**S-A 34**	→	***67***
S-A 7	→	***31***	**S-A 35**	→	***68***
S-A 8	→	***32***	**S-A 36**	→	***87***
S-A 9	→	***37***	**S-A 37**	→	***69***
S-A 10	→	***48***	**S-A 38**	→	***70***
S-A 11	→	***49***	**S-A 39**	→	***71***
S-A 12	→	***50***	**S-A 40**	→	***30***
S-A 13	→	***51***	**S-A 41**	→	***55***
S-A 14	→	***53***	**S-A 42**	→	***88***
S-A 15	→	***39***	**S-A 43**	→	***2***
S-A 16	→	***40***	**S-A 44**	→	***3***
S-A 17	→	***82***	**S-A 45**	→	***4***
S-A 18	→	***47***	**S-A 46**	→	***89***
S-A 19	→	***52***	**S-A 47**	→	***5***
S-A 20	→	***83***	**S-A 48**	→	***6***
S-A 21	→	***54***	**S-A 49**	→	***7***
S-A 22	→	***56***	**S-A 50**	→	***8***
S-A 23	→	***59***	**S-A 51**	→	***12***
S-A 24	→	***60***	**S-A 52**	→	***90***
S-A 25	→	***61***	**S-A 53**	→	***13***
S-A 26	→	***84***	**S-A 54**	→	***14***
S-A 27	→	***62***	**S-A 55**	→	***15***
S-A 28	→	***63***	**S-A 56**	→	***16***

S-A 57 → *17*
S-A 58 → *18*
S-A 59 → *19*
S-A 60 → *91*
S-A 61 → *20*
S-A 62 → *21*
S-A 63 → *22*
S-A 64 → *92*
S-A 65 → *23*
S-A 66 → *24*
S-A 67 → *25*
S-A 68 → *26*
S-A 69 → *93*
S-A 70 → *27*
S-A 71 → *28*
S-A 72 → *29*
S-A 73 → *33*
S-A 74 → *34*
S-A 75 → *94*
S-A 76 → *35*
S-A 77 → *36*
S-A 78 → *41*
S-A 79 → *95*
S-A 80 → *42*
S-A 81 → *43*
S-A 82 → *96*
S-A 83 → *44*
S-A 84 → *45*
S-A 85 → *97*
S-A 86 → *46*
S-A 87 → *57*
S-A 88 → *58*
S-A 89 → *72*
S-A 90 → *73*
S-A 91 → *98*
S-A 92 → *74*
S-A 93 → *75*
S-A 94 → *76*
S-A 95 → *99*
S-A 96 → *77*
S-A 97 → *78*
S-A 98 → *100*
S-A 99 → *79*
S-A 100 → *101*
S-A 101 → *102*
S-A 102 → *103*
S-A 103 → *104*
S-A 104 → *105*
S-A 105 → *106*
S-A 106 → *107*
S-A 107 → *1*

À partir du n° **108**, les numéros de la collection « **S-A** » coïncident exactement avec les numéros ***chronologiques***.

R. Milési

Achevé d'imprimer sur les presses de

BUSSIÈRE

GROUPE CPI

à Saint-Amand-Montrond (Cher)
en septembre 2003

FLEUVE NOIR
12, avenue d'Italie
75627 Paris Cedex 13
Tél. : 01-44-16-05-00

— N° d'imp. : 35246. —
Dépôt légal : octobre 2003.

Imprimé en France